中国政府出版品国际营销平台精选图书 · 文学书系　　王昕朋 主编

秘　密

Secrets

朱 个 著

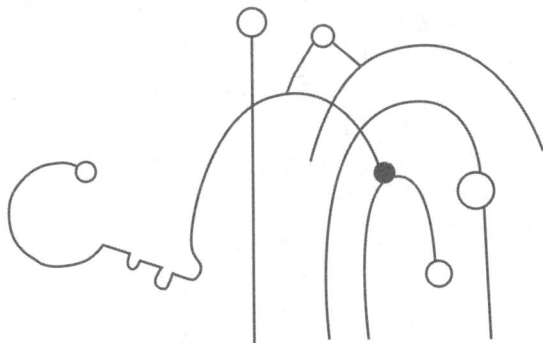

中国言实出版社

图书在版编目（CIP）数据

秘密 / 朱个著 . -- 北京 : 中国言实出版社，
2021.1
（中国政府出版品国际营销平台精选图书·文学书系 /
王昕朋主编）
ISBN 978-7-5171-3614-9

Ⅰ . ①秘… Ⅱ . ①朱… Ⅲ . ①短篇小说—小说集—中
国—当代 Ⅳ . ① I247.7

中国版本图书馆 CIP 数据核字（2020）第 239548 号

出 版 人　王昕朋
责任编辑　宫媛媛　李昌鹏
责任校对　张国旗

出版发行　中国言实出版社
　　　　　地　　址：北京市朝阳区北苑路 180 号加利大厦 5 号楼 105 室
　　　　　邮　　编：100101
　　　　　编辑部：北京市海淀区花园路 6 号院 B 座 6 层
　　　　　邮　　编：100088
　　　　　电　　话：64924853（总编室）　64924716（发行部）
　　　　　网　　址：www.zgyscbs.cn
　　　　　E-mail：zgyscbs@263.net

经　　销　新华书店
印　　刷　北京中科印刷有限公司
版　　次　2021 年 1 月第 1 版　　2021 年 1 月第 1 次印刷
规　　格　880 毫米 ×1230 毫米　1/32　9.75 印张
字　　数　202 千字
定　　价　58.00 元　　　ISBN 978-7-5171-3614-9

有风骨讲美学接通全球

——"中国政府出版品国际营销平台精选图书·文学书系"总序

王昕朋

中国言实出版社是国务院研究室主管主办的国家级出版单位，出版定位是：主要出版党和国家重大政策的研究成果以及相关的辅导读物。1995 年成立以来，我们一直坚持这一出版定位，围绕党和国家中心工作开展出版活动，因而，国内外读者很少见到由中国言实出版社出版的文学类图书。但是，近几年文学界对中国言实出版社已不陌生。这源于出版理念的一次变革。习近平总书记在文艺工作座谈会上的重要讲话指出："一部小说，一篇散文，一首诗，一幅画，一张照片，一部电影，一部电视剧，一曲音乐，都能给外国人了解中国提供一个独特的视角，都能以各自的魅力去吸引人、感染人、打动人。"这给了我们启示、启迪，文学也是讲好中国故事、传播中国好声音的重要途径。所以，我们也用心、用功、用力打造文学板块，并将它推向世界。2018 年 8 月，由中国言实出版社出版的李春雷报告文学作品《朋友——习近平与贾大山交往纪事》获第七届鲁迅文学奖，同时入选"丝路书香"出版工程在国外出版，于是文学界发现，中国言实出版社在文学出版领域同样有不俗的表现。中国言实出版社的文学图书品种少而精，中国文学的声音在通过中国言实出版社持续传播到海外，承载着文化和文学信息的《温文尔雅》翻译成英文、日文、俄文、德文、法文、意大利文、西班牙文、葡萄牙文、阿拉伯文等多种语言向全球推介，英文版、中文繁体版荣获第十三届"输出版引进版优秀图书"奖，长篇小说《京西胭脂铺》一举登榜"中国图书世界馆藏影响力图书 20 强"。付秀莹、金仁顺、乔叶、魏微、滕肖澜、叶弥、戴来、阿袁等 8 位"当代中国最具实力女作家"的作品集同时推出，之所以在名称中冠以"中国"二字，是出于对外推介的考量，其中付秀莹、魏微、戴来等人的小说集后来入选"经典中国"项目在美国出版，产生良好反响。

近年来，中国言实出版社加快国际出版步伐，与英、美、日等多家国外出版单位建立战略合作关系，近百名当代中青年作家的作品陆续推介到美国纽约、日本东京、德国法兰克福等多个国际书展，被多个国家的图书馆收藏，图书受到国外图书界关注，连续 6 年入选中国图书世界馆藏影响力百强出版单位。2015 年经财政部批准立项，中国言实出版社建设并主办中国政府出版品国际营销平台，为推动"文化走出去"提供支持。2020 年，有感于体量庞大的中国当代文学无法快捷地被全球关注所带来的传播学遗憾，有感于年度文学选本出版周期较长，有感于众多具有潜力、实力、影响力的青年作家的作品没有很好的对外传播渠道，中国言实出版社整合资源，决定专门为中国政府出版品国际营销平台的文学板块打造出一种比年度选本出版周期短、对当代文学创作反应更为灵敏的季度文学选本。《中国当代文学选本》应运而生，书名由王蒙题写，选稿编委梁鸿鹰、李少君、王干、付秀莹、古耜皆为业内名家行家，所选作品为国内新近发表的文质兼美的力作。作为一种有公信力的季度文学选本，《中国当代文学选本》因"让国外读者快捷阅读当代中国文学精品"的窗口作用，以及"为中国作家走向世界铺筑交流合作桥梁"的桥梁作用，受到作家、汉学家、国内外读者一致好评。《中国当代文学选本》传播中国声音，讲述中国故事，产生良好社会效益。有鉴于此，中国言实出版社决定打造这套"中国政府出版品国际营销平台精选图书·文学书系"。

出版社并不承担培养作家的使命，但是这套"中国政府出版品国际营销平台精选图书·文学书系"的入选作品多是出自青年作家之手，原因在于，我们始终关注着中国当代文学最具活力与实力的鲜活部分，求取风骨与审美的统一，始终在精心遴选极具当代性的中国文学好声音，始终把推动中国当代文学与全球接通作为出版人的责任，这套"中国政府出版品国际营销平台精选图书·文学书系"的入选作家和作品便是如此。有风骨、讲美学，是选取这套丛书的思考维度。"有风骨"是要对民族精神有所反映，要为人民而文学，要关怀民生，帮助读者把无病呻吟、凌空蹈虚的作品以独特筛选眼光来淘汰掉；而"讲美学"是指中国言实出版社遴选书稿时看重作品的文本质量，内容和形式互为表里，是为美。美为作品飞向全世界插上翅膀，中国言实出版社人始终认为，美是全人类可通融的共同语言，有风骨、讲美学才能接通全球，成为文学精品。这些优秀作品里，都跳动着时代的脉搏，展现着当代中国日新月异的面貌，蕴含着深厚的文化自信。出版是文学生产的终端，对于中国言实出版社而言是文学传播的开始。中国言实出版社将始终秉持"好作品主义"，重视名家不薄新人，盘点、整合中国文学资源，积极开展对外译介和推广工作，自觉地将有风骨、讲美学的文学精品作为永不改变的出版追求。

2020 年 12 月

目 录
CONTENTS

秘　密

1

　　电梯的楼层指示灯，在排列成棋盘形状的按钮上面，此刻一个数字追赶着另一个，有序地亮起。立方体空间很局促，并没有因为里头只装一个人而变得更大。四面都是镜子般明亮的不锈钢墙壁，映照出乘客各种角度的身与背。左辉斜靠扶手，盯着墙上的男人。里面的男人干净整洁，散发着水果的气息。

　　数字继续闪烁。仿佛为了说服自己，他弯下身子凑近光洁的墙面，龇开嘴检查了牙缝，这个动作使他看起来在笑。再用手指梳梳头发，转转脖颈，左辉做好准备了。

　　叮——门顿滞一下，向两边打开，人的镜像从中间平均地裂开。密闭的空间压力突遭释放，取而代之的是一大坨喧闹的声音，横冲直撞地砸向他，空气里有干热的烟味、香水味，还有从城市各处角落迁徙而来的尘土味，大幅浓艳的绘卷浮起在眼前。

长条桌覆盖着皱巴巴的仿缎桌布，五颜六色的小孩子摸爬着钻出桌帷，胖阿姨笑着把他们顺溜拖走。立着一面广告牌，上书"张广生先生崔莺小姐喜结良缘"。字的背景，就是张广生先生和崔莺小姐过曝的脸，光线很旺，他们脸上只剩扁平五官，没有具体细节。

张广生，崔莺。左辉迈出一步，凑上去默念两个名字。在回过头的时候，他看到了张广生和崔莺。他俩就和从告示牌上走下来一样，光线黯淡许多，脸庞却还是白得发亮。

他们在长桌那头，并肩而立，犹豫地看他。长桌上摆放着几丛绣球花，一只用作装饰的仿古首饰盒，上头搭着塑料钻石项链，还有凌乱摊开的几个本子，这些东西隔在他们和他中间。他也看着他们，渐渐浮起笑容。他携带着那团笑意，朝他们走去，他们对视一眼，脸上呈现出模棱两可。一只手从后面拽住了他的衣袖。

来了？签个到吧？个头矮矮的胖阿姨不知道打哪儿钻出来，此刻站在他身后，顶着坚硬的鬈发头盔说。

字不好，不签了，他说。

本子还是被阿姨拖过来推到面前，暗红色洒金底，已经有不少歪歪斜斜的名字。

不签了，行吗？

行，行啊，那就揿个指印，啊？阿姨继续招呼，中年女人的热络叫人没法拒绝。

阿姨把一盒彩色印泥摆到他手边。挑个颜色，随便挑一个！喏，这里，树上，随便！顺着指点，他看到本子上有棵大树，招展着空荡荡的枝条，几个红绿指纹挂在枝头，好似几粒稀稀落落的果子。

这是做什么？

喏，你看，像这样左右揿两下，能拼成一个爱心耶！阿姨凑过来教他。

这是做什么？

做什么？总归是纪念咯！阿姨拿手掩住嘴，开枝散叶嘛……

哦。

盒子里六种色，他挑了最深的赭石，照着样子对称地揿两下，硕大的爱心便也挂上枝头了。只是那颜色，一点都不鲜艳，倒像是陈年的血迹。

他在前胸口袋摸索摸索，掏出一封红包，胖阿姨看都不看，利落地收下了。张广生还站在桌子那端，脸躲在新娘崔莺后面，疑惑地看着这一切。摄影师把左辉拉到新人中间，崔莺熟练地向内收紧下巴，摆好姿势。快门即将按下，明明已经按下，他却躲出了镜头。

不麻烦拍我，我是代表我爸的，我爸是你爸以前的同事，老头子最近身体不好，来不了。左辉对张广生说。说完，悠悠一笑。

2

新郎张广生腰杆笔挺地站着，从昨晚起他就在嫌弃，今天要穿的西服，真不像样。

崔莺跟所有准备婚礼的女人一样，每个细节都要尽善尽美，所以张广生特地去上海的高级裁缝那儿定做礼服，前后跑了两三趟，改了好几次，昨晚再试，还是不服帖，这叫他心头硌硬得慌。每当他抬起手臂，稍微举得高一些，胳肢窝那块地方，就有根筋扯牢了，这让他一整天都不大舒服。

有时，张广生的视线会溜到新娘的头发和下面的脖子上，注视新娘是新郎的美德。盘发一丝不苟，每缕发丝都乖乖地待在规定的位置，脖子上绕着一圈珍珠项链，是订婚礼物。项链的搭扣处，垂着调节长度的细链，直指背部中心线。再往下，张广生暂时看不到，也不愿看下去。那儿每处隐秘的部分，都老早像张揉皱的纸，每丝气味，每道痕迹，睁开眼即历历在目。他太熟悉这具身体了。

和这位叫崔莺的小姐认识了一年多，该谈的情都谈了，该做的爱也一趟没落下，到这种程度，不想分手，便只能结婚了。婚期顺理成章地越来越近，张广生的心反而特别沉静。静得就是在迎接一个普通日子的到来，就是在迎接一大串普通日子的到来，是本无法猜错剧情的电影，也是一幕喜闻乐见的大戏。即便今天，崔莺换上雪白的婚纱，画上艳丽的浓妆，也没被张广生视作一个新的女人。从早晨起，两人就开始忙活，此时他俩已经并肩站了很久，简直快站成一对同仇敌忾可以风雨同舟的战友。电梯每回叮地响起，他们就摆出默契的笑容，把客人夹到中间，等着婚庆公司的摄影师把炮筒一样的镜头摇过来。

左辉刚走出来，张广生就看见他了。这男子面目清秀，双眼的一半掩藏在额前披挂的长发里，穿戴尽管一丝不苟，却有流浪汉的气质。他从电梯里一步跨出，就停住了，环视四围，有些很好奇的模样。

而当他发现新人张广生和崔莺，便又使劲盯着他们看，好像要从他们脸上看出什么差错来似的。这让张广生怎么都觉得他不像客人。最要命的是，张广生根本不认识他。瞅瞅崔莺，她也是满脸迟钝。

左辉揿指纹掏红包的当口，张广生只来得及注意到他背了个双肩包，有点鼓，用一根肩带斜斜地搭着。他从镜头里躲开的那会儿，张广生的心思已经不在他身上了。左辉对他解释的那几句话，他也并没有听到心里去。一个婚礼，他得操心无数事情。一个婚礼，遇上一堆陌生人，再正常不过。这么多陌生人，有些是从没见过的亲戚，有些是长辈的旧友，有些又是崔莺的相识，张广生怎么搞得清楚。只要他们不忘记给红包，张广生想，我管你们谁是谁啊！

他烦躁地又伸手到后背扯扯袖笼，紧绷绷的西服裹在身上，不啻一套铠甲。是不是该把马甲脱掉呢，脱掉是不是就轻松点呢，上哪去脱呀，真麻烦……他糊里糊涂地想着，但很快，他的视线便越过陌生人的肩膀，被扯到更远处去了。

消防通道门口，立着一位黑衣姑娘。她显然是从楼梯上来的，这时歪着脑袋有点迟疑不决，然后直奔另一头的洗手间而去。

张广生眼睛发直了，他暂时忘记了不合身的西服。

3

姑娘今天穿着一身黑。

姑娘喜欢没有颜色的衣服。据说黑色不反射可见光，其实不算一种颜色。这让她在任何时刻看起来，都像一个大煞风景的人。

她知道这是个婚礼，还是崔莺的婚礼。老同学好几年没碰面，结婚倒还记得邀请她。收到请柬的那天，姑娘正在搬家。单身女子搬家最是不易，虽说约好了搬家公司，可雇来的工人毕竟不是自己人，把她的杂碎弄得七零八落。她抽出信封里的卡片，大红底子，烫金喜字，多么俗气又美丽的颜色。她看到崔莺的名字和张广生的名字，肩并肩地靠在一块，不免又生出些唏嘘，是感慨，还带一丝难过。轻飘飘的请柬倏地变得好重，累得她顺势坐在皮箱上，皮箱居然没有扣紧，哗啦散开了。姑娘跌坐在一堆衣裳里，站都站不起来。

她为此犹豫了几天，终于还是来了。

昨晚过得有些意外和疯狂，今天差点睡过头。姑娘站在洗手间往脸上补粉，看着镜子里两只肿胀的眼袋，脖颈隐约还有几块粉红的擦痕。想起昨晚，她低头看看这身黑裙。料子还是和昨晚出门前一样，保持得笔挺垂顺，有些似乎应该有褶皱的地方，现在看来也没有留下浓重的痕迹。有点不敢相信衣服也和人一样，同时经历了那样的夜晚。她本来应该换套鲜艳的衣服，可又不想这么做。在人多的地方，似乎只有黑色才能更安全地把她遮挡起来。

张广生的脸突兀地出现在镜子里。你在这干吗？他问。

姑娘一愣，待看清背后是谁，她苍白的脸上掠过一丝不易察觉的慌张，又立马恢复了常态。

是你？她冷淡地说，这是女厕所。

张广生说，反正没别人。

姑娘不吭声。她打量着镜子里的他，穿得异常端正，头发认真地吹过，上了发胶，嗅嗅，有股松木的清香。再细细辨别他的神情，已没有丝毫狂狷之气。

张广生问，怎么找到这儿来了？

姑娘轻笑，找你，我怎么会找你？我都不认识你！你认识我吗？

张广生说，那你来干吗？

姑娘说，我来喝喜酒的！

张广生的心一沉，谁的喜酒？

喏，外面大厅里的那个。姑娘朝门外努努嘴，我同学。

张广生有气无力地问，崔莺？

姑娘点点头。从他脸上的表情，她忽然明白了这身衣服和那场婚礼的关系。

4

左辉一直认为，收藏一个秘密，就像揣着胀鼓鼓的性欲，是很压抑又有快感的事情。

左辉是个有秘密的人，这个"有秘密"的秘密，让他行走在人群里，多了那么点欲言又止，仿佛喷薄而出的朝阳，在黎明时分还怀着羞涩的模样。

你是谁家的呀？有人搭话。

在这个椭圆形的大厅，左辉处在最靠近门口的一张圆桌，从他这个角度，差不多可以看到整个现场。问话的是位胖老头，60岁左右，胳膊交叠撑在桌沿，笑眯眯地看着他。他们周围，参加喜宴的宾客们穿梭来去，陆续有人在这儿坐下来。

左辉戳戳自己鼻子，做出询问的表情。

胖老头笑眯眯地点头。

你啊，我看你是老王的儿子吧？一个大嗓门的老太太插进来，她围着大红围巾，脸蛋红扑扑的。

胖老头说，老王？

老太太说，老王嘛，那个东倒西歪的老王嘛！

左辉回答，是，是，我就是那个……老王的儿子。

噢，噢，老王家的，胖老头若有所思地说。

老太太说，矮墩墩的老王，倒有这么大个儿子，啊？

左辉抬眼看看他们，又垂眼笑笑。他从包里摸出相机，搁在腿上，一张张回放着里面的照片。

老太太还在说，你爸真不来了？我知道他那个性子，肯定不情愿来这种场合。他派你当代表，你也肯？我儿子就没这么乖。

左辉举起相机，摘了镜头盖。他说，我给你们拍个照吧。

胖老头和老太太几乎同时愉快地站起来。

要不大家一起来？左辉对席上其余的客人说。

你瘦了，小时候挺胖的，胖老头重新落座的时候忽然说。

左辉也不抬头，我从来没胖过。

胖老头说，这是什么话，我们都是你爸的老交情。

对，老朋友，老交情……众人纷纷附和。

胖老头说，这些叔叔阿姨都是看着你和广生长大的。

左辉对着门外还在迎客的张广生努努嘴，他说，我不认识他。

老太太说，你不认识广生？你俩小时候一块儿玩过！

我不认识他，左辉一门心思地说。

你就是记性差，你再用力想想，那年广生去上学，你还……

不用想，我不认识他。左辉打断老太太的絮叨，但是，我知道一个秘密。

他慢慢抬起低着的头，一直掩映在额前长发下的双眼明亮起来了。左辉感到舒服极了，每当他说出这句话，他都感到无比舒服。

大家显然好奇得要死，又不敢表现得过分好奇，于是都不晓得怎么回对，便安静，等他说下去。

但他自此闭嘴了。

周围愈发纷乱嘈杂，一曲熟悉的交响乐低沉迟缓地在人群上空升起，所有的灯都熄灭，一束追光打到门口。圆柱形的光束笼罩下，新人张广生和崔莺已经做好所有准备，手牵着手，庄重地亮相了。

5

崔莺一手挽着张广生，一手提着婚纱，昂首挺胸穿越大厅的时候，黑暗里纷纷亮起了闪光灯。

崔莺是个自给自足的女人，她珍惜一切理所应当的东西，为这一生就那么一回的仪式准备了好几个月。有时她发现张广生对这些事不是太上心，她也从不多想，男人嘛，总是有他的另一片天地，不能逼人太甚。于是，也便坦然地亲力亲为，既落得放心，也求个安心。时至今日，这貌似众星拱月的场面出乎意料，令她动容，竟以为前半辈子的辛劳都是为了这一时刻，安稳地把自己嫁出去。她鼻子一酸，差点要感动了。就在此时，耳朵里刮来一句话。这句话仿佛一条细钢丝，清晰地穿过杂音，钻入她的耳膜。

崔莺，裙子拉得太高了。

崔莺晃动一下，酒红色高跟鞋刚好跨出半步，差点没有站稳。她慌乱地把手放低，定定神，在最自如的姿态下，用余光扫视一圈。她抵抗着高压水枪般对她喷射的光束，在人群里寻找，是谁在说话。

目光几乎没什么犹豫，就碰到了姑娘。在电光石火的一刹，崔莺看到那张苍白的脸，便明白了是谁在提醒她。她居然还来得及再感慨一回，这人真是一点都没变。

跟所有婚礼一样，崔莺请了很多不熟悉的人，那些人因为人情的债而依旧牢牢占据着她的手机通讯录。确定来宾名单的那天，崔莺看见姑娘的名字，脑中立刻浮现出姑娘的一句话。

那句话是姑娘在几年前的同学会上说的。大学毕业后，那还是大家的头一回聚首。同学们在社会上闯荡多年，脸上早脱尽书卷气，个个神气跟从前总是两样的。唯有姑娘，看上去没有变化。这种没有变化并非是指她依旧跟从前那样爱穿黑衣服，而是她苍白的脸，在告别学生时代多年后，还是没有沾染上一丝血色。

崔莺看着她坐在自己对面，黑色让她的轮廓线条平滑简单直接地游动。她一声不吭，即使大家的热烈讨论快要掀翻屋顶。那一阵，私人话题主要集中在找对象喝喜酒上，这是当时单身崔莺的痛处。老大不小了，相亲好几次都没有成功，每回遇到这类话题，崔莺都被戳中痛处，面上再怎么不以为意，别人大概也都看得出她内在的虚弱。她以为姑娘默不作声是跟自己有同样心思，像抓根救命稻草似的，不时向她微笑，试图展开同病相怜的对话。

可她真没想到。姑娘冷不防说了一句，结婚，结什么婚啊，你们知道结婚是怎么回事吗……

正在讲话的同学停了下来，大家安静了一阵，就有人慢条斯理说，结婚总要结的喽，你们都不想结的难道？马上就有三三两两附和，总要结过才知道究竟怎么回事的……而且大家都装作不朝姑娘看。后来，同学会又开了几次，但再没见过姑娘了。

崔莺乱七八糟地想着，已经从姑娘面前走了过去。她定定神，把提着裙摆的手固定到最合适的高度。她打算甩掉那些思想，保持刚才的姿势，微笑，挺胸，她要把这么明亮的瞬间留给自己。

姑娘全身裹在黑色里，这让她在层层叠叠人头的后面，露出的仅仅只有一张脸。姑娘明白老同学看见自己了。头回当新娘，这么紧张，裙子拉这么高，这么一走动，下摆这么一翻，大腿都若隐若现了。她为自己能注意到这些对老同学有用的细节而暗自得意，这让她看起来不像普通来宾，而是另一种置身事内也更能掌握局面的人。

即便是那个叫什么……"张广生"的人，姑娘想，这下也放心了吧。

6

时钟在觥筹交错中嘀嘀嗒嗒往前走。

胖老头说，谁的秘密？

老太太说，什么秘密？

说，说，快点说说看。

太吊人胃口了。

喜宴已经接近尾声，空盘子也堆起来了，两位老人家还在执着地追问。他们的问题显然次次都问出在座的心声，大家多次停了筷子盯着左辉。

左辉又在拨弄相机，就像什么都没听到。他慢条斯理地把镜头盖装上又摘下，举起来凑近取景器随便对对焦，咔嚓咔嚓，又拍了几张什么东西。

大家只能再次感到没趣，胖老头摇摇头，老太太满脸愤愤。所有人装作吃菜喝酒，暗地里却都在用脑电波空中交汇窃窃私语，他们说的都是相同的意思，老王儿子有一个秘密，但他就是不告诉我们。

我走了，左辉忽然说，他收拾好东西起身。

别人来不及跟他道别，而他循着来时的路径，很快就走进了夜晚。

你等等！有人在背后喊他。

这夜深沉广阔，灰色天光洒在街道上，卡在每一道缝隙里，给地面罩了稀薄的一层霜。左辉看到有个姑娘穿着一身黑，在白霜里站得笔挺。她苍白的脸，仿佛悬浮在半空中。

她说，你是谁，我好像在哪里见过你。

左辉似笑非笑，在哪里，是梦里吗？

这是轻浮，却干干净净不讨人厌。姑娘上前几步，你是怎么知道那件事的？

什么？

什么，什么？

哪件事？

姑娘说，就是刚才你告诉他们的那件事。

左辉说，我什么都没告诉。难道，你也知道？

姑娘说，你别管我知不知道，我只想知道你是怎么知道的。

左辉说，我就是知道。

好。姑娘抿着嘴角，你能不能不要说出去？

为什么？

因为，因为这是个秘密。

左辉说，我从来没想说出去，我就是告诉他们，有个秘密，只是，不能说。

谢谢你，你真好。

不用谢。

姑娘转身想走，却没走。她又上前几步，几乎挡在左辉面前，他身上散发出一股漂白粉的味道。她说，我还是不能放心。

左辉说，那我也没有办法。

姑娘说，或许，我们可以去喝杯咖啡。

左辉说，我不喝咖啡。

姑娘本已靠近的脸重新拉远了，她盯着他说，人人都爱喝咖啡。

除了我。

为我破个例吧，姑娘说。

路边光秃秃的树枝上缀着一个鸟巢，像极了某个说漏嘴的秘密。这个秘密被叶子小心翼翼掩藏了整个夏日，却在北风吹到城里来的那天，赤裸裸地公之于众。

7

酒店房间里，窗帘拉上了一半，透过没有遮住的玻璃窗，远处是城市中心的明灭灯光，在更近的地方，有几幢矮房子，房顶上矗立着好几个巨大的圆柱形金属筒，对称排列，发出细碎的轰鸣，如同筋疲力尽的怪兽。总有光从窗帘背后鬼鬼祟祟地钻入，姑娘陷在一堆衣料和床单的泥淖里，内衣裤歪歪扭扭地贴着皮肤，沿着骨骼肌肉的走向，光在她身躯上蜿蜒出微微的，又是一轮一轮在变化着的色泽。她躺在那儿，薄薄的一片，瘦弱得就好像从来没有过性生活一样，扁平的胸，方正的臀，唯有锁骨和胯骨凹凸异常。

午餐肉，左辉唤道。你这块小午餐肉。

被唤作午餐肉的姑娘，刚刚入睡。此刻惊醒，待听清自己的新名字，她羞涩地蜷腿，像把委屈的折扇，优美动人。

她微微抬头，看到了左辉。他靠在床头，还穿着所有的衣服。他办好开房手续，走进房间，一直到现在，始终保持着这个姿势。

她用像睡衣一样软绵绵的劲道拉过被子盖在身上，多余的被子整条嵌在他们中间，像是一道召唤人们快来逾越的鸿沟，然后她以一种模糊而昏沉的嗓音从喉咙深处发出了"嗯"的回答。

左辉捉住了姑娘的一只手，把它放在掌心搓揉着。他依次摩挲她的每一条手指，从根部到顶端，她的无名指特别短，比中指要短一大截，几乎和小指齐平。他沿着手指往下，在她的掌心挠起来。他感觉到姑娘的手往回抽，便稍稍使力，也是给对方提了要求。姑娘果然不再挣开，他沿着她掌心的中轴线，像做着游戏，缓缓地向手腕行进。

姑娘翻身，把脸转向了另一侧，手却依然留在自己背后，留在左辉手里。这样的姿势，她不觉得难受。手腕的皮肤温热许多，也更细腻，沿着脉搏的跳动，有条无形而充满隐喻的路径通往身体的另一部分。

房里非常安静，电子钟的计数发着微弱的冷光，在天花板上打出一圈光晕。姑娘的呼吸粗重了，渐渐又急促起来，她背对他，蜷曲起来的腿似乎夹得更紧了。

口渴吗？左辉说。

姑娘呼出长长一口气。

我给你倒水，他说。

姑娘松开手，却闭紧了眼睛，不敢睁开。喝水的时候，她感到左辉重新躺在了她身旁，床垫一阵微微颤动。水是冷的，穿过咽喉似薄荷般的清凉，她小口抿着，继而大口喝起来，最后水沿着她的嘴角流到了脖子上。姑娘想把空杯子放到床头，杯子却掉了，掉在地毯上也不发出声响。在几乎难以察觉的犹豫之后，姑娘用一个直接又不言而喻的动作，攥住左辉的手，放到自己的腹部。

左辉没有动，他难以置信地一点都没有移动。姑娘把他的手攥得很紧，她的掌心渗出细汗，暗中传达着身体的湿润，无形而具体。

我肚子饿了，他说。

下半身倒一点都不饿，他又说。

这回应来得轻巧，还有些粗俗，却合乎逻辑地不怎么讨人厌。姑娘不知该觉得好笑还是难过。她松开手，缩回自己的胳膊。姑娘不敢确定，这几乎算是爱吗？

这是他俩相识的头一晚，他没有和姑娘做爱。

直到黎明撕开夜幕，在天边露出白光，他依然只是握着她的手。

8

姑娘曾经告诉左辉，他为她破例喝咖啡的那晚，她经历了从没和任何人经历过的一种陌生的经历。

这一经历的源头是左辉的相机。当后来她提到他的相机时，左辉的手正持着相机。他几乎相机不离身，她第一次坐在他对面，他就先把相机放在了桌上。他的相机是姑娘没有见过的，既窄又扁，边角方正，镜头很短，也不长在机身正中间，唯有孤零零的红色圆标，像是可口可乐的记号。他单手举起它，凑近取景框，以某种对于初次见面的人来说非常突兀又无礼的方式，毫无预兆地拍下了姑娘的正面。

她丝毫不厌恶这样的方式，这代表了随和、宽容以及其他所能想到的一切。左辉不停地为她拍照，姑娘看到对着自己的镜头玻璃，幽深地流动着彩虹，通向另一端很远的地方。随着快门的咔嚓起落，这个男人仿佛每次都是通过镜头在抚摩着她，让她觉得和他的世界结合得那么牢固，再没有比这样更亲密、更纯粹、更富有张力的动作了。这新鲜的感受让她如此忧伤而欲罢不能，她告诉左辉，她从没感受过如此的澎湃以及充沛，情欲的潮水如游蛇般丝丝渗入，铺展在她无法正确掩饰的面部。她问他是否注意到她的嘴唇颤抖，胸口发紧。她抑制不住地凑拢，她在期待一个吻。

可他只是收回了相机，在背部的显示屏上观看刚才的画面。那儿存着刚才的她，前一刻的她，无法再现的她，永远逝去的她。姑娘忽然觉到悲哀，她从此怀疑起存在的真实意义。

她向他解释说她发觉他的脸干燥平整，没有荷尔蒙的气味，这令他看起来像个插花或者卷寿司的日本人，彬彬有礼，漠然处之。

左辉没有告诉她，在为她拍照的时候，他的性欲忽然上来了。

9

你就告诉我吧，你知道的秘密究竟是什么？

姑娘站在左辉家里，面对镜子，满脸沮丧地说。镜子挂在客厅的墙上，而不挂在它应该在的地方。姑娘注意到镜子里的自己，撇撇嘴，法令纹末端竟然有些延长。衰老是这么不知不觉侵入的，这令她愈发沮丧。

她从镜子里看到左辉在摆弄相机，他坐在单人沙发里，用一种已经在那儿坐了一辈子的姿势。

我喜欢看别人结婚，也喜欢喝喜酒，左辉说。我经常在街上闲逛，只要看见酒店大堂竖着告示牌，上面是一对男女朦胧而幸福的表情，我就会从包里掏出红信封。我买的是十块钱一沓的那种，上面有鸳鸯戏水的金色花纹。你要不要看？

得到否定的回答，左辉继续说下去。我往里随便塞几张钱，交给签到的人，胡乱打个哈哈，没什么万一，谁都不会拒绝红包的。我会坐到新郎新娘的朋友那几桌，他们各自的朋友都会以为我是对方的朋友，我很安全。只要不主动开口，没人来找我说话。我不是为白吃一顿饭，我只是喜欢和陌生人在一起。

左辉说，现在你知道我的秘密了，我不认识他们所有的人。

姑娘已经从镜子面前转过身来，她的心完全放下了，眼里充满爱怜，一旦他说出了秘密，等待便成为有价值的事情，她认为自己完全能够了解他在秘密背后的真实意图。于是，她向他走去。

我也喜欢照相，我会把他们拍下来，左辉说，你看。他向姑娘递出相机。相机里的照片，有时候有他，有时候没有他，有不同的新郎新娘，有不同的小孩和老人，背景都是狼藉的碗盘、成堆的红色或者"百年好合""我们结婚啦"的字。姑娘一张张往前翻，还有一些拍的是火车上的人。一个中年胖子靠在车厢走廊上闭目养神，年轻人在旁边对窗玩手机，窗外正飞过一座钢筋铁塔。

左辉说，我喜欢坐火车，有时我会买一张票坐到站再买一张票坐回来。我喜欢看从各个方向匆匆赶来的陌生人，好像是在为我走过来，慢慢地越来越近，最后会聚到我周围，互相做了一会儿的陪伴，然后分开，再也见不到。

一粒滚圆的泪珠缓慢地出现在姑娘的睫毛上，它刚刚挂在那儿，就开始颤抖，悲戚无比地，哀怨无声地，颤抖着，还没有掉下来。

左辉继续说，每次喝完喜酒，我都会主动说，我知道一个秘密。关于一个你们都见过的人，你们迟早会知道这个秘密，我真想告诉你们，只是我还不能说出来。他的脸始终垂在胸前，这时忽然转向她。我喜欢看他们脸上的表情，他们那么着急，那么想知道迟早都会知道的事情。

寂静中，姑娘的眼泪轰然落地，在地板上摔得四分五裂。她说，我们结婚吧，你就能参加一次货真价实的婚礼了。

　　他用在他身上极为少见的迅疾速度，忽然站起身。他冲上去紧紧拥抱着姑娘，把脸埋在她的颈窝里，又疯狂地动作起来，几乎要把她的衣服都揉碎了。姑娘在短暂的诧异后，生疏而热烈地配合着。一种完美的节奏似乎即将呈现的时候，左辉还是推开了她。

　　不行，他喘着气说，那样就失去我的秘密了，那样我就再也看不到你们脸上渴求的欲望了。

　　你是不是很失望，我的秘密其实不是你以为的那个秘密。在姑娘痛苦地离开时，左辉问道。

　　他说，其实我知道你的秘密。

　　求求你，不要告诉她。姑娘倚着门框，无力地坐下来。她想起了和父亲的告别，父亲带着他的新太太和新小孩，站在阳台上朝她挥手。她无数次提醒自己那不过是个梦，却每次都进入假设的情境不能自拔。如同眼前，她不禁想遍了一生中所有的离别，妄图从中找回失去已久的期待。

　　他？她？左辉重新翻看起照片，他指着一个穿露肩大红旗袍的女子，是她？

　　姑娘看仔细了，那是婚礼上的崔莺，正好换上第二套衣服。她痛苦地挪开眼睛，同时伸出一只手去遮挡。左辉不依不饶地送过去，姑娘被迫捂住了眼睛。

　　她重新哭起来，这一次和刚才的那次不再相同，她为自己流出的真诚泪水比起对陌生人左辉的同情之泪显得更高贵。

我知道你的秘密了，他安静地说道。

那么，请你不要说出来，她抽泣着恳求。

你的秘密是——左辉顿了顿。姑娘慢慢瞪大了眼睛，空洞的脸上有着满溢又欲拒还迎的渴求，这恰恰是他最迷恋的表情。

你的秘密就是……左辉举起相机，抚摩着屏幕上旗袍女子的脸颊。

她是谁？她认识你吗？他的语调惊人的客观。

她认识我吗？姑娘想起敬酒的崔莺，挺着傲然的胸，旗袍下的身体曲线毕露，裙摆开衩高高地伸向腿根。

这也算秘密吗？

你，真的，有秘密吗？

左辉轻蔑的言语，就像一串魔杖弹出的咒语。那些可怜的，而她以为真真切切的隐秘，连泄露的机会都没有，便仿佛气体一样被抽走。她空了，于是瘪下来，皱缩成一堆。

窗帘被风吹出一块折角，游荡在外的光线乘虚而入。明媚娇艳的下午时分，就这样悄悄来到了他们中间。

10

这儿是莽丛酒吧。

张广生来到酒吧时，已经过午夜了。这一晚，以及这一晚之前的很多晚，他做了很多事，很累，也非常倦怠，但他不打算睡觉了。他本来可以和从前每次来一样，叫上一大帮弟兄，但今天他只想一个人来。

　　这儿是"闹吧"。很闹，光线昏暗，烟雾氤氲在空中，被各种吵闹填充着，质量饱满地悬停着，并不那么轻盈。舞池造在弹簧地板上，一群穿戴单薄的男女在那儿乱蹦，像踩着秋千东倒西歪，边上围了几个光头小伙子，手里提着啤酒，随着节奏不停晃脑袋，身体微微地此起彼伏。在这种地方，一个人坐着不动将显得相当傻。张广生在吧台要了杯酒，没过多久就觉得自己傻，非常之傻。

　　姑娘进来的时候，张广生就看见她了。这女子穿得一身黑，脖子手臂和大腿全部锁在衣服里。要在平时，张广生才不会注意到这跟文物一样的女人。但那天，孤独的张广生，所有的感官忽然变得异常敏锐。他看她穿着黑衣坐在那儿，脸那么苍白，苍白得像一笔惊叹号，又仿佛黑夜奋力撕开的一张嘴。

　　今夜，姑娘神清气爽。尽管已经来过几次，推开大门的瞬间，她还是差点被音乐弹出门去。姑娘的兜里揣着崔莺的结婚请柬，这是她收到的第一个很有可能也是最后一个婚礼邀请了，因而她对崔莺是感怀的。那日科长向新同事介绍员工，轮到她时笑说，这位是我们单位有名的仙女，不食人间烟火。婚礼就在明天，她决定要去，喜宴和酒吧一样，应该是充满烟火气的地方吧。

　　这儿的情况很贴切"莽丛"两字，人们像丛林野兽，笑着叫着跳着，直到筋疲力尽。张广生端着酒杯坐到姑娘身旁，这个男人强壮魁梧，在烟味酒味的缭绕下，有着陌生的吸引力。

他朝姑娘吼出一声，你好！

姑娘看出他的嘴形，闻到他的气味，朝他微微一笑。

张广生举起杯子，伸过去碰了碰姑娘的杯子，独自喝了一口。

你不喝？他又吼道。

她摇摇头，脸上存着某种怀疑。

一个人吗？他又吼着。

姑娘的嘴做出"O"的形状。

他只好凑近更大力吼一声，一个人吗？

姑娘点点头，耳朵都震痒了。

你不想睡觉吗？她突然吼得非常大声。

他倒被吓了一跳，讶异地转过身来，你说什么？

我说，你不困吗？

张广生摇摇头。

我是睡过一觉再来的！姑娘喊道。

这回张广生立刻就听明白了，他忽然感到有点好玩，今晚我不睡觉！

姑娘举起杯子向他致意。

姑娘喊，祝贺你不睡觉！

张广生喊，谢谢！

大家都需要这样待久了会变聋子的地方，需要互相嘶吼着说话，吼着吼着他们就没力气难过了。张广生和姑娘吼了一阵，不约而同都笑了。

我去洗手间，姑娘指指那边说。

我也去，张广生的眼睛在黑暗里闪闪发光。

一个衬衣高高扎到肚皮露出来的女孩走到人群中，她叫喊着，你们看见我的戒指了吗？那是我的结婚戒指……不待人们回答，她就趴在地上找了起来。张广生和姑娘从她身边走过，遇见舞池边缘的长头发女人，抓着一张凳子，只重复地甩头发。

姑娘知道张广生会跟着她走进洗手间。他从身后把门关上，这是个男女共用的逼仄空间，小便池和坐便器并列安放着，再加上两个人就变得更窄了。

终于来了，这种事。她一点都不怕，定定地看着他，等他怎么办。震耳欲聋的音乐跟他们隔着一道门，却已经像隔着千山万水。

他把姑娘推到墙上，在布满锈斑的镜子里，姑娘看到了自己。

他说，明天我要结婚了。

怎么了，跟现在不一样？姑娘轻松地笑起来，含着激怒他的嘲讽。

他又在她脸上发现了怀疑，此刻他忽然明白，怀疑的背后可能存在着某种秩序。如果，他想，仅仅是如果……他不禁生起顽劣的童心，颇想要去破坏这个秩序。

他紧紧地贴了上去，气息吹在她脸上。隔着衣服也能感觉到他的热量，这对她而言，是多么新鲜的经验。她不知道他们会不会接吻，她猜测即便环境允许，他们也不会。可谁在乎呢，她喜欢他在此时和彼时之间的矛盾，这矛盾让他的绝望那么含蓄又腼腆。姑娘踮起脚，让头可以高一些，然后，她就靠在了张广生的肩膀上。

张广生似乎想说什么，姑娘把手指放在嘴唇上阻止了他。在这一刻，他们的眼神碰在一起。

音乐开始新一轮高潮，有人追打着，似乎还跌撞到了洗手间的门上。这撞击对两个人来说，出现得比外面的乐声还要真切，紧随着还有衣料摩擦木板的窸窸窣窣。姑娘吃了一惊，试图从对方的怀抱里挣脱出来。

张广生却把她抱得更紧了，他的左手卡在她腰上，右手在她的背部摩挲，很慢很慢。他的嘴就像第三只手，在她的颈项间探求。姑娘靠着墙的身子挺了起来，胯部不由自主地迎向对方，同时发出轻轻的呻吟。张广生沉沉地呼气，几乎快要把女人举起来了。

然后一下子，两个人的动作都僵硬了。

张广生的电话响了。

和音乐不一样，电话铃声总是联系着一切突然发作的事物。在这个空间里，这仿佛已经是距离他们最真实的声音，裹挟着现实而来，逼迫着人们妥协。小段重复的马林巴琴声，活泼、轻快，跳跃着把两个即将对接的人分开了。

张广生感到一种古怪的情绪，混合着排斥、羞怯、索然无味的情绪。他脸上的汹涌波涛，正在渐渐退去，留下在沙滩一样的皮肤上，被潮水抓挠过的痕迹。在短暂的不知所措后，他把手从对方的衣服里抽出来，匆匆后退，没有任何解释，走了出去。

　　姑娘在锈迹斑斑的镜子里，看到了自己。令她感到可耻的是，天还没有亮，天还是可耻地黑着。

变态反应
——关于一个药不能停的女人的故事

杨生一个人，不远不近地站在一群人边上。

杜米一眼就认出他来了。

杜米拎着旅行包，一只手捏着口袋里的身份证。她正在 Y 城高铁站，从三层楼高的铁轨边，沿着自动扶梯缓缓而下。

有人擦着她的肩膀跑下去，把她带得一个趔趄。跑得不算慢，仿佛不快一点就不能标示出他在自动扶梯走台阶的意义。那人把箱子捧在胸前，像捧着谁的遗像那般小心翼翼。遗像轻，不过是看起来重。可箱子真的重，跑得再快，也不会更轻松一点吧，杜米替他心疼。

巨大挺拔的钢索悬臂在两边舒展，自动扶梯很长，设定速度迟缓，大概想要营造出从容不迫属于车站该有的气魄吧。杜米以这种平坦的坡度，从高处一点点降落下来，这段相对漫长的时间，足够她远远而从容地打量杨生，以及摆好自己的表情了。

杜米把刷完的身份证塞回钱包时，杨生正在朝她走过来。

他抓着手套，十根皮指套被紧紧攥成一束。他的头发少了，脸却多了棱角，看不出人到中年的颓势，反而还蛮挺拔的。杜米仰起脸，打算有个微笑，却带出一串喷嚏。喷嚏来势汹汹，带着后挫力，把她的身体都凹弯了。杜米每打一个喷嚏，杨生的身子就微微晃动一下，仿佛她是冲着他去的。

杜米身上发生这些变化，是在去过一次花圃后。

好几年前了。蝴蝶兰，或者天堂鸟，看过些什么花已经淡忘，只记得回到家就不停打喷嚏，开始以为是普通感冒，却断断续续，一直好不了。去医院检查，说得了过敏性鼻炎。被问既往病史，杜米想想说没有，她从小到大，没对什么敏感过。只是看了一次花展，就导致鼻炎了？医生在病历上涂字，没搭理她，只给了个喷雾剂。后来杜米在网上查，过敏性鼻炎不是什么大不了的病，就是发作起来够呛。一旦开始发作，那时候的状况，在医学上叫"速发变态反应"。顾名思义，这是某种忽然兴起的，跟常态对立的状况。而在杜米身上，变态已成为常态。每天早晨，她睁开眼睛，就跟等待阳光照进窗缝一样在等着鼻腔痒起来，而这期待几乎从不落空。必将抵达的痒，绵绵细细的痒，随新一天的空气生成，沿着通道向上走，直到眼眶变得湿润。喷嚏之后，左边鼻孔总是堵着，流出的鼻涕，来不及擦掉，人中被撩拨得一道痒起来。都说痒比痛还难熬，上下左右的痒连成一片，最终占领了所有的感官通路，直到整个人从头到脚被痒痒的浓雾包裹了起来。

杜米捂着纸巾眼泪鼻涕一顿喷，额头上方沉沉地压着乌云。她正陷入变态反应的发作里，简直没办法说话。

杨生接过了杜米的旅行包，在她的一片混乱里，仿佛在为她卸去一身负担。她回忆起类似的交接时刻，依稀能上溯到多年前，无数个类似的日子，相仿的气温，差不多的体感。哪怕一左一右的距离，也总是包含着无限分离和无限接近的可能。杜米胸口跳动了一下。

"你没怎么变。"他短暂地盯她一眼，说的是普通话。他们都是土生土长的 H 城人，从他们在那座城里认识的第一天起，说的就是 H 城的方言，一种南北杂交、硬邦邦的吴语。杨生曾经评价杜米说那种话时经常冒出来的儿化音，总是跟别人不一样，"兴冲冲地，好像刹车刹不牢就顺势拐过去了"，"这就是南宋小朝廷的贵族气质，你懂吗"，杜米喜欢这样回答，他们常常觉得这样谈天很有意思，一起笑起来。自从杨生定居 Y 城，杜米有十年没见过他了。

"我……我早上忘了吃药。"杜米暂时止住了喷嚏，但带着浓重的鼻音，从她嘴里发出的声音像是她已经哭了很久似的。

她说方言，尽管她离开 H 城也同样十年，她还是想在他面前说他们的方言。

"你在感冒？"他说的还是普通话。

"不、不，是鼻炎发作。"

"吃消炎药吗？"他把她带向停车场，"看起来跟感冒差不多。"

"不是的。"杜米在又一串喷嚏的空隙里艰难回答。杨生扶着车门，等她落座。

"是不是很多人在想你啊，这喷嚏打的。"

杜米在副驾位上系上安全带，确定手提包里没带多余的抗组胺药。

她看过很多医生，吃过中药，用盐水洗过鼻。还试过偏方，甚至浸在蜂蜜里的生萝卜，也挣扎着咽下去过。根本没用，除了一种抗组胺剂。只要一粒，就能维持 24 小时的不发作。这种药仅仅是控制，它可以把变态反应产生的导致打喷嚏流鼻涕的叫作组胺的东西清除掉。靠这药根治不了，医生告诉她，只有做过敏源测试，找到究竟是对哪种物质过敏，并远离它，你的鼻炎才能痊愈。世上的物质何止千千万，杜米非常怀疑这种测试的准确性，何况她此时根本就没有兴趣去知道哪些东西是她不能触碰的。于是她只吃这种药。这是处方药，每次只能买一盒，一盒也不过六片。她每买一盒就塞在床头柜的抽屉里。对她来说，她或多或少考虑过是否终身得依赖这药，但它也像秘密武器，小小一粒就能让她恢复常态。

她却忘记带了。杜米没心思去接杨生的玩笑，她凝视窗外，一片阴天，没什么可看的。

杨生太有礼貌，礼貌得生分。她还不老，但也不再年轻。她相信除了鼻炎，她不可能一点没变。头发长了，两颊失掉了婴儿肥，隐隐下垂，显出颧骨的轮廓来。皮肤粗看依然不错，可靠近了能猜出那种好状态的光泽不过是来自昂贵的粉底霜。当面发作的鼻炎或许让她显出疲惫，同样也让她懒得解释鼻炎药和感冒药的区别。她微张嘴，用不会特别让杨生注意到的程度大口呼气吸气，试图缓解鼻腔的负担。每一阵发作袭来，她就搓揉鼻子，让巨大的摩擦力覆盖难以忍受的奇痒。

杜米手机上有他俩见面前的几条微信。在那个框框里，她说，我明天来。他回答，好的。

是她去加他的微信，在他们不相往来的十年后。有一天翻电话本，一直翻到最后，杜米看到杨生的名字还在里面。当年这个号码存在她通讯录的时候，还没有微信。她想或许能试试用手机号添加他，假如不能加，那就不能加吧。

一个昵称在微信查找里弹了出来，她凭直觉几乎立刻确定这就是他没错。他很快通过了验证，杜米反倒有些沉了，平白无故地，好像添了点事情。

"怎么不说话？"杨生一边开车一边问。

"有点晕车。"一个好借口，杜米把口鼻捂得更紧。杨生搭在变速杆上的右手伸过来，犹豫地拍拍她的肩膀，一路再也没说话。

杨生把碟子推到杜米面前，他说这里的韩式秘制小牛腩是招牌。杜米搅搅碗里的肉，吮掉了调羹上的酱汁。

"我现在不喜欢吃肉了。"她说。

"为什么？"他问。

在外地生活十年，杜米同样习惯了说普通话。到此刻为止，她一直坚持跟杨生说方言。如果在平时，她会觉得这样不从容，也相当没有气质。她坚持这么做，似乎有种进入过去的幻觉。如果说方言让人看起来颇为乏味，杜米接下来真不想让自己永远是这般乏味的样貌在杨生的面前了。

杜米撸撸鼻子，放下筷子，挺直了上半身。她坦然注视着杨生的眼睛，用字正腔圆的普通话说："因为，我一点性欲都没有。"

可能是她表情里某种滑稽的成分多过了言语的牵强附会，杨生的第一反应是大笑。

"这跟不吃肉有关系吗？"

"有啊。"

"开玩笑？"他说。

"开什么玩笑？"杜米不笑。

特别是这样的红烧肉。稠密的汤汁，辛香的味道，她没有食欲。

有天早晨，杜米醒来就看到身边人半裸的肩膀。她带男人们回家过夜，盈亏自负，这没什么不好。昨晚留下的男人不年轻了，肩头和腋窝衔接的地方褶皱既多又松，皮肤瓷白厚重，跟快上年纪的胖子一样油润而不透明。他是杜米同事的叔叔，来找同事时认识她的。他有时留宿一夜，睡醒了就走。他安静，不多话，杜米认为这叫稳重有积淀。当然这肯定是女人的一厢情愿，男人也许肚里空空没话说呢。他说正在离婚，杜米也不知道究竟离没离成，可能还是不要离比较好。杜米把自己的手臂伸过去，她也不年轻了，比起男人却远要扎实饱满。杜米一哆嗦，男人打了个更饱满的呼噜，隐约有一股来自他内部的气息——皮肉在身体里面闷着，不见天日的气息，跟冷空气一起刺激着她的鼻黏膜，她打着喷嚏，忽然就失掉了昨晚交缠的好兴致。她推醒他，打发他走，从此再也没有带任何人回来过夜。那以后，她感觉到大部分食用肉类，都有过于浓烈的气味，不管生的还是熟的，四条腿还是两条腿，这些气味总让她想起一些行将就木但还饱含诉求的事物，总是让她仿佛陷在沼泽里，她需要努力咀嚼才能消化。渐渐地，她吃很多蔬菜，偶尔吃一点鱼虾。洗澡也只用没有香料的肥皂，抹的也是没有气味的护肤霜。她这样过了很长一段单身日子，到最后她差不多就不感到身体的需要了，连做爱这件事，她已经很少想起了。

"你以前可不会这么说话。"

"我以前还没有鼻炎呢。"

服务员走进包厢，给他们倒水。他们顺便都静了下来。

她的头发长了，扎起来的话，发梢悬着，有时候发梢扫到脖子里，会觉得凉。

"当然是开玩笑了，怕没话说，冷场。"杜米啪啪打着一次性打火机。

"我知道。"杨生回答。

"知道什么？"

"知道你怕冷场啊。"

"这也是开玩笑。告诉你，我说自己不吃肉其实是在哗众取宠。"

"啊？"杨生的眼睛本来就不大，惊讶之下也不见得更大。

"装呢。"杜米有好一阵不打喷嚏了，两颊红扑扑的，似笑非笑地盯着对方。

杨生停顿了一会儿第二次笑起来。然后杜米也跟着笑起来，好像并没有注意杨生微微的被动和迟钝。

"你还记不记得那只烟灰缸？"

"什么烟灰缸？"

"红色，塑料的，印着一个啤酒牌子。"

"好像……记不得。"杨生说。

杜米问："你结婚了吧？"

"离了。"

"有小孩吗？"

"不归我。你呢？"

"男孩女孩？"

"男孩。你呢？"

"我没结。"

她的眼睛闪闪发光。杨生忽然放了茶杯，说去一下洗手间。

他去了很久。在杜米即将有不良预感的当口，杨生才回来，身后还跟着一对陌生男女。

"介绍一下，这是陈总。这是小杜。"

叫"陈总"的男人点点头坐下来，他身边的女孩也坐下来。服务员撤下碗盘，端上了茶点。

见到陌生人，杜米挺直了背。

"这么巧在外面碰到陈总，刚好谈点事。没关系吧？"杨生跟杜米说道。

杜米摇摇头。

忽然来了人，她和杨生之间刚刚恢复的微妙融洽消失了。杜米此行是找杨生来的，还没想过要见他的朋友。陈总大概四十岁，脸蛋白白净净，有点即将跻身社会名流的气度。他看起来不像杨生的朋友，杜米敏感地注意到他穿着猪肝红色的上衣，前胸有亮片连缀的美杜莎头像。这个哥特暗黑的品牌，除了一线的价格，真的适合这类被称为某总的生意人吗……杜米本不想促狭地评判人家，好像该说点别的什么，又说不出来，只想笑，心里在回忆十几年前初见杨生的情景。杨生穿着H城最高级的百货公司中奖买的西服，举着百合，等在楼下。杜米看到那身银光闪闪的暗花纹西装，差点背过气去。杨生走上前来，步子有点犹豫但很是坚定，他挡在杜米面前，把花塞进她手里。那是他们第一次约会，杨生已经显示出了性格中的端倪，他固执而且实际，端正，不轻易让步。这些细节杨生肯定连烟灰缸一起忘记了，男人能记得住什么呢。

杨生给大家上一轮茶，和陈总说些寒暄的话。开始，陈总会偶尔看她一眼，杜米很怕他向杨生甚至直接对她提出一些问题。老朋友？是哪儿人？来 Y 城玩吗？好像人们从一个地方跑到另一个地方打算做的事情，都可以用"玩"来概括。假如杨生或者她回答了，陈总接下来会不会介绍旅游景点呢，看上去他像个本地人，甚至他已经在对杨生展现出了然于胸、洞察一切的会意表情。在本地人眼里，我这样出现的女人到底是什么？她自己也答不上来，杜米有点心烦意乱。

两个男人终于谈起股票，这个话题比刚才的闲扯安全多了，杜米松了一大口气。杜米不讨厌男人说财经，她讨厌他们刺探私事，这个世界大部分男人八卦起来远甚女人。刚过下午一点的开盘时间，杜米看到陈总亮着的手机屏幕上打开着炒股软件，望过去一片绿色。她便也有些心疼自己的股票，出门到现在，还没有工夫看盘，而盘面已经惨不忍睹。她不禁长叹一声。

被杨生听见，以为她无聊了，把干果零食朝她推过来。

杜米还没来得及问杨生现在从事什么行业，他和陈总已经切入正题，听起来杨生大概成了掮客之类的人。他正在纸上快速记下一些合同条款。杜米微微后仰，就能看见他的笔迹。潦草，狭长，精简，和他的眉眼一样秀气。

杜米和杨生相识的时候，杨生还是 H 城的银行小职员。工作没两年，朝气未曾消退，成熟已添几分。他们用那时刚兴起的手机短信通信，开始要两毛钱一条，后来降到一毛钱。有一搭没一搭地两个人一天下来也能互发几十条。杜米想想，在一起的那几年，已经过了写信的时代，确实从没见过杨生的笔迹。此刻这感觉很新奇，连她自己都很久很久没有书写过什么了。而且杨生和陈总并没有不停说话，反倒像是杨生在写一封给对方的信，写完了他跟对方也就谈完了。他还写得那么认真，一丝不苟。

杜米想起人生中的两封信。她八岁的时候，曾经写过一张纸条，如果能算信，那就是人生第一封信。纸条上写了学会不久的三个字"我走了"。在父母张罗晚饭的间隙，杜米出门了。据说她还抱走了自己的小板凳，谁都不能解释杜米突如其来的举动，用父母的话说，你小小年纪，又没受委屈。她记得在暮色里走了很久很久，后来父母告诉她，当她被找到时，刚刚走完整条巷子，正站在十字路口发呆。或许揣在前胸的小板凳，和她莫名其妙的出走一样，都有无缘无故的神秘感。

十年后杜米十八岁，收到高考录取通知书的那天，她给父母写了第二封信。在那封信里，即将上大学的杜米再次宣告要走了（好像上瘾似的不能自控），同时她希望父母尽快办妥离婚手续勇敢结束十八年的针锋相对，并找到各自的归宿。她把信誊写两份，放在大床两边的床头柜上。在接下来很多年的时光里杜米都认为正是由于自己大义凛然的这封信，才促成了父母如愿以偿各奔东西——各奔东西之后呢？她认为，那就是文责自负的范畴了，跟她没有半毛钱关系。

杜米从碟子里抓了把麻辣黑豆。豆子里有花椒，花椒入嘴在舌尖引发的震颤感，据说相当于 50 赫兹的物理震动频率，花椒入菜，图的就是类似的刺激———一种无缘无故的理论。包厢的墙上除去古怪的抽象画，还贴着一张代驾广告，上面又印着一句无缘无故的话：人生是一场旅行，你在旅途中不能光留在一个地方。杜米掌心里攥着的一粒黑豆，不小心从她指尖蹦了出去，蹦到了陌生女孩面前。女孩反应敏捷，接住了豆子，还把它按在桌上。

她看看杜米，随后垂下眼帘看看豆子，一会儿又抬眼看她。她看到杜米一直斜靠着椅背，也隔着桌子在朝她眨眼睛，杜米真怕她就那样吃了这粒豆子。

杨生和陈总都没有介绍这女孩是谁。她一进来就坐在边上，轻巧友好地喝茶，没有说过一句话。栗色头发，浅棕色眼球，面目柔和朦胧，看起来跟杜米差不多，事实上杜米看得出她比自己起码小十岁。没有不怕老的女人，也没有不爱听好话的女人。但杜米从不相信"你看上去跟那个小你十岁的女人差不多"的奉承，这种话不可信以为真之处在于，它忽略了一个事实（有意无意，或是简单粗暴），杜米这个看似还行的容貌最多还能保持一两年，而那个小十岁的女人，她此刻的样子起码还能比杜米多保持十年。她俩的关系，就是她以远大于杜米的加速度从身后赶超上来，正好跑到与杜米肩并肩的位置，而这并不成为永恒，只是瞬间的交错罢了。杜米从来没特别介意抓不抓得住所谓仅剩的"一两年"，离开杨生的这些年里，她没有成家没有立业，没有房子没有积蓄，依然不觉得被荒废。杜米总有事情做的——这是打个比方，意思是指她习惯一个人待着，没觉得难挨不舒适。她即使身体空闲下来，大脑也从不休息地空转着，如今更添上个过敏性鼻炎，十年一眨眼也就打发过去了。

　　女孩无所事事，嘴角似笑非笑，这表情可能和杜米如出一辙。两个女人就这样互相打量，背景音是两个不确定是否属于她们的男人在谈生意。这种每天上演的戏码司空见惯，既属于沉默不语的女人，也属于相谈甚欢的男人。杜米想起杨生已经忘了的烟灰缸，一只红色的塑料烟灰缸，上面印着著名的啤酒品牌。它还躺在杜米的抽屉里，跟当年一样红，一样好看，好看得在两人第一次吃饭的时候，杨生穿着银灰西服，杜米捧着百合花，忍不住临走时就把它顺走了。因为它那样红，那样好看……

　　忽然，女孩出其不意地把豆子弹了回来，杜米下意识地接住。她略显惊讶抬头看女孩，女孩露出拘谨的笑意。随后她渐渐松开两只抱肩的手，掌心向外，抵在前胸，摆出一副要迎接什么的样子。她在等待杜米把豆子弹回去吗？她想玩游戏吗？杜米把豆子压在食指下搓来搓去，豆子表面的脆皮发出轻微的爆裂声。杜米的鼻腔瞬间又开始发痒，她拿起豆子直接扔进了垃圾桶。然后她翻着手提包，有点心虚自己确实像个老女人，整个脑袋里都在喋喋不休的老女人，这使得她不敢再朝女孩看一眼。

　　他们出来的时候，外面在下雨，天也黑得更早了。

陈总带着女孩走了，杨生载杜米去预订的酒店。他给她开车门，等她落座。她听到杨生擦着她的鬓角在她耳边说："刚才你说我胡子的时候，我都……"杨生从不说这种话。很突然，杜米心头划过暗暗的悸动，按捺不住又时刻要去抚摩那几个字似的。话是某种明示，反复绕在她脑海里，让她的小腹跳脱出一团久违的火苗。

　　街上的天色又暗了一些。雨点打在车窗上，很快就变形成扁扁的小圆圈，现在只比当年他带她去看他母校的那个黄昏亮一点点。那个校区在湖边，有山道蜿蜒而上。走到一半，杜米从后面轻轻靠近杨生，他侧身搂住她，把她的脸贴紧在他脸上。皮包的肩带扣卡死在她腰部，隐隐生疼。那种疼抵过了他的鼻梁在她脸颊的压痛，让后面的吻印象深刻，甚至于还很甜蜜。杨生的嘴唇干燥，还有一点点被动，随后才变得灵活生动。一圈温暖的包围和轻柔的搅动，杜米真心诚意地想要他。回去的公交车上，在路灯射进来的光线里，他脸上沾满了出门前她擦抹的散粉，闪闪发光。这个影影绰绰弥漫着微光的夜晚，一直留在杜米心里，此时她再一回翻洗出来，忽略掉男人的犹豫，那一夜还是沾了金沙似的熠熠生辉。

　　想想这么多年，杜米其实也没跟周围的世界和解过。吃到不甜的梨，就会想假如这是她亲手种出来的，能有这味道已经很满足啦，就原谅了那些不好吃的水果，还有那些不喜欢的人。有的东西有的人，她也是扔掉后再拿起来看看，然后才觉得说：呃，也还好。

杨生忽然把车停了下来,杜米想着的往事也一道按下暂停键。

"怎么了?"她问。

"那车是不是抛锚了。"他说。

抛锚的车在他们前方,后备厢打开着,里面乱七八糟的。将备用轮胎搬出了,扔在地上。司机正举着千斤顶,努力往后轮底下塞。杜米这才看出来,后轮胎彻底瘪了,车子已经歪向一侧。

杨生拍打着方向盘,拉起手刹,说:"看样子只能等等了。"

司机换轮胎的样子看起来很不熟练,可谁必须一定要对什么事熟练呢?看样子只能等等了。这是条单车道窄路,不一会儿他们后面就堵了起来。

杨生打开收音机,电台里一男一女在表演网络段子,中间穿插着几段事先录好的观众笑声和掌声。车厢里有点闷,杜米感到热和无趣,她又接连不断地打起了喷嚏。

"我跟你说说话,你会不会好一点?"杨生熄了火,关小了音量。

杜米点点头。

"刚才那个女的,你跟她不一样。"杨生说。

杜米没吭声。

"以前没见陈总带出来过。"杨生又说。

"她是谁?"杜米问道。

杨生笑了,仿佛杜米问了个顶无聊的问题,答道:"谁知道她是谁。反正你跟她不一样。"

"大概因为我已经过了那个躁动的年纪吧。"杜米说。

她转过头对着他，杨生迟迟才开口。

"恰恰相反，我的意思是你好像更焦虑一些。"

"我有吗？"

天色往更深处暗了一些。车越堵越多，不知情的司机按响喇叭，长长短短的鸣笛声和咒骂声连成高低一片。后面一辆车刚打亮大灯，灯光通过反光镜一直打到杜米的眼睛里，她强忍着没有移开视线。

杨生看她一眼，不发话。

"我哪儿焦虑呢？"伴随着一阵喷嚏。

"这么多年，这一点上你从没变过。"杨生的目光紧接着柔和下来，他说，"你看你，不好端端坐着，不停翻包，翻完了就去啃手指甲。"

"给我瞧瞧。"杨生抓过杜米的左手，中指和无名指的指甲都只剩下一半，紧紧抠在肉里。指端的皮肉红肿，有些外翻。

"看看，咬成这样。"杨生用一种责备的口气，"我说呢，又不是孩子了，怎么还改不掉？"

他这种好像特别关心在乎她的样子让她忽然很恼火。在杨生再次开口前，杜米的手抽了回来。她把车窗打开一条缝，深秋的冷风和着一点点细雨，打在额头上，让身上这样凉下来，她觉得舒服多了。

"到酒店安顿下来，我们就去买你说的那种药。没事的。"

杨生说，"明天鼻炎就好了。"

杜米不说话。半个小时过去了，他们身后大概排起一百米的队伍，谁都没有办法。备胎换旧胎，这是天经地义。

"总算换好了。"杨生告诉她，指给她看。

在车大灯的照耀下，杜米看到旧轮胎被卸在一边，一点没有刚才瘪气的样子，看上去还是圆鼓鼓的。司机背对着他们，似乎正在往后备厢里铺一块布，然后才把泥水四溅的轮胎小心翼翼放进去，特别注意着不弄脏后备厢。始终看不清司机长什么样子，他在由他而起的堵车长龙前慢悠悠地干活，全然没有丝毫要抓紧时间的意思。那份强迫症似的要把轮胎放好的坦荡令人咋舌，乱七八糟的后备厢已经暴露无遗了那么久，整个事件就像某个老女人在众目睽睽下掀起裙子拉底裤。这一系列夸张、羞耻可又是再自然不过的动作，令人无可指摘又忍无可忍。

"我还是打车先走吧。"杜米说话之前，已经拉开了车门。

"喂，怎么无缘无故又……"杨生来不及反应，他的后半句话早被杜米关在了车内。

杜米躺在酒店的大床上，想起了前天做的梦。杜米梦到了杨生。杨生捧着一群红色螨虫，让杜米喷嚏连连。醒来她就决定要去见杨生。

手机响了，等响过一阵，杜米才接。

杨生说："我到了，你在哪个房间？"

杜米说她不在酒店。

"打车走的，快上高速了。想想还是回去。"杜米起身，掀开窗户，让风吹进来，让举着电话的手臂伸到外面，让杨生听到那种车开在公路上的沙沙沙的声音。

"啊，怎么了？"杨生的音量有点提高，但并没有很意外。

他的不意外减轻了杜米那点轻微的歉意。"没怎么。"她回答。

"晚饭都不吃？"

"不吃了。"

"真走了？"

"嗯。"

"无缘无故要来，无缘无故就走。"

真像一句古里古怪的诗，而不是抱怨。

"嗯。"杜米坐在窗台上，被城市灯光照亮的灰红天空里，有个一闪一闪的橘色光斑。肯定有架飞机，在高高的云上飞过。当然杜米看不到飞机，但她知道它就在那儿。

杜米听见杨生点打火机的声音。"可又是你要走的，每次都是你要走。为什么？"

"什么为什么？"

"十年前，你也这样一走了之。"

十年前，从前。从前有什么好说的，杜米想到"从前"就卡壳。那些被追问过的为什么，如同一帧帧被剪掉的镜头，整个从她、从他们身旁滑过去了。谈未来才有意义，想从前没一点意思。

"因为那时候你要走了。"杜米说。

"谁说我要走？"

"我就是知道。"

电话那头沉默良久。"你又怎么了？"

"什么怎么了？"杜米讨厌这种防御性的明知故问。

"你知道什么？杜米，你什么都不知道！"杨生提高了嗓门。

"你说要出国。"

"出了没有呢？"

"反正你走了。"

"我走了是因为你走了！"

"我知道你迟早会走，索性先走一步。"

"今天你也知道我要先走？"

"嗯。"

"这是什么逻辑？"

"你自己心里清楚。"

"是，我清楚得很！"杨生喘着粗气，"你总是不相信我，你从不相信任何人。"

杜米想象着他扔了烟头，一脚踩在上面。

她问："难道你以为我不是自由的？"

杨生反问："难道你以为我不是自由的？"

每句都是冠冕堂皇的书面语，只能用普通话说出来。他们俩，隔在他们中间的十年，宛然一部神奇电视剧，只有第一集和最后一集。

"你知道经过这里的飞机，是去哪儿吗？"

杨生不再回答。过了一会儿，话筒里只留下挂断的嘟嘟声。飞机去哪里，做什么，他固然是不想理睬的。远处的灯光渐次点亮，杜米却还是看不清那些高楼的样子，仿佛整个 Y 城根本就不存在，她在这个房间里，跟在自己的房间里，好像都是一样的空空荡荡。

夜凉如水。

杜米手心里的汗渐渐干了，她握着电话不能决定该不该回拨。潮湿的冷风吹了太久，她的鼻子终于又痒起来。变态反应没有例外她知道。

吸顶灯吞吐了一房间温暖的颜色，白墙、白床单，都涂着明亮柔和的阴影。杜米重新倒回床上，鹅毛枕头排出一团空气，缓缓瘪下去，浆洗过的棉布气味充满了她湿漉漉的鼻孔。有多少人跟她一样坐在窗口打过电话？有多少人站在这里说过跟她一样的傻话？有多少人用她这样的姿势躺下过？又有多少人流着鼻涕眼泪假装感冒就像她现在一样？她攥紧了拳头，手心里捏着一小团揉皱的床单。假装没感情比假装有感情还难。她转头看到没有拉上帘子的窗外，目力所及的房间都还没有开灯（或者是已经关灯）。有时候，在来不及搞清楚原因之前，所有的事情就已经完蛋了。

在一切必将无疾而终之时，杜米只想尽快回家吃药。她知道，只有那盒白色小药丸，真心诚意躺在不会变的角落，永远等着她。

万有引力

父亲打来电话的时候，十一月的天已经黑了。

晚饭后经常是一段无所事事的时光。杯里续上了开水，蒸汽恍恍惚惚地飘向顶灯，填饱的胃部暖烘烘的，手脚也暂时没有冷却。

夜色黑了，我在等着它更黑一些。

我摊开在并不常坐的沙发上，摆弄着新买的手机。反复摩挲机器背部致密的磨砂表面，它和皮肤蹭在一起若即若离，一段情投意合的态度油然而生。这款新出的手机跟先前迥异，边角圆润，光滑饱满，尺寸前所未有地变大了。当"爸爸"两个字显示在更大的来电屏幕上时，也变得更大了。这个更醒目的词语，伴随着系统默认设置还不及调换而不为我所认知的铃声响起，让那一刻展现出惊心动魄。差不多有两秒钟，我手足无措，痴呆地盯住屏幕，好像不能相信一个简单事实，即便换了新手机，父亲的电话也会及时赶到。更不能相信新手机的处女来电，是父亲。居然还是他。

我有些被冒犯的感觉。常识随即说这种感觉并不合伦理，我的心脏旋即收缩成一团。包裹着夜色的黑似乎也打散了，透过窗户的缝隙一丝丝渗透进来。铃声在房间里响着，我让它继续响着。它不屈不挠地响着，固执得跟世上所有的父亲一样。我由痴呆回过神来，开始察觉一丝紧张。我把手机放到远处，拉开距离注视着它。

这种突如其来的短暂行为失调已经不是第一次了，每回我却还是那么在意。我总是太在意发生在新东西上的第一次，刹那间花被剪下，新衣服刚抖开就被一屁股压皱，陌生人碰头第一声微弱的招呼……因为某种不确定开始却又注定结果的唯一性，所有的第一次似乎都强迫症般的紧张难耐。屏幕变暗了一会儿，重又亮起，铃声短暂间歇后再次盘旋在空气里。

紧张感越发强烈。在分外安宁的此刻，我害怕任何突如其来的电话，包括父亲的。那些不受欢迎的打扰，总是试图在按部就班的行进中强行插入。我忍耐地听着新手机的铃声，叮叮咚咚。

离开父亲家已经很多年，电话是平时唯一的联系。我会遵照计划表的安排，每周在固定时间打去电话，一般是晚上八点钟。那听筒里的等待音不是嘟嘟声，是电话公司擅自设下的口水歌，有时和节日有关，有时和一些伤透心的男人有关。我想父亲是不知道的，他即便知道了也不会认为这有啥了不起的。要等它们唱一阵，才听到话筒被人拎起来的咔嗒一声。接着是真空三秒钟，父亲的呼吸喷在哗哗爆响的细电流里。我习惯了不在此时先开口。三秒钟以后，才会传来懒洋洋的"喂——"，父亲的问候拖长了尾音。似乎有些不情愿，待到听清是我，说出来的前三句话调子还低沉着，来不及去掉审慎防备。

紧跟着父亲的招呼，我开始谈天气。我这儿下雨了，你那儿下了吗？今天雾霾挺大，你出门了吗？跟父亲谈天气和天气无关，目的是把对话引向穿衣。天冷了，说多穿点别着凉；天热了，说少穿点别捂着。离家多年之后，我才慢慢学会了在电话里应该说哪些礼貌的话。这些话出口时，很难承认不是出于真心，但就是不像我这人想说的话。我当然想说点别的，可我没勇气把对话引到别的地方。

他会告诉我最近的穿着，由内到外没有遗落。有次他说穿了新内衣，里层有加绒，贴着屁股暖烘烘的，听着听着我就以为这种对话不太妥帖。记忆里的父亲应该是爱体面的，这点我很清楚。通常他展开这样的讲述后，我多半就已经做好准备，会在固定长度后挂断电话。父亲个头不高不矮，一米七几，最稳妥的南方男性身材。人过中年不可避免地浮胖起来，块头就大了不少。即便如此，当父亲退休以后，他所有的话题都集中在自己的身体面积那么块儿地方时，我也忽然就意识到，这些话题事实上萎缩得有多么厉害。

父亲害怕生病。每回电话里，他都能发现一个让他感觉不舒服的器官，不舒服不等于疼痛，多数情况下不过是这个器官让人感受到了它的存在而已。他拟人化地指责那只器官，混合着欲擒故纵的不解以及嗔怒，好像在指责某个不守妇道的老相好。每当这时，我都让嘴巴最大限度地接近听筒，妄图在密集的抱怨里插入哪怕一丝一毫我的声音。我曾经试图在父亲抱怨乳头疼痛的间隙，跟他谈谈仙人掌。我问去年买给你的仙人掌浇过水吗？父亲略停顿，回答说刺太多没搞头，手被扎得跟现在的乳头一样痛。在话题的选择上我没有成功过，我们的话题最后还是要回到他的乳头上。父亲的体验告诉我，长情的陪伴最好近似于空气般无感的存在，比如每次在电话那头的我。

　　如果他忽然感受到了电话那头的我，他会问一下工作，也就是忙不忙之类的问题。我一点也不忙，但我永远或者习惯了跟父亲说我很忙，唯恐不忙就是种羞耻，唯恐说不忙他就会继续指责自己的器官。"忙"是闲人的盾牌，无所事事确乎是种羞耻，无所事事还领着薪水，哪怕薪水再微薄也简直近似于在光天化日之下打劫了。我时常怀疑父亲从未搞清楚我是干吗的。"你是干吗的？"我有限的几位朋友也这么问过。我认真回答过，我告诉父亲，也告诉朋友，我在县城那幢马路边上的三层小楼里，从上午八点到下午五点，坐着。"那你究竟是干吗的？"他们非要问到底，那就太没劲了。都这么坦率了，你们还想要我怎么办。

　　父亲对我最直接的关怀，就是不停地劝告我要开始进行体育锻炼。运动是一切病痛的万灵丹，没人会否认这点。我认可父亲的关怀，这种关怀始于他的经验、他的身体，最终希图作用于我的身体，我身体的一半来源于他的身体，因此他与我有着天然的牵连，这是端庄且符合伦理的。我不热爱体育运动，运动员就是运动员，肌肉动作、物理循环，作用于身体的花招而已。有一些从没跟我说过话的人，他们经常在微信朋友圈里赞美长跑，从他们那儿，我了解到长跑不光是运动项目，早已经成为一种跟自己相处、跟世界较劲的方式。对此我充满怀疑，动作的协调或许是美的，身体的舒展或许是美的，但与我有关系吗？我享乐于一具静止的身体，所有器官都安宁地不存在，即便某处发生着隐秘的变化我也不想知道。我没觉得自己有病。

铃声停了。铃声不像主动停止，而是被周围空阔涌动的一切吞没挤对而忽然消失的。天完全黑了，灯光打在家具上显得更为明亮。我呆坐一阵，总算有了站起来的力气。站起来拿起手机，听筒图标的右上方，标识着鲜红色的"1"。

那夜我躺在床上，数着又一个即将被浪费的睡眠，记挂着父亲的来电，迟迟不能决定回电的时间。黑透的天色压在窗外，放在胸口的右手越来越沉。我索性使它滑下去，触到绷紧在胯间的内裤时，一股轻盈的愉悦袭来，好像撕碎的羽片徐徐扫过，老友重逢那般。我想起幼年的黄昏，落日隐下去，还剩半抹弧线悬在屋檐上，四处飞舞的小虫嗡嗡叫着，忽然那个好像是父亲的男人穿过天井，朝我俯下身来，逆光的脸被勾出毛茸茸的轮廓，太阳也不见了。

电脑开了，茶也泡上了。我坐在办公桌前，办公桌放在马路边这幢三层小楼的某个角落里。我填了几张表格，打印了几份文件，不知道该干些什么。出门前曾反复翻看手提包，一共确认了三次钥匙和手机，都在。此刻我又摸了一下，它们确实还在。在又怎么样呢，说明独居的我不会被关在门外，还是会有很多人打电话？白天又长又空旷，什么都填不进。窗外是个小型停车场，发动机启动和熄火的声音从未间断，外面的人们很忙碌，而我在嘴里数着腰果，歪着头，什么也不想。吃到第二十八粒的时候，我扔了腰果罐子，重新坐下来。

鼠标一遍遍划过打开的网页。这是个购物链接，我不应该让它停留在桌面上那么久，起码也应该藏到最下方的任务栏里去。链接是父亲刚才给我的，里面的商品也是父亲要求买的，他说，就跟以前一样的收货地址。近来，父亲开始与我频繁通话。通话的起因是我俩终于找到一件可以在电话里齐心协力阐释和完成的事情——网购，他寻找商品，我来网上交易。几个月前，父亲发现他常年服用的一种保健品，在网上的售价只有实体店的三分之二，从此便无条件爱上了绚烂的网购世界。我已先后为父亲代买过高原青稞米、胶原蛋白粉、钙片、小麦胚芽、按摩椅、智能马桶盖……还有一堆血压计血糖仪，每样都和他的身体保持密切关联。每次他都在电话那头强调，这是某某养生栏目推荐的，那是什么科学实验证明的。想到父亲将在一堆杂粮、补品、仪器的包围里保健着身体，消耗着身体，不由令人坚信他非常及物，是个脚踏实地做人的人。只是这一回，我久久注视着链接，无法相信自己的眼睛。网购这么久，竟然从不知道网上能买到这个东西，简直像打开了另一番天地。你不要问那么多，买就对了，钱会打给你的。听口气父亲不像是开玩笑，这简直匪夷所思。我后悔回了父亲昨晚的电话，可如果我不回的话，难道他就不会再打来吗？

咕咚。手机亮了，收到一条微信。

人呢？一个名叫"公务员先生"的头像问道。

收到他的消息非常意外，我以为他再也不会和我联系了。想了一会儿我还是回复了。在。我只送去一个字。

咕咚。今天穿的什么，看看？几乎没有停滞，第二条信息顿时就到了，后面跟着一个"憨笑"的表情。

他的口气好像什么事都没发生过一样。不可思议，我放下了手机。可还是熬不住想回复。我想不出什么理由不回复，树上一枚孤零零的果子，为什么不顺手摘下来。

你想干吗？我说。

咕咚。我想赞美你的身体。

我心底蹿起一股怒火，脸却一阵烧。拇指向左滑动，"删除"二字跳了出来，我却迟迟没有按下去。

咕咚。我忍不住要缠着你，赞美你的身体。

你还有脸赞美我的身体？我想着公务员先生在那一头，腿高高跷着，交叠着搁在办公桌上的样子。这确实是我想象的，我原本以为能够想象得更美好一些，事实是他们都差不多，就那副面孔，那副做派。

咕咚。那你要我赞美什么，赞美你的精神吗？对方用了一个抠鼻屎的表情。

我瞬间被一种时常出现在单身女子身上的羞耻包围了。由于我确实做过一些难以启齿的事情，我确实不敢承认我有更好的动机。此刻，那种七上八下的悬空感便越发强烈。我关闭微信又打开微信，我微微喘着气，不知道应该回答什么。

咕咚。那我就赞美你的脑细胞。

咕咚。你要是脑细胞没了，精神还有吗？

咕咚。脑细胞也是身体吧？

咕咚。还是在赞美你的身体！公务员先生加上了"大笑"的表情，两只龇着门牙的黄脸看起来充满嘲讽。

我持续关闭微信又打开微信，同时刷着朋友圈的"更新"，大量危言耸听的养生指南、宗教鸡汤、末日预言依次出现。手指轻轻抖着，什么都看不进去，一直盘旋于脑际的问题是，那晚之后他怎么还能来跟我谈身体？！

我和公务员先生是一次会议上认识的。那次会上，公务员先生上台宣读了文件。他朗读起枯燥的文件来，除了语速快一些，没有其他毛病。我的意思是，他很有秩序。跟所有的官员一样，也跟医生一样，那种秩序感是后天的，是身份赋予的，因此似乎薄而脆弱。他的头发已经稀疏得透出头皮，而呈现出蓬松的深灰色。我内心蒸腾起某种想要揉乱它的冲动。后来我们在微信上聊天，我开始称呼他公务员先生。他曾说他们单位那层楼的厕所是男女共用的，他大便的时候会看到废纸篓里的货色，就会猜出这层上寥寥无几的女同事，最近谁来了月经而谁的月经已经快结束了。当他这么说时，我觉得他特别亲切，也很性感，然后他的形象才被活生生地确立起来。我开始期待和这具渐渐衰老的身体纠缠，剥开他的秩序，破坏他，和期待失去年轻的处女膜一样迫切。那天晚上，他终于到我这来了。当时天色已经暗透，就是做任何事都不需要解释的那种夜晚。

公务员先生进来时，满脸风尘仆仆。我关上门，转过身来，他就站在我面前，门后灯光照不到的角落。风把他的体脂混合烟草的气味吹了进来，我暗自推测，这气味来自他的耳根，后边那儿一处浅浅的窝。这气味钻入鼻孔，如此熟稔，落在冷冰冰的衣领上都是暖的。我又想起幼年的那个夏日黄昏，擦洗过的地板渗出潮气，蚊香熏着房间，床上的毯子也是这样的味道。我不动声色地嗅着他周围的空气，空气勾出他宽厚的肩膀曲线，一切在我的想象中澎湃得仿若久别重逢。毫无疑问，这是一个好兆头。我们没有什么废话就躺在了床上。

一次次徒劳无功，他干脆爬起来走到卫生间剪鼻毛。

自那以后，中间隔着一大段的沉默，直到今天。公务员先生没有动静，在一串炮仗连发似的抢白后，他还在等待我的回应吗？我持续地刷新朋友圈，已经没有任何更新了，我还在刷。我心里长出无数刺手，每一只都在抓挠玻璃，发出干涩的刮擦声。一阵装出来的忙碌后，我觉得无论如何应该做出一点表示了。我拷贝父亲传来的商品链接，给公务员先生发了过去。

很多时候，我觉得父亲是已经死去了的。分隔两地的亲属，互相只存在于电话线和记忆里，既可以看成死亡也能当作永生。如果没什么谈论的话题，死亡不过就等于减少了一个固定谈话对象而已。除了网购和养生，父亲与我没有更多可说的。这么想想，并不能证明我是一个残忍的人。那个挂着鲜红标题，写着"双十一大促销狂欢"的链接，热气腾腾卖的却是骨灰盒，才是残忍的。一连很多天，公务员先生的咕咚声再也没有响起。我能假设他是被吓到了吗？他会以为我是个残忍的家伙吗？

这阵，只要空下来，我就忍不住瞅瞅父亲想买的骨灰盒。闭着眼睛我都能还原出骨灰盒的外貌，"水不能侵，蚁不能穴"的金丝楠木，形状是宫殿的样子，还有钩心斗角的飞檐。盒子四壁有图案，是一些云中飞翔的仙鹤。鹤雕得很像鹤，不光脖子细长，两条麻秆腿也细长细长的，仙鹤之于鸡，原来是因为腿的长度，否则如何超然于鸡群。鹤出现的图形，总是叫我想到浮世绘那些东西，它们覆盖着经年不化的积雪，生生世世地活了下去。我有个高中同学做名贵木材生意，每天能在朋友圈卖一大批金丝楠木的算盘、纸巾盒、马桶盖，甚至是小苹果。它们都跟这个网络售卖的骨灰盒一样，上漆抛光，流动的金丝波纹弯曲在透明表面之下，没有木的质感，看上去像充满机巧的塑料制品。销售页面绚丽多彩，"双十一"大促销、直降到底、两年退换、全网最低，和贩卖任何需要贩卖的商品一样，甚至和过年一样，欢乐、纵情、无所顾忌。

无论如何，我决定回家一趟。这个想法突如其来，便固执地在脑海里徘徊了很多天。

　　和大部分人家的子女恰好相反，我独自住在外县，父亲独自住在省城。自从大学毕业，我俩维持这样的格局已经好多年。这也可以解释为何我勤于网购，除了价钱便宜外，买到买不到的东西是很重要的原因。父亲年纪大了，这座他土生土长的城市几乎就和抛弃这些老人一样，迅疾地离他而去。我基本上不情愿回那座生我养我的城市去，即便万般厌恶过年，一年也就回一趟。在这个以宜居著称的城市里，已经没有什么东西还未被说到过。早晨完整出门的人，晚上回家就像找回的零票，要说今天的太阳正好，太阳还是高高挂着一动不动，商场唱着恭喜发财的歌，也没见街上人人都发财。那儿的道路如同发育过度的肌肉，已经全是另一种长相，而我的方言也再不能如从前那样悦耳动听，熟练运用。这回因为父亲的奇想，十一月我就回家了。这时候的风还没有那么冷，省城密集的人群则更是暖和，回家的感觉和从前有深深的不同。

　　父亲的模样，每年都是冬天的模样，这回见到的是深秋的样子。深秋的父亲，衣服穿得少一些，皮色和发色都要更深更通透一些。进门刚想脱鞋，他就递来两只鞋套。不用太麻烦，他说。

　　在父亲家，就是做客了。

　　墙上一排新做的书柜，并没有书，摆满了杂粮和保健品，大部分盛在透明罐子里，五颜六色，丰裕饱满。还有几台电子设备，并排着放在一边。在它们中间，有一处像是刚刚整理出来的空当，那儿的柜面明显要更干净，更惹眼。

我盯着鞋套，蓝色的塑料薄膜，让两只脚显得很大很滑稽。

血糖高了？我问。

稍微有点高，不过还是正常的。父亲说。

噢。我点点头，眼睛看向书柜上的血糖仪。

父亲看到我在看什么，仿佛一下子来了兴趣。这台机器很方便，我每天测一次很方便，只要一点点血很方便，监控血糖很方便。他连续说了好几个"方便"，好像我不懂"方便"是什么意思。

嗯。我点点头，低下头，抬起头。我含着此行要问的话，迟迟说不出口。

我本该想到父亲并不含糊。在很多事上，他总是怀着简单直接的目的。于是，他便从不像我，他可以就事论事，可以没心没肺。

例如，他是能够这样的。他喝了口水，杯子还没放下，忽然说，我打听过，金丝楠木骨灰盒，网上那个价钱很便宜。

噢。我点点头。

你不懂，实在很便宜。

说了，我就懂了。

不是非得金丝楠，红花梨、酸枝木、紫檀，我看过，都蛮好。他说得头头是道，也对，没多少人有机会精心探讨骨灰盒的。玉石也好，你说呢？岫玉、汉白玉……

嗯。我点点头。一串似是而非的木材和玉料名字，哗啦啦倾盆而出。我的父亲，身体健康，未雨绸缪，他让我在网上替他买一只骨灰盒。

玉石就有一个毛病，冬天要是进水结了冰会冻，冻破就麻烦了。有人还说玉啊太阴冷，不接地气。玉石好看是好看，也犯不着冒险，哦？

父亲朝我扬起下巴，脸上泛起自信的神态。到目前为止，侃侃而谈的父亲还没有抱怨过身上的任何一只器官。

你买骨灰盒，要做什么？憋了很久，我总算问出口。

用啊！

用……什么时候用？我很蠢地问了一个更蠢的问题。问题太蠢，蠢得和"蠢"这个字一样，浑身糊满不招人待见的毛刺。

有你这么问的吗？我总要用的，可我怎么知道什么时候用？父亲的声音一下子高上去，又一下子软下来，仿佛他抓住了空气，又放掉了它。

非得现在买吗……我喃喃自语。

更多时候，我又觉得父亲很难死去。父亲是个怀疑论者，他怀疑身体舒适的所有感觉，他也怀疑每一只不听话的器官。对怀疑家来说，生和死在他们身上都很难奏效。如果身后有一个世界，一定会发现很多人并没有死去。而我的父亲，也会拿着病历在排队挂专家门诊。

我不是经常会这样，如此苛刻地揣度父亲。只是因为他说骨灰盒，听得我走神了。我满怀歉意，重新摆正微笑的脸。

父亲接下来的话很快解答了我的疑惑。

在殡仪馆买骨灰盒，杀猪一样，真叫贵。

我在网上瞎逛，真有很多人买骨灰盒的。亲眼看到自己的骨灰盒，心里面总是好像很笃定的。

上回你爷爷用的那只，是从殡仪馆买的。木头太轻，就几片薄板。那个雕工啊，几只仙鹤，看上去像鹅……

父亲说到了爷爷。我没见过爷爷的骨灰盒，因为我没来得及赶上他的葬礼。

我记得那天，是工作日的白天。同事们正在谈论今日惊蛰的那天，父亲的电话突兀地来到，他的声音跟平时没多大不同。自母亲去世后，家里很多年没有死人了，我也很多年没有见亲戚了。亲不亲戚，家不家人，春节不见，葬礼上见，大抵如此。挂了电话，我不那么想爷爷，他的死没成为太阳底下新鲜的事情。我使劲想的是他们，父亲的四个兄弟，他们的妻子，我的堂哥堂妹们，他们的名字，他们的长相就和失联的小学同桌一样，错综复杂而难以回忆。我可以当天便回家，鬼使神差地我偏没有。就像是故意的，知道一件事可能会做不好，而特地让它吻合自我暗示，最后果真做不好，反倒有正中下怀的快意。我磨蹭地赶到车站，排队买票，中间好脾气让很多人插了队。轮到我的时候，终于连当天最后的班次也没买到。我是坐第二天一早的头班车赶回去的，从车站到殡仪馆，很长一段路，早高峰打不到车，转了两路公交，一路堵过去。在拥堵里，说不上有情绪，或许有点焦急，也只是有一点而已，磨得很平，温温吞吞，激烈不起来。连续两三个红灯等下去，某种要赖皮的腔调就出现了，催促的电话打来好几个，告诉我他们都在等着我，我要不没听到，要不听到了故意不接。进入殡仪馆那条郊区马路时，车流忽然小了下去。两旁茂密却是枯黄的植被营造出的形状，一下子唤醒了我的记忆。在我对母亲的葬礼并不能留存详细记忆的年龄，这些植物和这条道路便已经印刻下了它们的痕迹。甚至还有一股气味，属于半干半湿的风，混杂着尘土，这气味同样唤醒了我。以至于那一刻，当风和植物迎面铺展而来，我感到难能可贵的和平。都会发生，终究过去，没有什么事情是要紧的。我父亲的父亲，他活着和死去对我来说并无二致，即使父亲喋喋不休他父亲的骨灰盒既贵又差，我也依旧可以认为老人家还在某处活着。这就和每年春节，去探望爷爷，看到他裹在人形被窝里一动不动的情形是类似的，那些时刻，我也能够认为他早已在某处下葬，他早已不在此处。时间过了十点半，我知道赶不上葬礼了。但我更不着急了，从前一天起，我就没有着急过，因为没有什么是要紧的。活着，总得为一些人披麻戴孝吧。

父亲不会知晓我的心思，可他好像故意要揭穿什么似的，一定要给我看照片。

我说不要看，他举着手机送过来，还是看到了。我以为会看到一具遗体，父亲给我看的是骨灰盒。深褐的木头，摆在一块红布上，油漆很亮，看不清仙鹤是不是雕得像鹅。正面镶着一副小照，可惜手机拍得模糊，老人的面部只有个大概。

我转开头。今天一进门，就感觉房间不对劲。在转头的当口，我立刻明白过来。父亲的客厅里少了样东西。

是爷爷的樟木箱，它不见了。一直摆放的地方现在只有一块长方形痕迹，比周围的地面要光亮一些，上面摆了张新茶几。

箱子我一直说要。电话里说要，当面说要，放下电话走出门就忘在脑后。樟木箱摆了好几年，我一直没有拿走。一直不去拿，而箱子摆在那儿，就是踏踏实实的。只要它一直在那儿就好了。可现在不见了。

父亲从里屋出来，把一沓纸片扔在桌上。

纸片散开来，一张遮着另一张。全是黑白老照片，和底片一样大小，每张都有锯齿的花边。

父亲问，要不要？

全是爷爷的照片，一堆我的爷爷，一个叠着另一个。我动动嘴，发不出声音。

掉了一地，也没人捡。父亲说。

我猜他指的是收拾遗物。

别的呢？我问。

我听见父亲开始笑。他的表情并不局促，腮帮子上有新冒出来的斑点，额际和灰发几乎难以细辨。他说他们兄弟几个一起把老头的房子卖了，买家付完款的第二天就要求彻底清理入住。

你叫我怎么办？他们分掉钱一拍屁股走了。父亲的表情依然很松，他是苦笑着，看不出埋藏了什么抑或忍着什么的样子。

说得好像他不过是接到了一份苦恼的工作，要在一天之内清空一间住了三十年的房子，而且都是被那些没良心的大伯小叔逼的。

我能怎么办？没人帮我的，我只好靠自己！喏，两只手。父亲伸出两只手，举在我面前。他说他砸烂了老头留下来的所有家具。

一把榔头，一把锯子。父亲说，敲出两个洞，一脚踩下去，锯成几块板，马路边一扔，完事了。

父亲活动着十个手指，说着这番话。父亲的手，像两面旗帜，闪着骄傲的光泽。

我如果是个儿子，这时候就可以伸出自己的两只手，来跟父亲比比大小。我是个女儿，于是这没什么好比的。

我指指书柜上的空当，我问，骨灰盒放这儿吗？金丝楠木挺好，买的人很多，我看评价里有人不止买过一次，还说以后会接着买。

我和父亲从未聊得那么多，虽然我也没有说出什么，但我听见了不少。他留我吃饭，我说还是回去吃吧。走进楼道，听见隔壁人家已经在炒菜，带水的食材滑进滚烫的锅子里刺啦作响。油烟气钻入鼻孔，我打了几个喷嚏，放心地离开了。

时至今日我依然是处女。日子一长，这确实有些无聊。

我最接近"已婚"的那晚，已经随着公务员先生的离开而离开了。而我还是原来的自己，这事实如影随形，伴随着我度过了将近三十年，甚至已面目可憎，还看不到尽头。

一连好多天，和公务员先生的对话栏就停留在骨灰盒网购链接上。他再没有发来回应，我也没有新的话想说。有时手指划到，删除的红色按钮跳出来，好多次几乎就要删了，我还是没让顺手发生的事情发生。看着那一栏横在那儿，很多天了，也没有新的对话栏使其沉下去。

百无聊赖地刷朋友圈，大拇指往下拉，放，拉，放，机械，疲惫，疏远。我看到公务员先生，发了四张照片。四张照片排列成两行，像一张拼起来的大照片。那些照片是远距离拍摄的全身照，他戴着鸭舌帽，面容模糊。冲锋衣拴在腰间，意气风发，看不出年近五十，也没有埋头在卫生间的促狭。我们没有共同好友，看不到别人的评论，但我知道他一定收获无数来路不明的点赞，想象这些情况已不能打动我。我盯着那些照片，心里想说这是假象，还有幻象，这帮虚无缥缈不着痕迹的东西。一切都不祥，并且令人羞耻。我最后一次划过和他所有的聊天记录，轻轻触动了删除键。我点击公务员先生的头像，把他从联系人里也删除了，甚至还在通讯录里彻底阻止了他的来电和短信。

扔下手机，我坐在没有开灯的室内，屏幕的亮光和外面的天色，很快就暗透了。我确信自己有理由这样做，可为什么还是觉得难以抑制的悲伤，像雷雨前夕的云海翻滚而至，我依旧保留着处女膜，却回不到从前的样子了。我断断续续地抽泣起来，我竟然哭了。开始眼泪只是在下眼眶积聚，维持着巨大的表面张力，迟迟没有掉落。我拿纸巾覆盖住眼皮，那些水滴静默地渗透纸背，洇出两个圆圈。我捂住了脸，哽咽冲破层层阻碍，挂在嘴角，和寂静的小区一样沉闷短暂。如果这时有人进来，如果那人问我为何伤心，我打算告诉他，我爷爷死了。老人久远之前的死去，不曾令我悲伤，此刻我为我竟然不曾悲伤而无比悲伤。悲伤就跟他们说的一样，像潮水淹没了我。如果那人在我身旁停留，我说不定会抱住他，说不定我会像妓女一样，我会说，来吧，随便怎样，进来吧。

我倒在床上，蜷缩成一团，脑海里翻滚着无数念想。这些念头那么龌龊，和这场哭泣格格不入。这是一场长久以来最精致的哭泣，胸腔的起伏与鼻腔的抽噎亦步亦趋，相映生辉。这哭闹如此标准，很快我所有的注意力就转而关注被眼泪鼻涕糊住的眼眶鼻孔，打湿的枕头贴着脸颊，也同时开始让人难受。一下子，我觉得没意思透了，哭太没劲了。我几乎很快就忘了有什么值得哭，开始怀疑自己是否真有那么伤心。

一阵疲乏的倦意袭来，这一夜我所有的感受，似乎都在此刻转化成某种难以言喻的对发泄的渴求。为结束此刻的哭泣，为使我彻底地平静，我必须马上获得陌生的快感。这一回，我驱赶着幼年的黄昏，驱赶着那个没有脸的男人。我想象我是沉在水底，围观人群的脸扭曲着倒映在水的外面，可我被窒息的感觉牢牢攫住而动弹不得。我在被子上摩擦着大腿，我感觉到棉布表面毫无阻滞的温暖。我在微微的喘息声里，触碰到腹部滚烫的皮肤，还有潮湿得难以置信的肉体。

黎明的微光透过窗帘边缘，悄悄地渗漏。我从没有像这一刻，如此迫切地需要自己。不远处有鸡叫了第一声，接着是第二声，我把我的手紧紧贴在我的身体上。天亮前的寂静，像挂在钢丝上一盆悬而未决的水，此刻已经翻转过来。像一扇镜子，我在那里面看见了自己。依旧是我的眉目，我的面容，我却认不出我了。

夜　奔

三月的柳枝是细碎的鞭子，带着绿色的小倒刺，如若树下经过的一个人正有颗柔软的心，那不免要被抽打得千疮百孔。杨淮在柳树下停好车，提着公文包出来了，今天他特意穿上了牛仔裤。

牛仔裤是做旧的蓝灰色。四五十岁年纪的杨淮，在这个小城的教育局上班，他们这样的公务员是不会穿上牛仔裤去单位的。并且如果他们不幸地有过青春期，对牛仔裤还有眷恋的情怀，那在他们的青春期里流行的也应该是浅蓝、靛蓝的颜色，而杨淮今天愿意穿上这样时髦并且大腿还有两块磨白的裤子，的确是有些不同寻常。只要春天会来，杨淮的一番情思便总有寄托之处。

他低头看了看表，离八点的上班时间还有五分钟。边上的车位还是空的，赵青的小红车还没来。从之前某一天开始，杨淮总是把自己的黑车停在柳树下这一个固定的车位，可能是因为树下遮阳挡雨，也可能是因为赵青的小红车总是停在隔壁。起初他觉得因了《红与黑》，这种搭配是天经地义，可日子一长，莫名其妙地竟也会想到于连，进而凭空添上几分来路不明的情绪。

这一天，杨淮刚走进办公室，就看到赵青直挺挺的背部，她已经坐在自己的位子上了，茶都泡好了。

杨淮走过去，说，今天怎么没见到你的车，被老公开走了？

不是。昨天撞墙了呗。

又撞了？

可不是，倒车的时候一个不当心。

撞得厉害吗？

没事儿，修修就好了。赵青说话的态度总是彬彬有礼的，职业性的礼节微笑，对谁都是很公务的。

她没注意到杨淮的新牛仔裤——即使她注意到了也不会在办公室说出来的，杨淮知道，所以他走到自己的桌子边坐下来，一点也不失落。在他刚才上楼的时候，已经得到过同事小悦的赞美了——小悦可算是这个教育局里最富有活力的年轻人——得到年轻人的赞美总是好的。

泡了茶的杨淮靠在椅背上，观察起今天的赵青来，从他的角度刚好可以看到赵青的侧面。赵青有一头跟她的年龄、身份相衬的长碎发，上班的时候总是梳成马尾，两边顺势而下的刘海最长的发梢恰好走到嘴角，勾画出一弯圆润的脸部线条。属于少妇的圆润，杨淮是这样下定义的。有一种没得到过证实的说法，说人的一生中可能会吃到三只蜘蛛，它们都是在人睡觉的时候爬进去的。按照平均分配的原则，应该有一只蜘蛛已经爬进赵青嘴里了，杨淮在想，它是不是沿着这条圆润的小径，攀着刘海的发梢爬进熟睡的赵青身体的？黑色的、发亮的小蜘蛛，爬进赵青翕张的嘴，消失，留下一根在月光里闪烁其词的银色丝线，让第二天起床洗脸的赵青以为这只是一种梦的形式。

杨淮每次想到这里，情不自禁就会笑起来。他笑什么样的女人会对嘴角的蛛丝无动于衷，是赵青这样的吗？去年夏天，杨淮带着女儿去游泳，在门口看到一辆小红车停在路中央，车里钻出来的赵青牵着八九岁的儿子正噌噌地往里走。那时候的赵青，刚调到局里，跟杨淮只是点头的交情。

杨淮紧跑几步，追了上去。

赵青？

赵青回头，闪过一丝惊讶，是你……

你的车……怎么停在那儿？

赵青给了杨淮漫不经心的一个笑容，有个轮胎好像扎破了，开不动了。

那就让它停路上了？杨淮有些意外。

还能怎样呢，我推着它跑呀？已经打电话给修理店了。

那倒是……可你不在这儿等着？

这回轮到赵青很惊讶：等着，等着干吗？

杨淮每次想到这里，情不自禁又会笑起来。在他身边为数不多的女人里，自己的母亲是像档案一般谨慎沉默的，妻子是说话做事清晰得轮廓分明的，16岁的女儿兼着母亲和妻子的样式，也从不会带着青春期的含混不清，而办公室的女同事们，又好像只留给杨淮一个个线条模糊的背影，只有勒出的胸罩痕迹是清晰的。而赵青，看上去有着和她的工作一样的端庄严谨，实际上藏着巨大能量的随随便便，似是而非，不置可否，就像单位里的女人们议论她的大包，她总是背着这个局的女公务员里最大的包，这个包大得可以放五天的换洗衣服，做一个星期的短途旅行。而杨淮在那一刻想起赵青的包，就好像看到她随时准备扔掉小车，扔掉别的什么离家出走的样子。

那天的赵青没有出走。当杨淮和女儿换了泳衣来到游泳池边上时，赵青已经捧着一本书，躺在阳伞下了。这是一个很大的露天游泳池，一半深水一半浅水，池水维持着混浊前最后的清澈，男人女人们套着各种救生圈扎进水里，让整个池子看上去像是一个巨大的霉变成绿色的果粒馅饼。

赵青！杨淮牵过女儿。来，叫阿姨。

阿姨。

我女儿，芸芸。

赵青没有换泳衣，她躺在果粒馅饼的边缘，右手在眼前搭成帐篷，抬头打量着跟她搭讪的杨淮。四十几岁的杨淮不再拥有方方正正的六块腹肌，却也勉强配得上紧身泳裤，太阳在他头顶折射出几道金光，他站在赵青面前，看上去有那么一点高大，而胯间被紧紧包裹的物体，又居高临下地垂在赵青头顶，从赵青的角度看来，甚至还要大过杨淮的头部，显然令他似乎更高大了。赵青想笑，可只是皱了皱眉，她坐起身来，对着面前的两人点了点头。

我儿子已经下去了，就那个蓝色泳衣的，拿着充气鲨鱼，一个人在闹的。

芸芸，去跟那个弟弟玩一会儿？小姑娘在杨淮的示意下高兴地下水了。

你怎么不游？赵青问。

该我问你。你怎么不游？我可是换了衣服的。

是吗？我不敢换衣服。

不敢？你还有什么不敢的？车子都能扔马路上。

当然不敢了，我不敢换了衣服跟同事坦诚相见呀。

两人对视一眼，开怀大笑。杨淮在赵青身边的瓷砖上坐下来，感到了一种秘而不宣的一见如故。

笑毕，赵青开口了，听说又要评新一届的学科标兵了。

是。杨淮点点头。

你在对口专业的研究上也算前辈了，怎么都没见你评过？

……不是没评过，是每年都没评上。杨淮奇怪自己的口气一点都不懊丧。

哦……那是因为你不想被评上。赵青声音低低的，又好像是在对着自己说，却被杨淮一个字一个字深深地听到心里去了。

泳池周围的人越来越多，赵青在躺椅上舒展开身体，用打开的书遮住了脸。杨淮斜眼瞄过去，她在看《读书》。

这么吵，那么大的太阳，看什么《读书》？杨淮说。

是啊，还有你赖在我边上，当然看不进了。赵青在书页下发出咕噜咕噜含糊的声音。

那我走了啊。

赵青没作声。隔了一会儿，她把书往下拖了一点，眯着眼睛看到杨淮趿拉着拖鞋走向了泳池。

这样挺好的，她想。杨淮的身材和活力给她留下了深刻的印象。

杨淮下水，扎了个猛子，游了几圈，再钻出来的时候离岸边已经远远的了。在这一安全的距离里，他回头偷偷地仔细看赵青。赵青保持着刚才的姿势，静若处子，看上去好像睡着了。杨淮甚至有种心思，来一阵狂风，把赵青连人带椅子吹到水里来。

那个夏天过去后，他们俩越来越熟悉了，对上班这件事也生出点盼望和念想了。可单位里，在其他人眼里，他们依旧只是两个普通的同事。

局里面上班的人，每天一早，不过是先泡茶再看报，电脑普及后就改成上网看报。杨淮呷了几口茶，从夏天的回忆里缓过神来，打开电脑浏览了一会儿各大门户网站，看到赵青的电脑也开了，立马登上了QQ，找赵青聊天。

我的新裤子还不错吧？小悦都说好看。

看到了，还行。不过……别再把衬衣塞进牛仔裤了。

为什么，不好？

否则就不是年轻人的穿法嘛，小悦可再不会表扬你了。

那你会吗？

我会什么？

我要是那么穿了，你会表扬我吗？

表扬你？我表扬小悦的那些追求者还差不多，他们那身材多标致啊，你呢，你都有点浮肿了。

不是胖，是浮肿？杨淮敲完这一句，停了一下，端起茶杯，看看赵青还没反应，继续敲了第二句：她们都说我这年纪这身材算是保持得挺好的。

她们？她们是谁哪？赵青的手指啪嗒啪嗒快得很。

她们就是那些小姑娘、大姑娘、老姑娘们。

不要脸，当肚子鼓到不知道裤腰带该拴肚脐眼上面还是下面的时候，等着瞧还剩几个姑娘来夸你！赵青给出三个呕吐的夸张表情，想到了夏天时候杨淮那被半老徐娘捏出来似的六块腹肌，心里却是乐滋滋的。

那我就把自己当成领导同志总行了吧，天天去考评小姑娘、大姑娘、老姑娘，我倒要看看哪个姑娘敢不夸我……赵青看到杨淮这么回答，心里头就像搁了满满一碗水，有些儿端不住了，几缕小心思慢慢地溢了出来。她偷偷扭过头，却见他只摆着一张皱眉思考的脸，一派正在写报告的样子，她更是只能扭回头憋住压抑的笑。杨淮端着杯子去添水，经过赵青身边，经过她两个微微耸动颤抖的肩膀，轻轻地用只有她才听得见的音量说了句，别笑得跟哭一样呀。赵青的肩膀于是抖得越发剧烈了。

　　不知晓的同事们在边上走来走去，说说笑笑或埋头工作，也只以为那两个敲键盘的人正刻苦用功。这两个人也就这么一边打字一边偶尔越过层层叠叠笔记本的屏幕，交错着看几眼若无其事的对方。

　　机关单位的生活一板一眼，到了哪个钟点，该干吗就干吗，一点不含糊。可对赵青来说，规律的生活作息却一直是个难题，她经常晚上睡不着，早晨醒不了，如同一个隐喻，她的月经也总是说来就来，说走就走，像个讨厌的访客，来去没个定数，相当不靠谱。转眼春天过去一半了，衣服穿得越来越少，白日过得越来越长，心里头装着一些大事小事的人们，迈入这暖融融的空气里，早晨也不免睡得越来越香甜。一年中最好的季节呵！又一次因为贪睡就快迟到而急匆匆往单位赶的赵青，看到路边墙头上探出的大簇大簇的蔷薇花，心中沉甸甸地感慨了一下。

　　上楼梯的时候，赵青收到杨淮的短信：今天又迟到了吧。我看年终考评的15次迟到定额，你在这个四月份就要用光了吧？

　　走进办公室的赵青，瞟了杨淮一眼，开电脑，给杨淮打过去一行夸张的大字：一年里最好的季节啊，要好好把握呗！

瞧你今天的打扮，我看是没希望把握了。

我今天怎么了我？

杨淮故意鬼鬼祟祟地看了周围一眼，轻手轻脚地在键盘上敲打：有人已经穿短袖了！

赵青看到这行字，突然觉得相当好笑：无语，晕……有人穿短袖值得你这么兴奋？

不知道了吧？我还在乡下读初中的时候，每年春天，都会跟我一铁哥儿们互相打赌，赌班里哪个女同学今年第一个穿裙子。

哈哈，你赌赢过几次？赵青不失时机地好奇。

寥寥几次。我那哥们会用鼻子，他嗅得出哪个女生发育得比较早，一猜一个准。

有那么神？赵青适时地开始装傻。

在乡下，事儿还真有这么神。后来我到县城读高中，发现县城里的姑娘，春天来了，都跟约好似的，会齐刷刷地在同一天穿上裙子。

哈，我知道后来的故事，后来你去了省城读大学，又发现省城的姑娘在冬天就穿上了裙子，一年四季都穿着裙子吧？

对，真聪明。杨淮抬起头，迎上赵青投射过来的羞涩目光，意味深长地微笑了一下。

碰巧隔壁科室的进来送表格，一张张桌子分发过来，两个人几乎同时合上了笔记本，像做了什么不可告人的事情一样。

好好把握……杨淮想着赵青说的这句话。接过同事递给他的表格，他看都不用看就顺手填起来。有没有人统计过，每个有单位的人一辈子究竟要填多少张表格？每张表格都大同小异，抬头几栏必定是姓名、性别、出生年月、籍贯、政治面貌，什么回忆啊荣誉啊、成功失败、人生阶段都被分割成接下来那一个个小格子了，都被牢牢圈定在这一个个方寸之间了。

杨淮盯着填好的出生年月，一阵心悸攫住了他。真的已经四十多了吗？还有籍贯栏里那两个"×城"的大字，他真的一辈子离不开这个地方了吗？甚至是"何年何月何地获得何最高荣誉"这一栏的空白，都令他有些揪心，有些翻江倒海起来。自己什么时候开始怀疑"吃得下，睡得着，拉得出"这一黄金生存法则了，什么时候开始追问自己"怎么办"这样的问题了，什么时候开始有那些牵扯不清的青春期情绪了……都怪这个春天，都怪这个要"好好把握"的春天……他的眼神在表格上兜兜转转了好几圈，始终感到不做点什么就再也难以释怀了。

杨淮上交了表格，再打开笔记本的盖子，在键盘上敲敲打打犹豫了好久，终于向赵青发送出一句话：我们去婺源看油菜花吧。

赵青有点呆。这个邀请意味深长。是一起去玩，也是一定会做爱的。她看到了，但她只能先装作还没看到，然后浏览了一下邮箱，又装模作样地理起了桌子上的文件，再拿上卫生纸目不斜视地去了趟厕所，一路上心旌摇曳，脑际闪过无数电影片段，火车邂逅、廊桥残梦，在她蹲着撒尿的时候，甚至已经把影像具体刻画成在边陲小镇环境恶劣的汽车站里,为了深夜的候车,她如何小心翼翼又若无其事地把脑袋搁在了杨淮的肩膀上……回来后,她拖沓了许久才敲出一行字:油菜花?这边乡下也有大片的油菜花啊。

这是什么意思,拒绝了还是欲说还休?杨淮有点拿捏不准,他发过去一个婺源旅游的网址,说:你看看,婺源的油菜花特别多,还号称中国最美的乡村呢。

你就是乡村出来的,还没看够呀?

我是看够了,可没陪你看过。

——这话有点露骨了。重要的不是风景,而是陪你看风景的人。这人真低俗,赵青愉快地想。她噼里啪啦打出一行字:哼,你说那油菜花……是家花不如野花香咯?

这话让杨淮笑了。赵青有趣,那点小聪明简直让这几行你来我往的印刷字体其乐无穷,充满了张力。

那你就是答应了?杨淮一笑,胆子就大了。

赵青又一次呆了。他来真的,不是说着玩?同事们在一起经常说"夏天到了,咱们去马尔代夫度假""秋天我们去北京爬香山吧"这样的话,可是,谁会把这些话当真呢?谁的夏天不是好好地待在冷气里,谁的秋天不是每日依旧在伏案工作呢。

要不,我叫上小悦一起?小悦是赵青在单位最好的同事。

你就不能一个人出去吗?杨淮不耐烦了,紧追不舍。

不能吧,你就经常能的吧?男女被要求的是不一样的。赵青被质问得有点憋屈了,简直是恨铁不成钢的难受,想你杨淮也拖家带口的，也应该理解那苦衷的，凭什么这样反问我。

有道德压力？尼采说，没有道德的生活才是真正的生活。杨淮决定孤注一掷，有点不说白不说，要赖到底的意思了。那根绷紧的弦一下子松了，反倒没什么不能说出口了。

你瞎说吧你！！！赵青连打三个感叹号，外加三个呕吐的表情，然后杨淮就发现她的头像再也不闪了，接着暗了，下线了。

杨淮越过层层叠叠的笔记本屏幕，看到赵青已经合上了电脑。

他的心慢腾腾地鼓胀起来，像个皮球，越吹越大，充满了不明真相的气体。

赵青总是这样，一会儿热情得莫名其妙，一会儿又立马索然无味，让杨淮即使被折磨得头痛欲裂，也只能不离不弃地踮着脚张望。

吃午饭的时间到了。

赵青独自走在去食堂的路上，想着杨淮上午说的话。

如果只注意赵青的脸，估计什么也看不出来。但仔细看她上半身侧面，说不定能看到她心脏的急速跳动正令胸腔做着明显规则的物理振动呢。她迎面遇上了青春活泼的小悦。

如果你也曾经在一个单位待过几年，那你肯定知道，每个单位里或多或少都有一两个这样的人。她很低调，却会很有名，食堂打饭的阿姨或许不知道新晋的科室主任是谁，但一定知道有这样的职员存在。有时候她叫小婷，有时候她叫小洁，现在姑且叫她小悦吧。

教育局的小悦姑娘，是好几年前单位到北方某名牌大学公开招考时招来的。她不是本地人，穿着和举止就都有些随意，随意得不太符合南方小城的审美传统，夏天常常是一件吊带衫和一条短裤就来上班了，有时候还戴顶古怪的帽子——这帽子或许正在边上的大城市流行，却过早地被小悦带到了小城来。她常常打扮得和时装杂志上一样。打扮得跟杂志一样的女人出现在日常生活里，尤其是出现在一个管辖教育的重地，总是会有那么一些突兀，旁人看着她，就先替她感到了难堪。

小悦早就到了小城姑娘约定俗成的那个谈婚论嫁的年纪，却一直不寻男朋友，也不愿意相亲嫁人，她总是对那些要替她做介绍的长辈们搬出冰心奶奶对铁凝说过的那句著名的话"你不要找，你要等"，一般人们听过之后都会问一句"铁凝是谁"，获得答案后便会纷纷沉默，转身就说小悦是个神经病，把自己跟女作家相提并论呢。慢慢地，她的私生活就跟她的私人衣着一起，变成女同胞们私底下最有嚼头的话题。赵青就听过一些议论，说小悦的生活基本没规律，夜夜蹦迪到天亮，进出她家的男人有一大把之类的。是啊，那些女同胞们自己的生活倒是都挺合拍的，踩着生活的鼓点，该做什么就做什么，规律得跟她们的月经一样，不早来一日，不晚到一天，小悦迎面走来，很精神的长裤，一件短袖 T 恤。原来杨淮说的穿短袖的人是她，赵青知道了。远远地，小悦就对着她笑起来，赵青和小悦倒是处得不错，虽不在一个科室，可也会经常串门。赵青了解小悦，喜欢她的生活状态，因为她是单位里唯一一个会在暑假独自出去旅行的人。此时，看到小悦，赵青不免很想找她聊聊。

吃了吗？她紧走几步，挽住小悦。

正要去办公室拿饭卡呢。

别拿了，用我的就行。

那我就不好意思啦，赵姐。小悦愉快地将赵青的手从自己的手臂里推出来，再把自己的手塞进赵青的手臂，小悦个子没有赵青高，这样一来，就有了点跟你要好的意思，赵青心里暖暖的，有些话就顺畅地说出来了。

小悦，你去过婺源没有？

大学毕业那年去过，婺源的油菜花很漂亮，而且离这儿也不远，就400多公里路吧。小悦愉快地回答。

赵青没作声。

怎么，你想去吗？现在可是看油菜花最好的季节了，像你自己又有车，开车四个多小时也就到了，路很好走的。一说到旅行的事情，小悦就跟百科全书差不多。

我就是问问，也不一定要去。

想一个人去？小悦凑近赵青耳朵，神秘地说。

赵青讨厌地瞪她一眼，一个人怎么去得成⋯⋯

哈哈，小悦爽朗地大笑起来，一个人怎么去不成，我就不明白你们有时候是怎么想的。

赵青心头被这个善意的调笑惹得难过了，但她不愿意辩解。

小悦率真任性，不知道那些人在背后都说了她什么，说她大概是父母离婚没人管没人要的，说她是风流成性想要一大把艳遇的，说她是有心理创伤，得靠旅途来疗伤的……或许，小悦都知道，只是不理不睬罢了。小悦能不理不睬，赵青能吗？起码现在，赵青想，就让小悦觉得她赵青跟那些"你们"是一样的吧。

这天下午，赵青早早下班，去学校接了儿子，一起在母亲家吃了晚饭。

春天的夜，黑得晚。回到家的时候天还透着亮。

丈夫还没回来。赵青把儿子关进了书房做作业。然后也不开灯，就在沙发上躺下来，望着阳台外面黄昏的天色。远处天边还剩一小段执着的晚霞，忸怩着不愿意消失在暗夜里。楼道里正陆续响起大大小小的脚步声，邻居们走进一间间属于自己的房子，期盼着一顿丰盛的饭菜，或是儿女的一张笑脸。不知从哪里又准时传来了收音机的声音，毫无例外是每日的晚间股评节目，黄昏的空气裹挟着庸常的一切扑面而来。

墙上的挂钟，嘀嗒嘀嗒地走着，静谧中的声音被无限地放大，甚至于将要带着碗橱里的碗产生共振。此时无疑是一天当中最令赵青绝望的时刻。她不愿意给丈夫打个电话，又存着一份无聊的侥幸希望他晚点回来。这种感觉让她自卑，没来由地就低人一等了。一直以来，赵青都是模范的妻子，丈夫管大事，她管小事，丈夫再晚回家，她也不会把一个屁股对着他。反而是这样的宽松，倒让丈夫对她始终依恋，不管多晚回来都要腻到她的大床上来睡，而不是像别家的男人一样，只能灰溜溜地睡在客房里。可今天赵青尤其地焦虑，今晚，她不害怕丈夫的回来，她只害怕不知道他什么时候回来。

最后的晚霞终于消逝而去，夜色如期而至，礼貌地掩盖了赵青脸上的绝望。她拿起晚报，黑咕隆咚的，其实也并不能翻几页，还是扔到一边去了。想去陪儿子做作业，却一眼看到儿子课本里的油菜花图片，又想起了杨淮白天说的话，迟疑了一下，还是关门出来了。

还是不开灯。天好不容易黑了，开灯就太亮了。太亮了就不能好好思考了。她要好好地去想一些事情。她想起三年前的夏天，曾经跟小悦约定一起去看青海湖的。机票订好了，行李清单也列好了，临走前却遭到了母亲和丈夫的反对。母亲说，一个有孩子的女人扔下孩子一个人出门像什么样子？丈夫说，宝贝，你从没离开我出过远门，我不放心啊！他们俩在最后关头统一战线异口同声，结果她还怎么去得成。要怪也只能怪她自己立场太不坚决，小悦为此一个月没有理睬她。再后来她听说有一种旅游叫自驾游，于是，即便住在一个小城市里，家离单位最多也就三四公里，她也努力地考驾照，买了一辆车。有了车以后，也曾经以方圆 100 公里为半径，自驾去过一些地方，趁着一个工作日的空闲偷偷地翘班，当天来回。这些事情谁也不知道，是的，这是赵青的秘密，她把这些秘密经营得跟自己的皮肤一样完美。

想起了这些往事，她的兴致竟然渐渐高昂起来，眼睛也渐渐适应了夜色，黑暗的房间其实没那么黑暗，起码还有对面窗口的一缕光线投射到这里，在地板上留下几个小小的不规则的光斑。这若明若暗的夜色里，赵青瓷白的脸庞上浮起了飘忽的笑意。

这一个属于杨淮的下午同样是忐忑不安的。

吃过中饭，他都没有午休，一直挂着QQ，赵青却没上线过。他好几次故意从赵青的桌子边走过，赵青连头也不抬。他甚至拟了无数条短信，却都在临发送时按了取消键。说什么呢？问她到底去不去，还是为自己的唐突道歉？或者说，这件事就让它这么过去了？

下班的时候，他走到车子旁，看到赵青的小红车已经不在了，柳树下生生地多了块长方形，空荡荡的，就像他自己心里的那个缺口。

杨淮悻悻地回家，一进门，妻子就说，芸芸的刘海长得都遮住眼睛了，会影响视力，我怎么说她都不肯剪。你去跟她说说，她听你的。

杨淮脱了皮鞋，放进鞋柜，妻子凌厉的声音继续从厨房里传来：芸芸的班主任说她最近交了个新朋友，那女生是个插班生，据说成绩很差，人品也不好，认识很多社会上的人，真着急，不会是跟着学坏了吧……妻子当然还絮叨地又说了些别的，杨淮听不真切也不想听真切，谁家的媳妇到了40多岁不是这样的呢。对剪头发，他心里是不以为然的，但他不会在妻子面前说出来。不就是女孩子刘海长了点嘛，能有什么大事。

他推门进了女儿的房间，想就刘海的事情好好谈一谈。女儿埋头在做功课，刘海已经用个夹子别起来了，看上去跟杨淮小时候记忆中英姿飒爽的女民兵一样。

杨淮走到女儿的小床上坐下来，看着她那光洁的额头，说，刘海太长了，剪了吧。剪了好看。

女儿的态度非常坚决，你知道什么是好看不好看？不剪，就是不剪。

杨淮忽然很恼。刘海，不过几根头发啊，你有什么好捍卫的，你以为是贞操？就算是贞操，在这个年代，也早就没什么值得坚守的意义了。等这几句话在脑海里一出现，杨淮立刻意识到了惭愧，怎能这么想自己家的女儿呢。都是因为白天的情绪，终于开始在他心底一寸一寸地、根深蒂固地延伸开来了。

杨淮作为一个父亲，毕竟也只是想想而已，他从来不会把真实的想法跟孩子说，更不会告诉女儿自己的青春期是如何在铁轨边上守着一个个逃课的下午度过的。可女儿刚才那信誓旦旦的样子，还真的有点严肃，她侧过脸来对着杨淮的那块额角，光滑饱满，像极了杨淮早已去世的母亲。杨淮的母亲死得早，杨淮的记忆里，她留的是永远沉默的齐耳短发，刘海总梳得光溜溜的。这副样子让杨淮一时间有些被震住了，该说的话一时竟也说不出口了。

想了一下，他决定第二天到女儿的学校去调研一下，作为一个小领导以及家长的身份，问问真实情况。而且，可以带上赵青一起去。赵青不是也有刘海嘛，她的刘海怎么就挺好看的，也不遮眼睛呢。想到赵青，他刚才那难堪的心境又似乎有些愉悦起来了，好像爬山很久的人知道在山顶上竟还会有张软绵绵的床在等着自己一样。

吃完饭回到自己的书房，杨淮掩上门，摸出了手机。整个下午，他都想跟赵青说说话，尤其是现在。

可杨淮不喜欢打电话，电话太直接，人的语气、心情，人的诉求和欲望一目了然。幸好世界上还有短信这样的东西，仅是几行屏幕上的印刷字体，却多了辗转回旋的余地，也就多了几分用来消磨揣测的情味。十年前，在手机还不普及的时候，有一天，上班路上的杨淮骑着自行车，突然想起了在省城读大学时从未说过话的一个同班女同学，他那天也跟现在一样很想跟她说句话。结果他到了单位，请了事假，就捏着通讯录登上了去省城的短途火车，摸到女同学的单位门口，想想有些话还是说不出来，或者不要说比较好，又坐着下一班火车回家了。要是像今天一样可以发发短信，多少话儿不能说，哪用得着非得坐着火车当面去说呢。

杨淮把手机铃声调到振动，开始给赵青发短信，"赵青""赵青！""赵青……""在干吗""聊一会儿吧"……他陆陆续续输入好几个文本，左思右想却都删除了，到最后只发了个幽默的短信给她。赵青立刻回复了，只"哈哈"二字。类似"哈哈""哦""好的"这样的回复，通常是不愿再继续跟对方通信的礼貌提示。杨淮还能说什么呢，他什么都不能说了。

那晚杨淮不甚踏实地睡着了，又做起了那个梦。有些人的有些梦，会翻来覆去地做一辈子。杨淮的这个彩色的梦，一做做了几十年。今天他又做了。坐着轮椅的女孩，怀抱一只死亡并已风干的猫，逆向穿越集市的人流向杨淮走过来。当他们擦肩而过时，杨淮站定、转身，尾随着女孩走进街边的一所房子，那儿除了一张床，什么都没有。他将把她抱到那张床上，带着一种末日的情怀搂紧她，像揉碎干瘪的猫尸一样揉碎她，直到第二天的阳光如匕首般刺破他们的眼睛。配合当年孤独少年的情怀，这显然是个绝好的背景。而今夜，似乎也能为他的未来添上些许仿佛欢乐的痛楚。

第二天上午，杨淮开车带着赵青去女儿的学校调研。

赵青几乎是毫不犹豫地就答应了杨淮的邀请，这令杨淮有些意外，也很高兴，握着方向盘的左手不知不觉就放开了方向盘，搁到了车窗上，手掌迎向扑面而来的风，那些风把他的五个手指吹得不由自主，左右摆动。

手伸到外面危险，还是放回来吧。赵青说。

没事的。嘴上这样讲，到底还是乖乖地把手拿了进来。

杨淮眼角的余光瞟见，赵青好像笑了一下。这一笑转瞬即逝，杨淮抓不真切，可毕竟算是一个微笑，杨淮心里笃定了，踏实了，他一轰油门，恍惚地觉得自己像个男人一样正载着他的女人奔在通往异乡的高速公路上。

他们到芸芸的班级听一堂语文课。两个人拿两张板凳，坐在了教室的最后排。芸芸的语文老师今天讲的课文是老舍先生的《想北平》。

杨淮在自己的听课本上写了几个字，递给赵青。

赵青看了，写的是：喜欢这篇文章吗？

赵青觉得杨淮一本正经地听课，却做着高中生传纸条一样的游戏有点好笑。不过她还是写了两个字：喜欢。然后递回给了杨淮。

杨淮又递过来，最喜欢哪段？

赵青翻着手里的语文课本，画出了这一段句子："我所爱的北平不是枝枝节节的一些什么，而是整个儿与我的心灵相黏合的一段历史，一大块地方，多少风景名胜，从雨后什刹海的蜻蜓一直到我梦里的玉泉山的塔影，都积凑到一块，每一小的事件中有个我，我的每一思念中有个北平，这只有说不出而已。"她把课本推过去让杨淮看，杨淮看了一下，在"这只有说不出而已"的下面重重地画了两道横线。

重得有点过分了。重得赵青的大腿上都感觉到了圆珠笔的力道。她忽然就脸红了。头也低下去了。本来挽在耳后的刘海垂了下来，遮去了半边绯红的脸颊。

隔一会儿，杨淮又递过来听课本，你的刘海很好看，刺眼睛吗？

赵青看到这行字，就有些窘迫，她抬头看了看课堂，语文老师正叫芸芸回答问题。从侧面看去，芸芸的刘海很厚很重，覆盖住了整个前额。

赵青写道，现在长长了一些就好了。

杨淮写道，芸芸的刘海影响视力，不肯剪，你说有什么办法？

一个姑娘要是有刘海，刘海刚到眼睛的长度是最难受的时候，老是有发丝会戳到眼睛里去，老是得要伸手去捋，再长点就好了。可要是熬不住难受，每次都在这样的长度就剪短了，那刘海就永远长不长了，你也得一次次地忍受半长不长的刘海对眼睛的侵犯了。赵青这么想了想，把头凑到杨淮耳朵边，捂着嘴，轻声轻气地说，她若是不肯剪，你也只能等到她把刘海养长了，等长了一扎起来就没事了。

赵青的话语轻轻吹在杨淮耳畔，似乎还发散出一种豆浆的气味，似有似无的。赵青的口气还会有淡淡的豆子味道，杨淮为发现了这个隐秘而高兴得难以言表。

下午回单位的路上，杨淮把两边的车窗都开到最大，春风灌满了整个驾驶室，赵青的刘海被吹得东倒西歪的，但她一点也不恼。

一年中最好的季节啊！杨淮感叹了一声。

赵青听到杨淮把这句网上聊天时候才说的话念了出来，有一种说不清的尴尬，暗含着一些胆怯，胆怯那接下来可能必定到来的对话。

赵青没接话茬。他们安静地听了一会儿呼呼的风响。还是来时路上的风，从右窗进来，从左窗出去，和着一些跟早晨不同的味道，是经太阳光晒过的柏油、花草以及汽油那种柔软混杂的味道。或许还有赵青头发的香气，也丝丝地刮进了杨淮的鼻腔，跟春天的气息显然也没什么不同。

你知道，大概是我太认真了。杨淮开口说道，声音低沉，听不出是失落，还是平静。

终于开始了。他们终于开始当面说这些话了。

可这句话什么意思呢？这句话是那么刺耳、尖刻、陌生。杨淮太聪明了，他把一个欲擒故纵的包袱扔给了赵青，让她觉得他被辜负，从而意识到自己是有愧的。赵青并不擅长应付这样的局面，说到底她还是单纯的。她那些小小的清高和隐约的鹤立鸡群，说到底也不过是天性使然，此时此刻帮不上她半点忙。她嗫嚅着，又有点其实毫无必要的惊慌失措，仿佛她曾经大错特错，简直已经不像她了。她说，我不知道怎么做才更好。

大家都沉默。男人总有种种借口离开，而女人就会被盘问，就被认定不负责任。杨淮那样说不公平。他真的很认真？若他有，我有没有呢？赵青心里五味杂陈。可是，女人怎能有那么多责任要负担呢……赵青眼前浮起了小悦的样子，她穿着今年第一次穿的短袖T恤，简简单单的，可就是精神、好看。因为那是在都没人穿短袖的时候啊！

要不……我们明天晚上去。明天正好是周末。

赵青简直不敢相信自己会那么用力地说出来了。两个人同时松了口气，同时一副如释重负的样子。

第二天就是礼拜五。

又到了黄昏时分。下了班吃了饭，赵青把儿子安顿在母亲家过双休日，然后急匆匆地往自己家赶。周末是应酬的好日子，丈夫照例不在。

天色黑下来了，还没黑透，对赵青来说，每天的此时，永远是最艰难的时刻。她竭力克制着内心的懈怠和无聊，慌乱地整理起行李来。也就去婺源两天，没有什么过多的东西要带，平时背的大包就可以装得下，这个整日背来背去的大包，好像终于要开始它真正的使命了。她不想打电话。她在桌上给丈夫留了字条，只是说和同事去婺源，礼拜天回来。

和杨淮约定的见面地点是在出城的公路口，一个巨大的老鹰雕塑的下面。赵青不是那种愿意让异性等很久的人，当她打车赶到那儿的时候，是早了一点的，杨淮还没到。她站在路边等他，望着他应该来的方向。路人来来往往，经过她的身边，有时会看她一眼，要是他们再多看一眼，赵青的心简直就要跳出来了。

杨淮正开车赶往赵青等他的地方。他的车里放着一束花、一袋零食。这些都是为赵青准备的。他从后视镜里看一眼这些东西，情不自禁地被自己的细心和体贴感动了。花会让她高兴，零食让她在路上吃。想着赵青坐在他的边上，怀里抱着花，嘴里吃着零食，再跟他说着一些无关紧要的话，杨淮的激动实在是有种喷薄而出的样子了。

还有 100 米路，远远地，他看到站在对面街边的赵青了。

他得把车子开到前面路口掉个头。

偏偏就在这个时候，遥远的大地传来了一些轻微的震动。

是地震了。这两个要离开的人都感觉到了。

车里的杨淮和路边的赵青同时感到了一阵眩晕，一阵之后又是一阵。

杨淮的方向盘跳动了一下，好像要挣脱他的手掌似的。

他们看到好多车在路中央停了下来，车里没完没了地走出来一簇簇的乘客，还有很多人从路边的建筑物里跑到大街上来，有的人一手拿着电话，另一只手还举着碗筷。

震动其实就那一会儿，很快就停止了。可那些走到大街上来的人们，还在不断地吼叫，对着话筒那端的人吼叫，对着周围的人吼叫，吼叫着一些连他们自己都听不真切的话语。他们的声音和汽车的喇叭此起彼伏，在昏黄的天色里交错成四际茫茫的蛛网。

赵青在一团嘈杂中听到电话在响，等她掏出手机，对方已经挂了。是丈夫打来的。同时她又看到了一个未读短信，是小悦的。

小悦说，赵姐，局长的儿子想跟我好，你说我答应了，好不好？

赵青倒吸了一口气，把手机扔回包里，抬头正好看到杨淮的车跟慢镜头一样，缓缓地从她面前驶过。忽然万籁俱寂，她听不到任何声音，只看到些闪动的人影，围着她川流不息。她没有办法，她只有按紧了身上的包，顺着来时的路往回疾走，走得越来越快，以至于立刻狂奔起来。

赵青一路跑啊跑，一点也不难为情。因为大地一点小小的震动，今晚人人自顾不暇，没有谁会注意到一个在大街上狂奔的女子。天已经完全黑了，赵青一口气跑回了家。推门进去，丈夫还没回来，家里的一切跟她走的时候一模一样。还能怎么不一样呢，她不过离开了一个小时。她拿起桌上的字条，揉成一团，扔进了纸篓。

杨淮隔着马路上散乱的人群看到赵青背着每天都背的大包，急速地掉头回去了。这算怎么回事呢？他想打开车门追出去，还想大声地喊叫她的名字，但终究却没有动，"赵青"两个字卡在他的喉咙里，是那么闷，他简直要窒息了。他只能在后视镜里望着她奔跑的身影，像一只鸟，越飞越远，越来越小。

说到底，他也不是那么想去挽回她。

大地又恢复了平静，街上的人群慢慢地散开了。杨淮回到家，妻子问他怎么回来了，刚才地震了。杨淮说，震了一小会儿，没什么感觉，说好要开的会取消了。说着，他拿出放在背后的那束花，举到妻子面前，说，送给你，庆祝咱们劫后余生。妻子的眼睛一下子睁得很大，她接过花，想了很久都不知道要说什么。

芸芸呢？杨淮问。

哦，在我们房里看电视。妻子回答道。

杨淮拎起那袋零食，走进了卧室。芸芸躺在大床上看娱乐新闻，屏幕上的主持人不管男女，都跟芸芸一样留着又厚又重的刘海。

芸芸，爸爸给你买了很多好吃的，都是你爱吃的。

芸芸抓过袋子，在里面翻来翻去。

来，起来，爸爸带你去剪刘海。

不去，早跟你说了不去，你怎么那么烦哪！芸芸拆着一包牛肉干，一边发出无比厌倦的叫声，眼睛盯着电视机，看都没看杨淮一眼。

杨淮忽然非常恼怒。他一把拔掉了电视机插头，一把夺下芸芸手里的零食，揪住她的胳膊，把她整个人拎了起来。芸芸尖叫着，杨淮好像什么都听不见似的，就往门外走。妻子正在往花瓶里插花，看到杨淮拎着女儿阴沉地走出来，惊讶得一句话都说不出来。

芸芸的刘海就是这样被剪掉的，杨淮并没让这几根头发长到能够扎起来的地步，就强行把它们剪掉了。

两天后的礼拜一，杨淮照例在八点还差五分的时候到了单位。柳树早已是枝繁叶茂，树下的车位跟往常一样正等待着他。他停好车，提着公文包来到办公室。

办公室一片叽叽喳喳。赵青直挺挺地坐在自己的位置上，好像什么都没听到一样。两个女同事来早了，正起劲地讨论着网上一则女大学生为男友殉情的新闻。

一个说我活到这把年纪，越来越不懂爱情了，爱情就得这样死去活来吗？另一个就带点骄傲的样子说，你连什么是爱情都不知道？我上次在网上看到有个作家写了一篇讲爱情的文章，写得真是精彩，我找出来给你念念啊。

一会儿，杨淮就听见一个女声抑扬顿挫地用没有翘舌音的普通话念出了一组排比句：爱情是什么？爱情就是当你悲伤的时候，有一双温柔的手轻轻地捏着你的手，传递给你生活的信心；爱情就是当你快乐的时候，有一对闪烁的眼深情地望着你的眼，与你分享双倍的喜悦；爱情就是每天起床的时候，听到的第一声问候；爱情就是每天回家的时候，得到的第一个拥抱，爱情就是……

放你妈的屁，养条狗都比这样的爱情值！杨淮在心里狠狠地呸了一下。

发了一会儿呆，他还是决定打开电脑。

他打算找赵青好好聊聊什么才是真正的爱情。

火星一号

　　只要左辉准时出门，每天都能在这个路口遇到红灯。每天的此时此刻，左辉都能看见同一辆安邦护卫的运钞车，车上下来一位大汉，指挥汽车掉头倒上人行道，停在银行门口。大汉的脸很圆，被钢盔箍紧便尤其圆。他站在开启的后车厢旁，以一种近乎夸张的扭头姿势左看右看，简直让人怀疑他仅是在做摇头的动作，其实任何状况都没看到。他手里有枪，远远地，乌黑地，只有一个轮廓，看不清任何部件。即使这样，人们也都知道那是一把枪，哪怕被他潦草地半举在腰部，总归同玩具是不大一样的。

　　两分钟的红灯倒计时后，左辉拽住车把，电瓶车徐徐地开起来。运钞车和持枪大汉渐渐成了反光镜里的影像，岿然不动，却越来越小。左辉想起一则有关运钞车的新闻，押运员完成一天的工作后在车里开枪自杀。那种人一定是上班太早，睡得太少，左辉瞄了眼手表这样想道。现在是清晨六点五十分，左辉正在去往单位的路上。时间很紧，只留下十分钟不迟到的余地了。可今天的左辉，心头定定的，一点也不着急。这一路上，他晃悠悠地，大半的心思都交给了运钞车和持枪大汉。他心存不必要的幻想，幻想那个自杀的押运员不像大汉，不像这位脸蛋圆圆、心不在焉的人。

左辉刚刚停好车，一只反光镜就垂了下来。昨天才绑上去的胶带缠得厚厚的，还是没用。要怪就怪那些精力过盛的熊孩子，老是到车库追追打打。

什么时候该去换一个。

不对，要换就得换两个。

也不对，换了也白换。

反正用不上了。

念头一晃而过，立刻变得具体而清晰，把他自己都吓了一跳。他后退几步，眯起眼打量着。这车吧，还不坏，卖了没几个钱，白送总有人要的嘛。

他一边快走，一边大口吃着早饭。电铃忽然尖锐地啸叫，斗牛士进行曲同时欢快地迸发出来，灌满了校园的所有角落。合着这节奏，他咀嚼的动作也越发迅速，剥皮粽子一口一口地散开成酱油米粒儿滚动起来，可他连一星半点肉末都没有感受到。这肉粽子不对头啊。左辉认真看看手里剩的小半个，里头依稀嵌着可疑的肉皮。已经迟到的学生嗖嗖嗖地从他旁边蹿上楼梯，书包在他们背部一只只地飞起来。

左老师！左老师！左老师……等他抬起头来，最后的学生早已不见了影踪。他皱皱眉头，囫囵一口吞掉了剩下的粽子，以后不晓得还能不能吃上这些伪劣粽子呢。这个念头又冒出来，好像根深蒂固地长在那儿了。心尖突突蹦跳。

与此同时，对面走廊上信步踱来的，如入无人之境的，和周围气场不合的，毫无疑问，是今天的值班领导。领导撞见他，也不说话，上下扫视一番，充满内涵地缓缓走开了。各大教室秩序井然，渐次飘来琅琅书声，声音连成一片，听着颇像是诵经。

头一回，左辉的早读课迟到了。

如他所愿。办公室的门锁着，同事们都去了各自班级。

左辉放下背包，昨晚他往里塞了点东西。趁现在没有人，他可以把它们一样样地拿出来，又一样样地摆到同事们的桌子上了。

那不过是几根拆下来的旧天线。

只有钢笔那点长度，但可以伸缩。左辉拉开一根，在空中唰唰地挥动几下。这东西还可以当教鞭，课堂上舞动起来生机勃勃，有挥斥方遒的气势，够得着的话还可以用它敲敲前排学生的大脑门，反正在他眼里用处很多。左辉的心又平坦下来。

他年纪不大，却喜欢旧东西，被扔掉的东西。从小到大，他积攒了好多没人要的东西，生锈的机械零件，磨得毛毛躁躁的玻璃弹珠，没有了光泽的搪瓷水杯，磨秃边角软塌塌的洋片，一大包废电池，翻烂的教辅材料……都在家中的角角落落受到关怀地存在着。他就是单纯地喜欢不再挺括、不再咄咄逼人的玩意儿，它们呈现出暗哑斑驳的色泽，让他感到温暖和安全。每当他走进房间，那股热乎乎的味道包围住他，让他好似钻在捂热的被窝里，一颗心就定下来了。

那天他路过旧货店，看到老板坐在门口擦拭几个老式收音机，他立刻被那些拉得长长的天线吸引了。亮闪闪的天线用渴望的姿势指向天空，争着要把光接引到自己身上，就像有许多话语凌空倾诉，告诉大家它们有朝一日总能派上用场，这种姿态叫人没法拒绝。于是，他向老板买这几根天线，老板说你这人真滑稽，要是天线都没了，这几只老收音机我哪里还卖得出去？左辉就看中天线，收音机他不要。呆呆想了想，他说要不这样，我全要了。一共也没多少钱，老板收了钱，懒洋洋地要把收音机装起来。左辉说我来吧，就当着老板的面噼里啪啦把所有天线拆下了。老板眼睁睁地看他将天线揣进插手兜里，一把亮晶晶的头还露在外面，左辉就这么一声不响地走了。

昨晚，当他把天线塞进包的时候，心同样是笃定的。自从左辉打定那个主意之后，他决定要妥善地处理好这么多年来收集的各种破烂，大部分只能扔了，小部分还是只能扔了，而这些天线肯定是不在其中的，它们派用场的时候到了。

等同事们回来，他们一定会夸他慷慨、大方，只不过谁知道他们说的是真是假。想到这些话语的围攻，他就要皱眉。那个活泼生动的胖女人，是不是还会夸张地用"贴心"这种字眼形容他？感谢的话讲得如此热情，那真是令人有点害怕发窘了。他母亲还在世的时候，每次看到儿子妥当地把各种零碎化废为宝，总要说，这么会过日子的男人，到哪里都找得到好女人……可她还要轻轻顿一顿，后半句像是只讲给自己听的——就怕他想不开呀。

左辉把最后一根天线放到最后一张桌子上，终于彻底松快了。而同事们的皮包和早饭也早就横七竖八地堆在桌子上，豆浆油条、鸡蛋煎饼，还有几个差不多的粽子，待他们饿着肚子上完第一节课，这些吃的保准都凉到心了。哦，没关系，反正那儿还有台微波炉。

微波炉是神奇的发明，一种现代社会的好东西，这是学校赏给每个办公室的福利。校长曾经动员大家发扬"以校为家"的精神，争取一日三餐都在学校解决。据前排的同事说，校长讲话的时候，双颊都被他自己感动得发抖。左辉代表整个办公室上台领奖，他勉力把纸箱抱在胸前，校长书记两边凑上来，"咔嚓"便定格。后来这张合照登上了学校网站的首页，在上面占据了好几天的位置。在这篇报道被其他报道挤下头版的时候，他在电脑里保存了这张照片。他用图片处理软件，从校长书记的簇拥里把抱着微波炉的自己裁剪了下来。他的身形在切割后的狭长背景里显得瘦、单薄、绵软，那个家伙，怎么看都不像他。这张照片被归类到名叫"自己"的文件夹，这里面所有的他，全都不像他。

左辉凑近桌子，光滑的面板上隐约映出他的脸。他看着看着，喷出个大哈欠。

门被敲了几下，很轻，然后被更轻地打开。

左老师。他的课代表把一沓本子放到办公桌的边缘上。

这些同学没有交。课代表把写着名字的粉红色便条粘在最上面。

又收不齐？左辉抬头瞄一眼，慢条斯理地说。

我催过他们，没人听我的，他们都是——课代表像弓一样紧张起来，她开始解释，好像收不齐作业都是她的不对。

再催一下，作业总是要交的吧。左辉不温不火地继续说。

女生无声地应着，脸上涨潮似的红起来。她也不走，乖学生都这样，总以为老师还会有源源不断的教训给他们。左辉心中一动，在包里掏了掏，抓出一只锈迹斑驳的铁皮青蛙来。他扭动青蛙肚子上的发条，松开手，青蛙古怪地跳了一下。

拿去玩。左辉已经不记得青蛙是哪儿来的，整理的时候看到，他顺手塞进包，打算随便送给哪个小孩。

拿着吧！

女生有些讶异，她试着伸出手指，刚触到青蛙，它体内的机关嘎嘎转动，它忽然又往前抽动了一下，凸眼球上的彩漆已经剥落了。

这……我不能要……女生缩回手指，说话像蚊子叫一样。

可以玩的，你看……左辉又去拨弄发条。

……左老师，我、我先走了。女生微微扬起脸，轻轻皱眉，然后她低下头迅速地退出去。在门外，她和正闯进来的男生撞了个满怀。

男生旋风一般在左辉面前紧急刹车，他的到来让这房间跳脱了沉静的状态。

我、我忘记、做语文作业，昨天、昨天的、数学作业、太多了！男生大口喘气，像溺水的鱼。

左辉把发条青蛙攞进抽屉，问道，高考语文满分多少？

150！

数学？

150……

所以？

左老师，今天我一定会交，真的，我发誓，我知道语文跟数学一样重要，我就是——男生真的不知道怎么表达。左老师在他眼里总是这样温暾暾叫人摸不着头脑，所以不是可以随便糊弄的老师。

左辉忽然笑了。

左辉通常很少笑。

左辉几乎不在学生面前笑。

此时，他一边笑着一边摇头，他托着腮帮咧着嘴。

形势看似急转直下，男生一头雾水，慢慢地，有点发怵。

左老师，千万不要记我名字，千万不要给我爸打电话，我、我今天放学前一定交上来……不是，我中午就送过来，我发誓——

左辉的笑戛然而止。发誓，发什么誓，山盟海誓？

啊？男生吃不准这是不是个玩笑。

打铃了，上课去，上课去！去、去……

有点意思，作业这种东西哈。左辉拿起最上面的一本，翻几下就扔了回去。如果男生没有补交作业，今天的左辉也不会去催了。事实是，就在走去教室的半路上，他差不多已经忘记了这件无足轻重的事情。跟他将要去做的事情比起来，这个早晨实在连鸡毛蒜皮都算不上，顶多一粒灰尘吧。

左辉竖起中指，弹掉了指甲缝里的脏东西，换上一张积极的脸，大力拉开教室前门。

傍晚，左辉正从路口的银行出来。他站在门口，把汇款回执细心地叠好塞进皮夹，那笔钱汇出，他的心就更笃定了。

一个急匆匆的女人和他擦肩而过，左辉看见保安拦住了她，告诉她银行已经下班了。女人挂着失望的表情退出来，无意识地扫他一眼，他后退几步，忍不住回头看了一眼。刚才为他办理业务的窗口已经关上一半，职员起身在整理票据。那是个头发中分的小伙子，左辉连续多看了他几眼。仅在几分钟前，他俩正有过一场对话，客客气气的对话。

汇到深圳啊？

嗯。

汇这么多啊？

嗯。

小伙子甚至给了他善意的提醒，让他再次确认不是受到了欺诈。左辉正做着一件很重要的事情，这件事情的重要性远远超过被诈骗的危险，小伙子委婉的耐心反倒给了他极大的认同。怎么会，是正规公司，他自信地回答。小伙子友好地点点头，接过现金，排进点钞机。

左辉出神地站在门口，回头看着小伙子把厚厚的票据夹起来，然后披上外套，从边门走出去了。此时此刻，左辉居然有点不舍得。这么年轻的一个人，他可能还会在这里工作很多年，他还会对所有顾客保持友善的态度，偶尔也会身不由己流露出些许心不在焉……这一切会持续很多年，一年一年过下去。可他再也不会记得左辉了。他再也不会遇见左辉了。这个正在门口回望的陌生人，在一个普通的工作日，偶然地成为他这天最后的顾客。真是一件莫名其妙的事。左辉再次深深地看了他，扭头拉开了玻璃门。

晚高峰的十字路口，像一块播放着巨大音响的电子屏幕，不由分说地轰然摔到人们眼前。大家都挂着那股"糟糕的一天总算过去了"的表情，而对刚跨出银行的左辉来说，石头落地，一颗心便越发坐实，剩下的似乎只有等待了。怀着这种心思，他看什么都是好的，新的一天分明才刚刚开始。

他把电动车的马力旋到最大，破车歪歪扭扭地提速，超越了几辆龟速爬行的汽车。他牢牢握持住龙头，灵活地左冲右突，他揣着别人看不见的念想而忘乎所以，黄昏沁凉的气流好像在眼前一分为二，为他打开着一条畅通无阻的路。

左手边一台汽车毫无预兆地大拐弯靠边，没有打转向灯。后轮几乎擦着电动车斜斜向前，左辉使出吃奶力气，刹车嘶叫起来，车把被带倒，他的身体不受控制地翻了下来。一记闷响，他还来得及瞥见汽车亮起刹车灯，然后就躺到了地上。

一阵头晕眼花。

有人停了下来，有人看看就走了，有人掏出手机拍照。

更多的人聚拢过来，没有人碰他，没有人跟他说话。左辉还未感到疼痛，首先袭来的是难为情，他为自己以这样的形式暴露在大庭广众之下而觉到难为情。他闻到了泥地的腥味，场面极为难堪，不知道是站起来还是继续躺着。他满脸变得通红，像做了不可告人的事情。最终他试图起身，屁股却火辣辣地痛起来。

咦，阿辉？

有人托住他的腋窝，把他架了起来。

小球皮，下来下来，没事儿！那人拨开围观者，冲车上喊道。

左辉在扶持下摇摇晃晃站稳了。不要紧吧，还认不认得我？那人乐呵呵地问道。

左辉揉着屁股转头，看到这位半秃顶的高大男子，把脸向他压下来，眼镜快撞到自己的额头了……老牛，是你哦。

原来是认识的，围观众人嘀咕着一哄而散。

老牛替他拍拍灰。多少年没见了，啊？

是阿辉啊，这么巧！车门后传来大嗓门，又探出一张黝黑的肉脸，眼皮肿胀得眯成一条缝。还以为撞上碰瓷的外地人……这人说着，略微艰难地跳出驾驶室；绕到车身另一侧，对着车后轮看了又看。

于是，多年未见的高中同学老牛和小球皮就以这样的方式出现在左辉面前。班长老牛还是高大得像头牛，那股可疑的领袖气质依然若隐若现。差生小球皮名副其实，还是比老牛矮上一个半头，圆鼓鼓的脸面上飘浮着招之即来的笑容。左辉的屁股还在痛，腰也不舒服，但他认为这时候光顾着揉屁股太不像话。

真是巧啊！左辉边说边抬眼看看二位，弯下身扶起电动车。龙头歪了，用胶布缠住的反光镜完全断了，像兔子耳朵软塌塌垂挂了下来，非常不精神。

小毛病吧……左辉嘀咕着，并没有特别心烦。

小球皮粗短的膀子无所谓地往左辉肩上揽过来，他把左辉拉到人行道上。然后掏出中华，先递给老牛一根，再递左辉。

不、不，我不抽烟。

点一根嘛，压压惊，老牛劝道。左辉便接了，吸了一口，直接吐了出去。

三个人默默抽了一阵。

幸亏是你，阿辉。小球皮把半截烟头扔到地上，狠狠踩灭了。现在开汽车，碰到点刮擦难免的，最怕就是碰到个把外地人……

那不得了，他祖宗十八代落下的毛病都要赖到你头上，甩都甩不脱，老牛说道。

所以都说撞死最合算，一次性赔光拉倒。是不是啦，这社会已经弄不好了！小球皮看向老牛，两人一同哈哈大笑。

跟往常一样，左辉想不出这有什么好笑的。他扔了烟，掸掸背包，放回车斗。

那，要么，我先走了。左辉咧咧嘴角说道。

哎！那可不行……老牛紧走几步，把左辉扔掉的烟头踩熄，拽住了他的车座，同时朝小球皮扬扬下巴。

小球皮绕到左辉另一侧，把电动车往人行道上推。我和老牛本来就约了吃饭的，老同学了，一起来嘛！

那个、我还有事……家里，有点事……

可左辉的婉言拒绝在老同学的面前显得很无力，因为老牛说，阿辉，做人嘛，饭总是要吃的咯。小球皮还说，阿辉，这点面子都不给我，没把我球皮放在眼里咯？那么，便也没什么好争的了。

那晚的酒桌上一定有过一些时刻，左辉放弃了原来的自己，这并不是他的错，而是因为那两个人。他们时隔多年后的出现，他们熟悉的相貌、陌生的举止，给左辉带来新鲜的想象，一度令他产生了从未有过的错觉和勇气，一度令他以为自己也能妙语连珠、豪气干云，喝成一个有用的人、一个能干的人。

阿辉！小球皮又是重重一声呼唤，眼珠子涂了黄油，在另两人间转来转去。那个谁……隔壁班人长最高的，体育课代表，还记得吗？人家了不得，快把他爸的厂子搞成上市公司了，什么叫风光，唉！

球皮你也不赖的嘛！老牛推开左辉的手，给他满上一杯。你看，这小子，谦虚有没有？同我们两个吃公家饭的来哭穷……老牛慢条斯理地抿抿酒杯。

得，别老在教师同志面前谈钱，庸俗！阿辉，我敬你！小球皮的嗓子一沾酒就变得沙哑，他嘶拉着喉咙，热情得像闹架似的一干到底。

不行不行，我喝不了这么多。左辉紧紧攥住杯子，酒都被他捂出暖意来，刚才几轮他感觉自己冒冒失失，喝得太快了。我本来就不会喝酒。他断断续续力图解释，下腹部有些热腾腾的。

这你就不懂了，酒嘛——水呀，水嘛——老牛像唱歌一样怪里怪气地念起了段子。

喝呀！小球皮打断老牛，得了胜利般把那两字儿喷到了左辉脸上。

我干了，你不干，这算哪门子兄弟？小球皮摇晃着站起来，把空杯子倒扣在桌子中间。左辉听见杯子发出刺耳的响声，都快要碎了。他向老牛求助般看去。老牛低着头，正在吃菜。左辉只好将目光迎向小球皮，举起酒杯，无声地小抿一口。

这不行不行，不行的！小球皮直嗓子吼两句，沉沉坐下，自顾点了根烟猛抽起来。

老同学一场，阿辉，今天你不干掉，就是看不起我球皮！

就是刚才那事还不肯原谅我！

没什么不原谅的，不是那样的，我真不能喝了。左辉感到丹田的热在往下流蹿，脚底板痒痒的。他悻悻地松开酒杯，辨不清小球皮是委屈还是怨愤，那委屈或怨愤到底是真是假。

老牛站起来了。干、干、干，我陪一个！他仰头喝掉杯中酒，把杯底向左辉一亮。够意思吧，阿辉？

小球皮抬眼瞅瞅说道，这面子够大了吧？他和老牛的炯炯目光皆期待地射向左辉。这一刻，酒好像不再是酒，而是做人，是品性，是江湖，是顶天立地的崇高事情。

环顾左右，席间一派死寂。左辉再不喝酒，这顿饭估计就毁在他手里了。他尴尬地端起酒杯，放到嘴边，咽下一大口。对不喜喝酒的人来说，辛辣液体流过食道的滋味实在不愉快。他皱起眉，勉力把剩下的一饮而尽。

好兄弟，爽气！小球皮豪迈地走到左辉身边，扶着他的肩，又给他满上。他的脸膛油光光，肉类菜肴的气息从满嘴酒气中顽固地飘散出来。哈哈，吃菜、吃菜，服务员，再拿两瓶！

一阵迅疾的眩晕偷袭而来，像潮水漫过左辉的后脑勺，他眼神渐渐迷离，绷紧的肌肉全部松弛下来。他看到小球皮在服务员的大腿上扭了一把，那姑娘娇嗔着"老板"跳起来，他看到老牛把所有的酒都开了，所有的杯子都满溢而出。左辉先是抽抽嘴角，感觉不错，便索性咧嘴大笑，这笑叫他展露出和他俩一样的表情。当他卸下抵抗，融入其中的顺畅感才油然而生，仿佛真的遇上了久别重逢的弟兄，这样的时刻，大家如此自然而然地守在了一起——酒，是个好东西，左辉不免得承认。

口袋里的手机振动起来。

一条短信："左辉，你居然给我写信？"发件人显示"小安"。左辉恍惚一惊，慌张地退出短信页面。揣着手机，过一会儿，又进入短信页面，偷偷再扫一眼。没错，真的是小安。

我自己来！老牛抢过小球皮的酒瓶，酒却怎么都倒不进杯子。浪费，太浪费了！小球皮大声嚷嚷，扑过去想把酒瓶夺回来。

小安，左辉摩挲着手机，心里念出了她的名字。

半年前他在街上遇见小安，那是高中毕业后他第一次见到她。那天很热，阳光充足，小安没有打伞，她裸露的手臂和小腿白得发亮。

"我为什么不能给你写信？"左辉发过去。那头沉寂了，好久没有回过来。

自从他打定主意之后，就非常想给她写封信，也没什么，和从前一样聊聊天，说说话。那是一封这个年代里真正的信，用钢笔写的，字迹比印刷体还要端正，塞进牛皮纸信封，贴上很多年前发行的旧邮票。只是左辉走遍小城都没有找到一个邮筒，本该有邮筒的地方都摆上了垃圾桶，抱着最后一线希望，他去了邮局。在工作人员指点下，他把信投进了大厅角落唯一的邮筒，这看上去仿佛是世界上最后的一个邮筒，上面还贴着每日的开箱时间。信寄出后的很长一段时间，他经常想象小安低头拆信的样子，心里有一群蚂蚁爬过。以前的她习惯眯着眼睛，还微微皱眉，那副样子他曾见过无数次，那副样子一定从没变过。

短信回过来了。"怪怪的，你怎么这样，什么意思？"

左辉便有点蔫。他举起酒杯，在小球皮面前一晃，什么也不说，主动地干了。

眩晕感加强了，此时好像说什么都没关系。"怪什么，我在跟你老公喝酒呢！奇怪吗？"他不假思索地回复道，慢悠悠地夹了一大口菜。

小球皮的电话响了。老牛举起食指，对左辉做个"嘘"的动作。

嗳，囡囡乖，作业做好了没有？告诉妈妈，爸爸和同学吃饭呢……没喝酒呀……嗯嗯，爸爸马上就回家了噢……小球皮停顿了一会儿，恢复了成年人的口吻……没事，就是和同学聚聚……喏，就我们高中同学啊，老牛，噢，还有左辉，你还记得吧……嗯，知道了，知道了，一会儿就好……小球皮放下电话，抹抹嘴。

哟，老婆查岗哪？老牛笑问。

什么查岗，多难听，我们家小安管这叫关心，懂不懂……小球皮说道。

还是阿辉想得通，单身赛神仙嘛！老牛朝他挤挤眼睛。

唉，阿辉，男人嘛，总要有个女人管管，兄弟我过来人，这话我还不跟别人说，被管起来的味道、有时候还蛮好的……要不要、兄弟给你做做介绍？小球皮嬉皮笑脸说着，舌头都肿大了。

阿辉，真的、还没有女朋友？讨老婆嘛，要求不要太高，差不多就行了……见左辉不搭话，小球皮又追问，唉，你不会喜欢男人吧，哈哈哈……沙哑的嗓子笑起来居然有点像在哭。

对了，我们读书的时候，阿辉好像喜欢小安那种类型的吧？老牛仿佛忽然想起了什么，口无遮拦地说道，一边还笑眯眯地拐过肘子推了小球皮一把，不会是在等你回家小安吧？嘻嘻……

听见这话，左辉握住兜里的手机，一言不发。小球皮好像什么也没听见，收住了笑声，自顾点了根烟。左辉挥开眼前的烟雾，低低咳了几声。

唉，喝酒喝酒……老牛有点没趣地打破冷场，似乎是出于好意才这么说。

小球皮脸上本来就熟透了，此时更是看不出表情，他抖着手举杯向老牛迎上去，一多半酒都洒了。

老牛啊，你是不知道，我们家小安娇生惯养惯了的，要她朝九晚五地上班跟要了她的命似的，你说我能说什么呢，只能说那咱辞职不干了在家待着！我们做男人的也只能辛苦点多挣点，把老婆好吃好喝地供起来……啊……什么都她说了算，她要什么都给，你说我好不好……你说我容易嘛我……小球皮竖起个食指，不断点着自己脑门，通红的脸膛却对准了左辉。

老牛多次试图抓住小球皮的手，都被他挣脱。

阿辉！我、我告诉你，只要是个男人，啊、他就不能让女人跟着他吃苦，否则他就是个窝囊废！啊、记着兄弟我这句话！小球皮扯着上身，手臂越伸越长，简直快要戳到左辉脸上去了。

一直低着头的左辉忽然抓住小球皮的手，用力地推了回去。小球皮瘫坐回座位，他被这出其不意的举动吓了一跳。

左辉动静很大地站起来，他一手撑着桌子，一手举着杯子，他当着其余两个人的面，一声不响仰头开始喝，他凹陷的腮帮一鼓一吸，酒从他紫红的唇角边一滴滴流下来，把前襟都打湿了，这种"干就干了，跟你们无关"的喝法让他再度变得紧张而富有敌意。老牛和小球皮竟一时也说不出话来。

空杯子被重重地扣在桌上。左辉抹把脸，嘴角浮起淡淡笑意。他跌跌撞撞坐下去，慢吞吞地说，小球皮，老子不稀罕你老婆。

这句话说得理直气壮，仿佛他已经稀罕过了后来又不要了似的。

小球皮一推桌就要蹦起来，被老牛抱住了。

你们懂个鸟，老子、老子什么都不稀罕，老子要——左辉咽咽口水，强压住喉咙口翻江倒海的气流。老子老早写信告诉你老婆了！跟你们、跟你们说了也白说——

有种就说出来听听。小球皮阴沉地说。

你们懂个屁！

懂个屁也比你懂！

老子我，要——去火星了！左辉瞪着双眼，笑得像个侠客。

在他的笑声后面是一片沉寂。这沉寂很短暂，短暂得没给对方什么尊重。

接着，老牛爆发出更大的笑声。老牛笑得气若游丝，他用手指指天花板，嗫着嘴说，火星？火星？你确定没有搞错？

它在哪儿呢？小球皮冷笑着发问，好像在关怀一个小学生。

没、没想到吧？哼，跟你们讲讲也不要紧。这、叫移民火星计划，我的申请、已经全部、全部通过了——这些字眼酝酿了几个日夜，此刻却轻易地从他嘴里飞出来，脑袋里的眩晕感让他的身体像是飘浮在棉花上，一切都轻飘飘的。

阿、阿辉，哈、哈哈，你、这、这你也太能搞笑、笑……老牛口齿模糊，差不多趴在桌上了。

神经病，喝多了吧！

小球皮大骂一句愤然起身，椅子被撞翻在地，他撩起杯子就朝左辉扔过去。

半空中的玻璃杯折射着橘色灯光迎面飞来，仿佛慢动作镜头一样，在左辉眼前画出美好的运动弧线。左辉闭上双眼，微微侧头，想象着自己是失重状态下的武林高手，举止轻盈简洁。喔唥，杯子擦着左辉的耳朵砸在墙上，毫无保留地碎了满地。一切戛然而止。

左辉毕竟不是武林高手，待他睁开眼睛，发现自己已经瘫在了地上。

只要左辉准时出门，每天都能在这个路口遇到红灯，今天也没有例外。

新换的刹车很紧，双脚不禁要多用些力才能抵抗惯性，稳稳地停下来。反光镜也换了新的，像一双神气活现的招风耳，这是修车行老板的推荐，全景式大视野，骑车人的福音，左辉只要稍稍瞥个眼，就能看见背后大片的景色。寥寥无几的行人从前面斑马线经过，他非常没有必要地把帽檐往下拉，生怕被谁认出来，当然天气也确实冷寂。在太阳尚且缺席的清晨，灰蒙蒙的马路上，排排紧闭的店铺之间，红绿灯有规律地成为唯一的亮色。

和高中同学聚餐后的第二天，左辉就登上了小城日报的社会新闻版，《县中教师醉酒闹事 扬言即将移民火星》，洋洋洒洒春秋笔法。那晚后来的事他记不得了，但据那篇报道说他是被110警车送回家的。

据说警察赶到时，他正扭着胖同学的脖子告诉观众们火星在什么地方，据说同学背上全是他的呕吐物。他一开始死活不肯上警车，他说他就要移民火星了不可以去坐牢，警察说，不是送你坐牢，是送你回家。他才上车。在警车上他使劲儿跟警察列举火星上可能存在生命的证据，以及庞大的人类移民火星计划。鉴于他受人尊重的灵魂工程师身份，在新闻最后，记者善意地发出"请勿过量饮酒"的忠告。

报纸被左辉小心地折好，和所有没来得及处理掉的杂碎一起，躺在了抽屉里。他私底下反复看了报道无数遍。"扬言"，这么个词，什么意思，哗众取宠。还有，这里头喋喋不休的人是他吗？真的吗？扭住小球皮不放的人是他吗？和警察谈笑风生的也是他吗？所有这些像插队一样硬塞进来的事实经过，完全不像事实啊。

而左辉知道的事实是，当他看到这家名为"火星一号"的公司发来的邮件时，确实心动。邮件里说，本公司将在全球范围内选拔移民火星的人选，最终计划在一百年内建立小型规模的火星城镇。"地球是人类的摇篮，但是人类不能永远生活在摇篮里"——邮件末尾的这句话感染了左辉，他好久没看到这么有内涵的话语了，也已经很久都没法被什么事情打动了。那刻，他仿佛看到一扇窗徐徐打开，高悬在天际，有光投射在他心里某处湿润的土壤，有些蠢蠢欲动的种子正在发芽。

经过深思熟虑左辉提交了申请，说明自己身体健康，富于冒险心，有变废为宝的创造力，也没有家庭负担，真诚愿为人类定居火星做出贡献。申请发出后的第二天，左辉赶早起床的时候就觉得有点异样。虽然依旧困得要死，往常那种倦怠却悄悄地不见了。这变化来得着实有些快，连他自己都陌生无比。

那天开例会，新来的书记做报告，题目叫"教师的价值观"。那些被他形容成稀里糊涂混日子的人们，仿佛就是为了印证这些批评而存在的，他们在一整天疲惫的工作后，东倒西歪地打着盹儿。左辉也昏昏欲睡，却不时被书记的铿锵语调叫醒，他支着头扭来扭去，怎么都找不到一个舒服的姿势。很突然地，那股从早晨醒来就盘旋着的、黏糊糊而不寻常的情绪彻底攫住了他。

被话筒放大的声音钉子似的敲进脑壳，他再也坐不牢，心一横站起身，原来这并没有想象中那么难。从一排排的膝盖间往外挤，依次把大家都弄醒了，他拖动着背后的无数双眼睛，经过主席台的时候，也没有往上看一眼，一直走到门外，都没有任何慌不择路的样子。那天起，他就再没有听过报告。不去开会也不上课的空档，他会象征性地望望天，虽然他不知道名叫火星的小行星在哪个方位，冥冥无边中，却也明白它该是在等待他，于是便耳根清净，受用极了。

这样的状态持续到某一天，左辉接到个长途电话。铃声响起的早些时候，他摸着手机，大概就有预感。看到来电号码前缀着的陌生区号，他就知道，没错，一定就是那个等了很久的电话。

喂。

Hello！请问是左先生吗？

嗯，嗯。

Hey，您好，左先生！我们是"火星一号"中国地区总代理，很高兴通知您，我们已经收到您的申请书。对方是个年轻女子，她操一口蹩脚的闽粤普通话，无数的不翘舌音粘连着哗哗的电流声涌出来。

哦……是，你好。左辉拨弄着口袋里一团皱巴巴的纸巾，就像面对面一般，有些小小的紧张。

并且祝贺您，左先生，您的申请已经 pass，我和我的同事们都和您一样高兴！

真的……？

现在我需要和您 check 身份信息，您的姓名是……女子的话里又夹上英文，这是她在此类电话中必须呈现的风貌，一切必须尽量国际化。国际化以至令人信服，卸下防御，便于交流。一切听起来都似乎是远涉重洋，并且风尘仆仆地来到了他的面前。

这对他来说，太新鲜了。富于力量、充满弹性的词语，偶尔夹杂几个英文单词，像熊熊燃烧的小宇宙。虽然左辉不太懂，银闪闪的未来感却也满当当地扑面袭来，这在他生活的周围极为罕见。

没有家庭成员，对、对，也没有直系亲属，是的。

OK，左先生，我们会尽快把您的表格发往欧洲总部。

左辉仿佛看见他和盘托出的一切被翻译成另一种文字，鼠标轻点，乘着互联网的翅膀，漂洋过海去另半个地球，左辉的名字会以一种古怪的发音方式在另一种人类的舌尖上呈现，这实在太神奇了。微不足道像他那种人，从来就不知道"出人头地"四个字怎么写，却也有这么一天，比中了彩票还要幸运百倍，这实在太神奇了。

最后还需要您做一件事。公司有规定，申请 pass 后须缴纳一笔预付金，您可以在一周内通过银行汇款至我公司相应账户，逾期不缴则视作自动放弃。

没有回应。

左先生？对方小心翼翼地问道。

好、好……左辉在房间里一圈圈地踱步，他的手挠着头皮捂着嘴，那些兴奋的想法叫他脑袋像上了膛似的，没法再思考别的东西了。

账户信息稍后会以短信形式发送给您，谢谢您，左先生，祝您愉快，bye！

噢噢，bye……左辉回过神，学女子的腔调说了再见，对方已经挂断电话。

结果，左辉刚交了大笔预付金，就出了那种事，他的小秘密就以这猥琐的形式公之于众。

不就是喝高了，谁还没有个喝醉的时候。

左辉，要注意学校形象，这种酒后斗殴的事情不允许发生第二次，校长说。

不想干了辞职呗，至于说这种狠话，撒什么谎嘛。厉害，上头条爽吧。牛人，看不出来还是个天文爱好者咧，同事们纷纷说。

待玩笑够了，而他打算认真解释的时候，他们就把话题岔开了。上课啦，改作业啦，倒个水去趟洗手间啦，像要避开什么似的一个个全走掉了。当然不会有人和他聊聊火星的事儿。无数次在课堂上，灌输知识到某种人肉机器的麻木程度时，他都想强迫自己停下来，和同学们聊聊一颗叫火星的行星。有一次他总算找到机会了。

那天要讲的课文恰好叫作《我们头顶的灿烂星空》，他在课堂上投影了太阳系的图片，八颗行星像花生米撒在太阳周围。

我们一起来看看地球在太阳系里的位置，他指着地球说道。

离地球最近的行星是哪颗呢？同学们有谁知道？

没人理他。这个班级以前不是这样，再乖的学生，也爱七嘴八舌说几句的。

是金星，金星又叫启明星，这个名字大家应该很熟悉吧？

讲台下面，大部分人低着头。抬头的那些，也懒散地猫着，随时有放弃听讲的打算。

他也不管，继续说下去。除金星外，离地球最近的又是哪颗行星呢？

这个问题问完，他就挺得意的，想要甩出来的话题迫在眉睫了。所以他故意停顿了比以往更长的时间，试图把答案揭晓前的紧迫感延长一些。

是什么呢？谁知道？他追问。下面依然没有反应，这实在过分。

还文科班呢？你们地理怎么上的？左辉愠怒了，他把粉笔往讲台上扔，粉笔弹跳下来，掉在前排女生的脚边，断成了好几截。

火星。女生垂眼轻轻说。

对，就是火星！左辉赞许地看她，虽也记不得她的名字。

大家了解火星吗？大家知道火星上有一架探测车吗？火星上到底有没有生命呢……左辉命中准星，越来越亢奋，迫不及待要把他积累了很久却无处倾诉的学问倒出来。

现在还没有！教室角落发出响亮的回答，打断了左辉。

什么？

谁？怎么说？

老师，我说火星上现在还没有生命。一个男生伸长脖子，调皮地眨眨眼，对着左辉扬起下巴。

但是火星上很快就要有生命了！男生推搡着同桌，憋不住说出来。

啊？左辉语塞。

就是老师你！随着不知是谁的一语道破，全班哗然，所有的胆子都释放出来了。

老师，我们知道你要去火星！

班主任说，你以后不能给我们上语文课了！

老师，这是真的吗？

老师，你在吹牛吧？

每张嘴都在对他说，每张嘴也都在互相说，一时之间叽里呱啦，有人拍着桌子，有人使劲跺脚，教室像煮开了一锅汤。

左辉脸上挂不住，红红白白变换着颜色，他努力想说的话，一出口便淹没在几十个人的喧闹里。这座站了多年的讲台，堪比悬崖。每回抬头，都迎来人群的波涛汹涌。往常他总能拿出历练多年的威严，把未成年人雀跃的心思压下去。可今日，那未完成的秘密已经把他和"老师"这个称呼隔断了。

他手里紧攥着备课本，本子里夹着段特别的文字，是不久前为火星而写，他居然为一颗小行星抒了情。

"火星是太阳系的小行星，在广袤的银河里，它和所有行星一样渺小得微不足道，但当你走进它，你又会为它独特的气质所折服。火星之所以得名，是因为它有橘红色的外表，如同熊熊燃烧的烈火，它稀薄寒冷的空气中充满着沙尘暴，远远地观望，仿佛在星球表面蒙上了一层薄雾般的面纱，古人认为这颗星星的色彩和光亮令人迷惑，于是称其'荧惑星'，取'荧荧火光，离离乱惑'之意……这颗荒凉的星球有着和地球相似的生存环境，它就像一把火炬在激励着地球人，在向他们招手……"他考虑过给同学们念一念，甚至索性将其附在辞职信后面。可他想不出会有现在这一幕，少年们渴求的眼神贪图的仅是越来越多的睡眠、笑点和越来越低的段子，以及无极限上升的高分，头顶上那点邈远的事情，真正叫作天方夜谭了。在他眉宇之间，浮出一个界限分明的空间，双眼逐渐隐没于其中。他把本子越攥越紧，直到指甲穿透纸张扎进掌心，直到确信那段话已经皱缩到面目全非。

一辆转弯的汽车鸣叫着，在左辉身前绝尘而去。红灯跳动，熄灭，黄灯随之而起。

在他即将离开的时候，运钞车如期而至。一身黑衣的大汉背对街道，指挥汽车小心倒上人行道。有人掀开车厢门，有人搬出铁箱子。大汉转过身来，面朝清冷的街角，脸被钢盔紧紧箍成满溢的一团。这可笑的形象丝毫不影响他庄重地站立，手里有枪，这是他一如既往的秘密。路人甲乙丙丁在斑马线上一阵疾走，左辉跟随着他们，徐徐开动。

在簇新的反光镜里，运钞车旁巍然屹立的身影越来越小。

在所有一切的后面，就在后面，更远的天幕上，昨日隐退的恒星悄然跃出，仿佛橘红的蛋黄，在云层的褶皱里一丝丝地拔出没有温度的光线。

一切是怎么发生的

知觉：反映客观事物的整体形象和表面联系的心理过程。知觉是在感觉的基础上形成的，比感觉复杂、完整。（《现代汉语词典》第5版P1745）

知觉：外界刺激作用于感官时，人脑对外界的整体的看法和理解，它为我们对外界的感觉信息进行组织和解释。在认知科学中也可看作一组程序，包括获取感官信息、理解信息、筛选信息、组织信息。（百度百科）

不知不觉

街角槐树下卖冰糖葫芦的甲小贩，在某个周六下午，破天荒地又看到那个黑衣女子独自走进了对面的内衣店，而过去几年来，她总是挽着另外一个丰腴女人进进出出。黑衣女人走进店里后，一个中等身材的男人就走出来拉上了卷闸门。甲小贩看看挂在当头的太阳，觉得今天男人又这么早关门很不寻常。

远处，隔着一条街的饺子店老板娘照例在这个时候拽着儿子来买冰糖葫芦，一路上她都在数落小孩整天就知道吃、就知道玩，走到摊子前才消停下来。

甲小贩一边接过她递来的硬币，一边朝对面努了努嘴，老板娘回头一看，说，金诚这么早关门了？他那些朋友们也不玩牌了？

甲小贩说，不玩了，好几次了，都是他老婆一个人来的。

人家不玩了，你也少给我出去玩！老板娘把冰糖葫芦塞到儿子手里，狠狠地拍了一下儿子的头。

电动卷闸门正好在这时升起来了，露出一双苍白的小腿，小腿的主人来不及等待卷闸门完全卷起，就急匆匆地弯腰走了出来。兴许是店铺里太昏暗，午后的阳光突然刺到了她，她眯了一会儿眼睛，才看到对面使劲盯着她看的甲小贩和老板娘，她对着他俩举起手，摆了一下。老板娘推了一把儿子，小孩含着满嘴的冰糖葫芦，含糊地叫了一声"何老师"，何逢吉的嘴角牵起了一点笑意，她礼节性地点了点头，转身走掉了。

作为一个小贩，甲小贩和所有的小贩一样，甚至和居住在这个小城里的所有男人们一样，总怀着一种对未来生活模糊的憧憬，这种朴素的憧憬让他总是在一些特定的情景下变得敏感而又忧伤。当他望着舞蹈老师何逢吉离去的背影，感到被深深地打动了。何老师行走在空气里的深色背影，被阳光罩上一层绒毛般的光晕，那一步一步间歇明确的移动，竟然渐渐地让甲小贩朦胧的憧憬变得坚实和清晰起来。这个在街角槐树下卖冰糖葫芦的小贩，掸了一下衣服上看不见的灰尘，站得越发坚挺了。

　　一个多月过去了，有时候会刮风，有时候也下雨，甲小贩经常性地躲在内衣店的屋檐下，一次次看到金诚形单影只地进进出出。在那些周六的下午，金诚的太太何逢吉、金诚的朋友顾维汉和太太的朋友钱喜趣，再也没有来内衣店打过牌。有一次，甲小贩甚至差一点就追上金诚了，他很想开口问一下何老师哪里去了，但是金诚在街角突然拉住了一个女人的手，让甲小贩放弃了提问的打算。这个女人是谁呢，她有着甲小贩所不熟悉的背影，矮了一些，也更硬朗一些。如果甲小贩追到他们前面去，他会不失惊讶地发现，那本是一张并不陌生的脸。

　　不知不觉间，金诚和这个新的女人频频出现在内衣店附近，小城的人们终于发现，曾经的模范夫妻金诚和何逢吉，原来已经分手了。

后知后觉

何逢吉是个好看的女人。

　　一个好看的女人，总喜欢有意无意地利用美貌去获得一些聚集的眼光，进而获得一些与己的便利。但何逢吉并不算是这样精明的女子。

她虽然不免高傲，但她从不用高傲谋利。读书的时候，她对男生塞过来的小纸条总是视而不见，对他们注视的目光总是别过头去，她总是得有母亲在场的时候才接异性电话，她没有谈过青春期的恋爱，她甚至并不很清楚青涩的感觉是怎么样的。她以为她做的一切并不是为了待价而沽，她以为她的一切方式都来自一种强大的无力感——"我没有办法""我只能这样"。所以，她就成了校园里那种特别让人生气的女生，人喜欢或者人不喜欢，对她都无关紧要。正因为这种货真价实的高傲和冷漠，女生们当她是威胁，排挤她，就好像她们排挤另一个活蹦乱跳跟男生打成一片的女生钱喜趣。

尽管排挤的原因不同，结果却是大同小异，都是孤单的却是截然不同的何逢吉与钱喜趣就这样同病相怜地成了一对好朋友，她们一起在小城读完了中学，一起到隔壁的小城读了一个三流学位，又一起回到了小城，各自做着一份不紧不慢的工作，过着不咸不淡的日子。

何逢吉第一次遇到金诚是在一个安逸的下午。安逸其实不能说无所事事，而是随心所欲。随心所欲的何逢吉逛到金诚的小小内衣店，碰到了这个异常沉默的异性内衣店主。她喜欢这样不说话的店主。

她浏览了一圈，从货架上挑了好几款文胸，抬头看到金诚善意地点头，她就径自到了试衣间。不管大服装店还是小服装店，试衣间总是一个很有趣的地方，墙上有个钩子，墙角有个凳子，和外界的人来人往仅仅隔着一道门，那扇门说是天堂跟地狱的分隔也不为过，因为女人们总能轻易地在那儿宽衣解带。何逢吉一屁股坐在凳子上，习惯性地从门缝里望去，看到金诚的脸正朝着试衣间张望，尽管他什么也不会看到。

她缓缓地脱着上衣，想起八岁的暑假，住在爷爷家里，每天下午五点，十六岁的堂哥带着一身踢球的臭汗，走到爷爷家的厕所冲凉。二十世纪八十年代初建造的楼房，厕所里没有抽水马桶，大多是蹲坑，厕所门的下半部分由一根根侧斜的细木条横隔而成，既流通空气又隔断了外面的视线——但小小年纪的何逢吉是不知道这点的，她曾怀着一种说不清楚的好奇在每天下午五点弯下腰张望正在洗澡的堂哥，虽然什么也没看到，她也不曾设想看到了会有什么，但有一天当她也在那里洗澡，弯下腰却发现外面什么都看得清清楚楚的时候，才感到了一点点难为情。很多年后，堂哥的婚礼上，她还是会想起这段往事，不知道当年洗澡的堂哥是否注意到每天她都在厕所外面窥探他。

此时在幽暗试衣间的何逢吉，透过门缝看到金诚若有若无的目光，又想起了那些伴着哗哗水声的夏日黄昏。她努力又徒劳地去迎接他的视线，好像这样就是在代替堂哥给当年那个门外的八岁女孩一点补偿。因为这家内衣店，一些流动的目光和男人模糊的轮廓，这个安逸的下午变得随心所欲地风月起来。

后来，他们就开始约会了。他们的第一次约会，还是何逢吉主动去餐厅订的座，她甚至坐着出租车在金诚的店打烊的时候就准时地等在了店门口。天似乎要下雨，何逢吉对金诚说，我已经带了伞。一直到晚餐结束，何逢吉都表现得像是个熟练的女友，她会自己倒茶，自己夹菜，从包里拿出小镜子补妆，会说"我去下厕所"而不是"去上洗手间"，甚至吃饱了当着金诚的面掩住了口鼻剔牙缝，舒服地斜靠在椅背上，让坐在对面的人清楚地看到她略微鼓胀的小腹……她让人感到这些动作都是发自内心肺腑的一目了然的，而且好像是可以重来的，既然是能够重来的，随便一点又有什么关系呢。

即便是在后来和金诚做爱的时候，她也不记得有没有过一些紧张的或者别人说的心潮澎湃的时刻，她只是随着他的节奏摇来晃去，金诚的脸就像钟摆，悬挂在她的上方，随着剧烈的运动出现无法聚焦的模糊。就像第一次从试衣间的门缝里看到的一样，这模糊的轮廓反而令她觉得安心和安稳，她从来不愿意看清楚什么，看清楚的背后意味着做出选择，何逢吉一旦要面临选择，就会有无休止的无力感如潮水般袭来。和金诚的第一次，她竟然就在这样的稀里糊涂中到达了顶点。

金诚在一个有月亮的晚上求婚，这就像是故意安排好的一样，朦胧的月光重又令他面目不清——面目不清的金诚总是令何逢吉没有抵抗力。再后来，他们就结婚了。

在遇到何逢吉之前，金诚的内衣店开了已经有些年头了。

"内衣店"的概念通常情况下几乎是完全属于女性的，一个以卖女式内衣为生的男人无论如何都是暧昧的，就像插头跟插座总也撇不清干系。他迷恋于这种暧昧，也无论如何总要有些异于常人的地方，否则他如何具备与女店主竞争的说服力。

金诚能一眼看出女人穿几号罩杯，但他往往不是通过盯着胸部看出来的，那是特别低档的做法，并且也不利于生意的开展。金诚是通过观察女人的眼神发现她们胸部的秘密的：大罩杯女人的下巴为了衬托高耸的胸脯，总是会微微上扬，因而她们的眼神也往往保持一个略微华丽的30度——这是金诚的名言。

那天，顾客何逢吉走进门的时候，脸庞圆润，像一碗蒸得恰到好处的水炖蛋，目光始终是平视前方的。在金诚看来，那就是告诉他我的胸部大小模糊，你就别猜了。金诚破天荒地没有迎上去，更没有给她推荐尺码和款式，他坐在凳子上动都不动。他想，她看起来也喜欢这样不作声的男人吧。她在试衣间待了很久，出来的时候买下了一件深蓝底带金丝编织的薄棉文胸。几天后，又来买下了同款的底裤。

她第三次来的时候，金诚开口说给她打八折。

何逢吉却说，还不如请我吃饭呢。

金诚脸上闪过一丝极易察觉的惊喜，下意识地整了整衣领。

于是有了他们的第一次约会。他们的第一次约会，就是这种一起吃饭的老式约会，吃得高兴了兴许还可以看个电影什么的。一开始当何逢吉提出由她去预订位子的时候，金诚可没有想到她还会叫好了出租车来接他。她留给金诚的印象一点都不像她大小模糊的胸部，她看上去就是个应酬的老手，熟练地点菜，熟练地招呼加汤倒酒，吃得舒服的时候会把右脚搁在左脚上做出浅浅的二郎腿的样子。

那顿饭他吃得挺高兴的，金诚一高兴，就拉上了何逢吉去幽暗的小巷走走路，发现何逢吉的小手自然而然地就可以捏上一把，听到金诚讲的荤段子也会及时地笑出来，她并不容易脸红，反倒是金诚还有些诚惶诚恐。男人好像看到有种洞若观火的神气始终在她脸上，一切就像是大江东去般的水到渠成，命中注定，无可挑剔。

他们的第一次做爱，是在约会了一个礼拜之后。那天，何逢吉整个下午都在金诚的店里帮忙，陪他说闲话，一直到黄昏。

金诚关了店，拉上了卷帘门，回头看到何逢吉举着一件乳白的棉布文胸往身上比画，他本想迈起来的右脚就缓缓地放了下来。他靠在卷帘门背后看着她。

有些女人喜欢深色文胸，有些女人喜欢鲜艳文胸，有些人喜欢带蕾丝的，有些人喜欢厚内衬。而作为一个男性内衣店主，金诚亲手抚摩过无数种文胸，却觉得只有白色的布质文胸最是性感无比。何逢吉穿着黑色毛衣，往前胸比画着白色文胸，苍白的脸上一对眸子映照在镜子里深不见底。

他终于说了那句话：你把衣服脱了。

何逢吉竟然毫不扭怩，这让金诚有些意外，也很感动。

他轻易地就把她压在了身下。不被察觉的一声叹息后，她松开了一直护住前胸的双手，环抱住金诚的脖子，很紧。金诚的感动越发汹涌起来，他看见她的脸上不是迷醉的，而是一副无所谓的表情，这个表情和她紧紧搂着他的双手是格格不入的。他先前的感动突然夹杂了些恨意。他开始使劲，他希望他对她的回报能换得她的一些和他相似的感动。仿佛驾起帆船横渡大西洋，却只意味着没头没脑地撞击海浪，冲向礁石，待金诚一番挣扎后睁开眼睛，何逢吉依旧一副无动于衷的神情，于是他只好力不从心地在淡淡的烦躁中到达了彼岸。

然而，事后金诚回味起来，却认为自己是迷恋何逢吉带给他的这种焦虑感的。他反而越来越喜欢跟何逢吉做爱，越来越喜欢她无所仰仗的态度，到最后他甚至不十分关心何逢吉是不是跟他一样快乐。为了表达自己知恩图报的诚意，在一个有月亮的晚上，金诚求婚了。

钱喜趣是何逢吉的高中同学，也是何逢吉唯一的好朋友。她没有何逢吉好看，却有着何逢吉没有的爽朗开放的性格。

每个人的青春记忆中，都有这样的一个女孩，她不具有特别出众的美丽，她笑起来的时候没有酒窝，但会露出两个可爱的虎牙，她不高挑，但有浑圆的腰肢，她不是又白又光洁的天鹅蛋，她是一枚有些小雀斑的鹌鹑蛋，虽然菜市场里随处可见，却反而让她有了一点家常的烟火气。她并不非得跟女生走得很近，却一定能和每个男生称兄道弟、勾肩搭背，谁都能约到她一起回家，一起吃饭，谁都会请她帮忙给何逢吉传小纸条，可谁也不会把她当作暗恋的对象。

但女生们是不管男生们的眼神其实在飘向何方，她们眼里只看见钱喜趣夺走了所有她们心仪的小伙子。她们讨厌她，在背后议论她、孤立她，不告诉她最新的明星八卦，也不跟她分享流行话题，仿佛这样做了，男生们就会跟钱喜趣分手似的。落得个形单影只的钱喜趣就是这样在放学路上碰到同样形单影只的何逢吉的。

那天钱喜趣追上了何逢吉，叫了她一声，从口袋里掏出一张明星贴纸递给她。何逢吉有点感动，有人送她一样东西，而这样东西又不再是她一直讨厌的写满火辣辣话语的小纸条。她感激地看着钱喜趣，和她聊了起来。钱喜趣顺势大大咧咧地挽住了何逢吉的右手臂，就像两块相邻的拼图，她们各自填补上了对方缺少的那个角落。

十几年过去了，钱喜趣不再是那个十六七岁的姑娘了，但她依然是何逢吉最好的女朋友。已经三十岁的她最大的乐趣不再是男人，而是何逢吉。自从那年放学路上挽住何逢吉的手开始，她的生活重心始终围绕着何逢吉，她和她一起回家，一起做功课，考一样的大学，住同一个寝室，一起回到小城工作。她看何逢吉跳舞，陪何逢吉说话，到何逢吉家吃饭，跟何逢吉一起逛街，靠着何逢吉看电影，这些似乎一直是钱喜趣最喜欢做的事。即使是在何逢吉嫁给金诚之后，她俩的关系也没有疏远的迹象。钱喜趣不是一个迷恋同性之爱的姑娘，可何逢吉就像蜜罐子一样总在吸引着她这样的小蚂蚁。

一个对钱喜趣来说也是随心所欲的下午，她在马路上闲逛，她也不知不觉来到了金诚的内衣店。隔着内衣店的玻璃门，钱喜趣注意到了男店主金诚。他端坐在每家小店都有的收银台后面，穿着一件规规矩矩的有领子的黑色上衣，衬得棱角分明的脸有点苍白，两颊的法令纹若隐若现，使他看上去显出点老态，而事实上金诚也就刚过三十。此时他正专注地朝前观看，她顺着他的视线看过去，那儿只有一排货架，可是男人的表情有一点紧张，紧张背后好像还有些无礼，这种放肆使得他的脸部线条慢慢地收紧，收紧，显得更加轮廓分明了。钱喜趣心里面把这张认真的脸的轮廓轻轻地勾画了一遍，就看到有个人从货架旁边的试衣间走出来了，是何逢吉呢，手里拎着几件内衣，似笑非笑地对着金诚款款走去，金诚一派欲语还休的欢天喜地，跟刚才痴傻的时候判若两人。

钱喜趣把张望的脑袋伸了回来，转身靠在墙上，想了想，终于没有走进去。

何逢吉出门的时候，她大笑着迎了上去。

好几天没见到你了。钱喜趣是满脸邂逅的样子。

刚买了件文胸。何逢吉朝她扬扬手里的纸袋，有些神秘地说，文胸店老板是男的。怎么是个男的呢？后面那句话何逢吉好像是在自言自语，表情有些悻悻的。

让我瞧瞧。钱喜趣假装没听到她的自言自语，拿过袋子，一看是个蓝底镶金的花色，不禁一脸坏笑。你什么时候喜欢这种式样了？一点不配你的风格嘛，不如我来穿呢。

你又喜欢了？你怎么就喜欢人家的东西，拿去拿去。何逢吉笑起来，仿佛有些宠爱似的轻轻打了一下钱喜趣的胳膊。下次再去给你配上同款内裤，当生日礼物一起送你。

真的？嘻嘻。钱喜趣踮起脚，一只手才能勉强勾住何逢吉的脖子，亲亲热热的样子仿佛她早就忘记了刚才内衣店里的那幕场景。

在何逢吉跟金诚的关系稳固后，他俩的话题越来越少，似乎已经到了不得不围绕婚姻这一目的展开的时候，他们的约会就非常需要第三者的调剂了。钱喜趣就在这时偶尔加入他们的约会中。

跟着何逢吉一起约会的钱喜趣，却好像不太会和男人打交道。三十岁的她不再像中学时代一样风风火火，却反而流露出待字闺中的单身女子那种显然很没有必要的矜持来了。这种矜持，说得难听点，有时候还不是在把她们往婚姻的殿堂外推吗。所以，当她看到一直温文尔雅的何逢吉，在三个人的聚会中，跷起二郎腿，爽快地大笑，还能把荤笑话说得面不改色，相当的惊奇，这是一个她从未了解过的何逢吉。

有时候，她会在内心转换角色，把自己放到何逢吉这样的位置，设想自己会怎么说话怎么动作。当然，她也可以谈笑风生，但有一点能肯定的是，她不可能如何逢吉一般轻松自在。看，她多么自在逍遥啊，她把一切握在手里呢，钱喜趣常常这样想，盯着何逢吉出了神。

金诚就会在这时候笑着推她一把，看什么，这可是我老婆。

转过神来的钱喜趣恢复了一些当年的风采，她一掌打回去，你老婆？你不知道她中学时就跟我了？再说了，叫人家"老婆"还早了点儿吧？

金诚看了一眼何逢吉，忽然不说话了。

我们已经登记了，何逢吉说。

嗯……那祝贺你们咯！就那么一阵子，钱喜趣竭力维持着眼中若有若无的光彩，把声音提高了八度，要说那一刻她是真心诚意的当然也是不为过的。

也就是在金诚跟何逢吉的饭桌上，钱喜趣认识了顾维汉。

顾维汉是金诚的朋友，金诚第一次说出顾维汉的名字时，正好那几天有报道说充当台湾间谍的大陆公民沃维汉被执行死刑，钱喜趣觉得怪有趣的，想笑又好像不礼貌，使劲憋着，脸都变形了。顾维汉好像一眼就能识破她在想什么似的，说你要笑就笑出来吧，我就是个安插在内衣店的商业间谍知道不？钱喜趣一下子就放松了，浑身都自在起来。

周六的下午，四个人一起在内衣店打牌，钱喜趣经常坐在顾维汉的对面。顾维汉总是四个人里话最多的，钱喜趣总是话最少的。

顾维汉在一家大型国企当科员，他的话题离不开单位里零零碎碎的事情，比如这个礼拜他说的是哪个上司带了谁谁谁出去考察了，下个礼拜又说哪个上司今年总开着辆带吉利数字牌照的旧私家车……

这些事情哪个单位没有，在哪个单位不是大同小异的呀，有一次钱喜趣这样说。

不是、不是、不是，顾维汉一连说了几个"不是"，把头转向钱喜趣，盯着她的眼睛说道，这些鸡毛蒜皮啊，冥冥中都是有着各自运行轨迹的，参透了那些规律你就知道这一切是怎么发生的，这一切当然不是随随便便就发生的。

顾维汉一脸的认真有些故作认真似的，仿佛他自己就是个什么东西一样，钱喜趣不禁扑哧笑出声来。

我可都看得明明白白的，他又说。这次，顾维汉的口气有些不合时宜的严肃了，钱喜趣的笑容凝固了，大家一时都有些怔住了。刚好是金诚出牌，他扔出去一张老 K，想了想，还是伸出手去拿了回来。顾维汉手疾眼快地按住金诚的手，说，牌已经打出来了。

还是何逢吉咯咯一笑，说顾维汉呀顾维汉，你是把自己当哲学家了。看，都吓坏我们家钱喜趣了。

顾维汉说，我是哲学家吗？小钱，你说我像哲学家吗？

钱喜趣心想：你像不像哲学家问我干吗呀。抬头看了他一眼，不理。

顾维汉没趣地松开按住金诚的手，说，过。何逢吉就甩出张黑桃 A。轮到钱喜趣出牌了，她扔出一张大王，封住了何逢吉的黑桃 A，然后才开口，你不就是一个内衣店的间谍呗。

哈哈，他是间谍？金诚一边笑一边毫不犹豫地扔出四张 K，炸了钱喜趣的大王，再扔出一张方块 3 给下家顾维汉，说，007，那就给个甜头，你接一手。

四个人的一局牌倒也打得顺起来了。

　　后来的每个周六下午，小城的人们总是见到金诚的内衣店里，这四个人在一起喝茶，安逸地闲聊打牌，好像一家人一样。有顾客进来，看到这样欢愉的场面，也不免多逗留一会儿，多说几句话，多买一件内衣。这样的下午，这样的日子，本来也可以这样平静地一个接一个地过去的——直到有一天，何逢吉碰到一件不大不小的事儿。

　　那段日子，某系统有个大型的文艺会演，特地请了舞蹈老师何逢吉编舞和排练。何逢吉第一次筹备这样大型的集体舞蹈，报酬又相当可观，便不免有些在意，即使如她一般总是无所谓的人也好像分外地重视起来。她开始常常加班，经常和演员们吃消夜，总是很晚回家，偶尔也缺席每周的牌局。

　　事情发生的那天晚上，何逢吉跟演职员们吃完饭走出饭店，忽然不想打车，她一个人慢慢走在回家的林荫路上。

　　暖风和煦，拂面而过，空气流动得和她的脚步一样缓慢，夜晚的味道醇厚香浓。是快春天了吧，她抬起头。道路两边高大的行道树伸出年深月久的枝条，夜空是一锅搅浑了的泥浆水，整个画面像极了一幅古旧的插图。这样的夜已经很深了，这样的夜好像应该发生一些事情，何逢吉想，是不是没有什么也要制造一些什么呢。

　　或许是春天，或许是酒精的作用，她心头咚地跳了一下。她拿出手机，想给顾维汉发个短信。

她输入：在干吗？

想了想，又删去了，重新输入：在哪呢？

想了想，也删去了，最后输入：突然想到你，问候一下。这才发送了出去。

然后她继续走路，步子有些用力，但更慢了。十分钟过去了，其间她摸出手机看了三四次，顾维汉一直没有回复。

何逢吉有些恼火，有些尴尬了，有些撕破面具、丑媳妇见公婆的难堪了，却又是自讨的没趣，只能打落门牙往肚里吞。要是她有那能耐，早就飞到电磁波里揪回那条短信了。

半个小时过去了，顾维汉真的就好像不打算回信了。何逢吉倒松了口气似的，也不难为情了，反而轻松起来，脚步也似乎迈得更大了，很快就到了家。

进门脱鞋的时候，她踩在了一个软绵绵的东西上，摔了一跤。

抬起头，借着窗口透进来的月光，她看到一个沙发靠垫。

往前点儿，有些零碎的衣服扔在地板上。

再往前点儿，还有两双脚指头对着脚指头的光脚丫。

一双涂着好看的深紫色的指甲油，一双长着个难看的深紫色的瘀青，是钱喜趣的脚和金诚的脚。

两对脚丫慌乱地分开，各自奔向它们的袜子和裤管。何逢吉没有立刻爬起来，这一刻她又想起刚才肉包子打狗一去不回的短信，她有些沮丧，有些难过，为这个可怜的肉包子，也为自己进自己家门的这副德行。索性躺着吧。

躺了一会儿，她才缓缓地从地上站起来，捡起靠垫，拍了拍，放回到沙发上，然后双手抱肩，看着金诚和钱喜趣匆忙地穿衣服。

你们已经完事了，还是刚刚开始？何逢吉问。

完事了，钱喜趣说。语气也很平常，就像当年读书时候，每天跟男生打闹后赶到校门口，跟等在那里的何逢吉会合时说的那句话一样。

听到这一问一答，金诚脸上的神色像被人掐住脖子一样的呆滞，他嚅动两片嘴皮，是想说一句什么话。何逢吉觉得他手足无措地站着就算了，可他看看何逢吉，再看看钱喜趣的那副欲言又止、结结巴巴的样子却为什么表现得跟任何一个奸情败露的丈夫一样，这样子可真叫何逢吉光火。

她没看金诚一眼，事后甚至也懒得去追问金诚，这事是什么时候开始的，这事是怎么开始的，她一直在想：这是我不该看到的还是不想看到的？都不是的。她带着些难以察觉的懊丧，用那种他们看起来仍旧很轻描淡写且没有变化的眼神扫了他们一眼，就走了出去，还不忘带上房门。

直到"砰"的一声，她的懊丧才沉重起来，她加快了脚步，以至于好像是在飞奔下楼，楼道里的感应灯依次亮起，一如既往地为她照亮昏暗的台阶，湿暖的空气随着灯光的点亮涌入她的鼻腔，又被她一下子奋力地吐出去，她直冲到小区门口才停下来。

门被合上已经很久，金诚还望着那儿，一动不动。钱喜趣背对着金诚坐在沙发上。

我们根本没有，为什么要说那句话？金诚终于开口了。

这事儿，说不说、做没做，有区别吗？钱喜趣突然伶牙俐齿起来了。

金诚一时语塞，找不到话反驳。

我们给这件事一个了结吧。她站起来，走到金诚面前，掰过金诚的下巴，让他的眼睛能直视着自己的胸部，然后再一次开始脱衣服。

这次，她脱得比先前要慢，借着一点天光，借着一段两人之间的距离，金诚看清了钱喜趣戴着的文胸，幽深的底色上闪烁着微微的金色光亮。

金诚一顿，是第一次遇上何逢吉的时候，她买下的那件吗？

看上去没错。

果真是样好货色。

她戴起来好看。

想着想着，他一时烦躁起来，脑中闪过另一个白晃晃的棉布文胸。钱喜趣伸手脱他的衣服了，然后是他的裤子，最后只剩下内裤了，钱喜趣停止动作了。

内裤之下，他已经有了反应，但她盯住的却只是这条内裤。一条黑灰色格纹交织的平角短裤，有弹力，包裹住男人凹凸有致的下身，不松也不紧。

真好看。

是我喜欢的花色。

钱喜趣一时动容，在心底默默赞许何逢吉的品位。

这一瞬间，她又达成了与何逢吉的共识。她仿佛重新看到了十几年前那个放学的黄昏，天色一如既往是暗暗的，她看到何逢吉走在自己前面，斜挎着黑灰色格纹的帆布书包，书包的背带松松地绕在细瘦的肩膀一侧，那么好看的背影，又那么孤零零的。钱喜趣伤感起来，她追上去，翻遍了口袋，找出一张小虎队的贴纸，献宝似的递给了何逢吉。何逢吉舒展开来的眉心和盈盈的浅笑，让钱喜趣认为自己终于找到了知音。后来的岁月里，明媚爽朗的钱喜趣常常会因为何逢吉而变得忧愁，比如此刻，她目睹着眼前这条跟何逢吉的书包一样漂亮也一样四四方方的平角短裤，情不自禁地伸出手抚摩起来。

何逢吉倚着小区铁门，喘了几大口气。往左拐，还是来时的林荫路，跟几十分钟前相比，看不出什么变化。她继续踱步，没有目的地，速度就更缓慢了。的确是春天了，道路两边依旧高大的行道树，光秃秃的纸条上开始有些若隐若现的树叶，在夜色里混沌成了毛茸茸的一片。一辆空的出租车驶过，朝她短促地按了下喇叭，她头也不回，车子重又疾驰而去。

我跟他结婚快一年了。

结婚十年呢，他恐怕也会这样的。

何逢吉叹了口气，努力回想这个男人的长相。金诚赤裸的脊背从后面看是很修长的，形成一个瘦削的倒梯形。他转过来的脸庞跟今晚的月亮一样白白的，五官就跟树叶一样朦胧，想当初谈恋爱的光景，金诚总不能时时刻刻在何逢吉想要他出现的时候出现，不在内衣店的时候，他行踪不定。

他是令人无奈的，他一点都不像钱喜趣。

钱喜趣任何时候都在。

身后传来一连串急促细碎的脚步声，何逢吉简直有些感动起来，她拢紧了外套，下意识地回过头去张望，好像钱喜趣正离开金诚的公寓，仍然会像那个放学的黄昏一样追上来，送她一个小玩意儿，然后挽住她的胳膊一起回家。

身后走来的是一对年轻的情侣，正说着一些让对方偷笑的话语，看到何逢吉回头，反而不好意思起来。何逢吉被他们的愉悦感染了，即使钱喜趣不追上来，她也知道自己其实一点不讨厌她。这么多年来，钱喜趣和她一起上学放学，一起读书毕业，一起看电影逛街，一起吃饭聊天，她知道钱喜趣喜欢什么、热爱什么。她是一个小妹妹，总在天真地模仿姐姐的爱好。何逢吉嘴角不知不觉泛起一个溺爱的笑容，当初那个蓝底金花的文胸送给了她，钱喜趣踮起脚来勾住她的脖子。只是一个文胸而已，却让她那么高兴。这一刻，何逢吉感到了来自钱喜趣的共鸣，这使得她坦然起来了。

包里的手机突然响了。

她摸出来一看，是条短信，来自顾维汉：你在哪呢？

先知先觉

　　顾维汉跨上台阶，拉开内衣店的玻璃门，不禁想起他和金诚第一次见面的情景。

　　那个下午，无所事事的顾维汉在散步，整个人被春风吹得暖烘烘的，特别高兴。他看到一个环卫工人在扫人行道内侧的一堆瓜子壳，瓜子壳边上立着一个女人，环卫工人有点不耐烦，瓜子壳零碎地扔了一地，女人若是不走开，路是扫不干净了。可这个女人对伸到脚边来的扫帚无动于衷，扫帚有意无意地戳到她鞋子的时候，她也只是跺一下脚，略微移开一点，却仍旧全神贯注地看着什么。

　　顾维汉好奇了。

　　顾维汉是个容易好奇的人，他喜欢对任何事情刨根问底，打探琢磨。吃了一道好吃的菜，非得知道菜是如何做出来的，同事结婚了，一定要人家小夫妻说说是怎么对上眼的，甚至换了一个顶头上司，也会花上顾维汉好几天的时间去思考这位领导同志是怎么升迁的。好奇心是万物演变的本源，顾维汉的确保持了旺盛的生命力，但他思想的触角到处蔓延、无所不在的时候，也不免使人厌烦。

　　顾维汉自己是不关心别人怎么看待他的。他轻轻走到女人的身后，女人站在一家内衣店的门外朝里张望，什么都没有察觉。女人的个子玲珑丰满，有一头茂密蓬松的短发，顺着女人的视线看去，两扇玻璃门后面的店堂里坐着一个男人。女人是在看他。顾维汉伸长脖子，只能看到那男人一个隐隐约约的侧面，隔着女人的头发和混浊的玻璃，男人的脸部边缘歪歪扭扭的，像是在哈哈镜里似的。男人对店门口站着的两个人视若无睹，他也全神贯注地在看什么。

顾维汉的好奇心越发重了，门外的女人，门内的男人，好像螳螂捕蝉，黄雀在后，可那只蝉，到底是什么呢？

试衣间的门打开了，另一个女人走了出来。高高的个子，一头鬈发扎成马尾，穿着宽松的长裤，眼神安安静静的，是一摊浅浅的湖水在漂啊荡啊。顾维汉不免稍稍踮起脚，想看得更分明一些，她却别过了头，朝柜台边的男人淡淡地一笑，开口说了些什么，就见男人匆忙地站起身来，一个趔趄，差点抹掉了收银台上的茶杯盖。高个子女人付完钱走出来的时候，顾维汉闪到了边上，却见到门口的女子迎上前去。原来他们俩认识。

那是钱喜趣跟何逢吉，两人邂逅并双双离去了。顾维汉若有所思地站了一会儿。环卫工人已经把人行道扫得干干净净了。顾维汉拿鞋底来来回回磨蹭着刚才堆满瓜子壳的地面，感到了一些说出谜底前的紧张。

那天，当他走进这家特别的内衣店，看到金诚迎上来的脸庞，突然明白了门口女人专注的眼神。金诚有韩国明星一样白皙的肤色，细长的双目，在顾维汉眼里，简直称得上是俊美的。顾维汉是个胡子拉碴的男人，对俊美的男人，他打心眼里是看不起的，更何况金诚还是卖女式内衣的，更让顾维汉不屑了。

但当他想起从试衣间走出来的女人那荡漾的表情时，他又认为金诚的生意肯定应该比女店主做得好。

顾维汉看着货架上一排排五颜六色的文胸有点尴尬，它们个个雄赳赳的，好像等着一样气昂昂的女人把它们领走。女人穿漂亮的内衣，大多不是穿给女人看，她们购物的时候，其实非常需要男性的眼光来提供给她们建议、认同她们的选择，而通常情况下，她们的男友或者丈夫，并不乐意提供这方面的帮助，所以，当她们碰到一个金诚这样的内衣店主，他生意的兴隆就可想而知了。

买给女朋友的吧？可能因为顾维汉是单身入店的男士，金诚一改往日的沉默，殷勤地问。顾维汉只好点点头，金诚便问他的女友多高多胖什么肤色。新交的对象三围如何，叫大胡子的顾维汉怎么说得清，只好随口拿刚走的高个子女人比画了一下。金诚立刻心领神会了。那天，顾维汉买下了一件文胸。

内衣店永远不缺回头客，半个月后，顾维汉又来了，一进门就嚷着要一条跟上次同色的底裤。

他告诉金诚，女友说那件文胸很贴身，厚薄也刚刚好，就像男朋友的手一样。而他恨不得告诉女友，应该说像金诚的手一样才对，因为完全是金诚挑选的。

金诚被顾维汉逗笑了，他请顾维汉坐下来，泡了杯茶给他，又接着刚才的话茬说了些男人谈论女人的猥琐话，而且越说越带劲，眉飞色舞的，很不一样。顾维汉忍不住问他碰上什么喜事了，金诚倒也大方，说自己跟何逢吉好上了。

你知道的，就是那个高个子的女人，他补充说。

哦……挺好，挺好的。顾维汉猛干一口喝完茶水，拍了拍金诚的肩膀，你小子很厉害嘛。

顾维汉慢慢地变成了金诚的好朋友。

金诚跟何逢吉谈恋爱的时候，顾维汉经常出现在两人的饭桌上，他就是在那个时候正式认识了钱喜趣。

饭桌上的钱喜趣并不知道顾维汉跟自己的渊源，在顾维汉眼里，她跟在内衣店门口徘徊的钱喜趣是很不一样的。

第一次见到她的时候，她盯着玻璃门后金诚的样子像小孩子盯着橱窗里的玩具，有非要不可的任性，也是最原始简单的贪求。当四个人一起的时候她又是最沉默的，有一些不合年龄的雾霭渐渐从她的眼眶里升起，每个玩笑都是她最后才笑。何逢吉走开了，她眼里的淡淡雾气就散了，有一种迟钝的光彩跟月亮一样探出头来，又转瞬即逝。顾维汉经常偷偷地拿眼角瞟着她，心中越发好奇了。

金诚跟何逢吉结婚的时候，顾维汉跟女友也分手了。有时候，在星期六的下午，单身的顾维汉和钱喜趣都会到金诚跟何逢吉的内衣店来，生意清淡的时候四个人会打打牌，聊聊天气，一起接待顾客。

有一次顾维汉突然说了一件事。他说，我们公司空了三年的会计职位马上就有合适的人选了。

何逢吉抬了抬眼皮，这有什么大不了的？她永远是漫不经心的。

顾维汉说，这里头可大有文章，自从老会计退休后，局里头一直聘着个兼职会计。

金诚开口了，那是因为这年头跟领导心贴心的好会计很难找吧。

顾维汉看着金诚慢条斯理地说，那是因为咱们老总的女儿七月份就要毕业了，正好是会计专业的，够贴心了吧？

随后他瞟了钱喜趣一眼，又慢条斯理地说，这事儿我可早料到了，有些人哪，还非得等到人家姑娘都来上班了才恍然大悟地说一句"哟，咱们来了新同事"吧？

他的话说得两夫妻哈哈大笑。钱喜趣先没笑，她看一眼何逢吉，再转过头对着金诚，然后才跟着笑了起来，额头侧出一个圆满的弧度，两颊的肌肉一颤一颤的，顾维汉一下子仿佛想明白了什么。

几天后的晚上，按照原本的计划应该轮到金诚夫妇做东请大家吃饭。可何逢吉下午临时要去少年宫排练舞蹈，晚上说不准就不能回来聚餐了，她让金诚通知一下另外两个人，晚饭延期。金诚就打了电话给顾维汉，并让顾维汉把这意思也传达一下给钱喜趣。

顾维汉在家，掐掉了金诚的电话，一个人呆坐了一会儿。

何逢吉排舞……她怎么排……她是不是先要示范给演员一段……看她那细高个子，小蛮腰，长腿一劈，稳稳坐在地上，别人都傻眼了吧……看她不停地单脚转圈，转圈……低胸练功服，映出优美的锁骨……怎么转得那么好，转得都停不下来了……她说她忙得很……她没空……

顾维汉拿起电话，输入了一个短信：晚上吃饭，地点在金诚家。

发送对象：钱喜趣。

这一天半夜快 12 点的时候，顾维汉收到了何逢吉的短信。

突然想到你，问候一下。

捏着手机，他没有立刻回这个短信。

他说什么呢，"我也想你"？午夜的短信也应该庄重些的。

仅仅是一个短信吗？他是第一次收到何逢吉的短信。他了解她这样的姑娘，率真、高傲，和一些对万事都不用心的单纯。这样的姑娘从来不给他打电话，更不用说短信了，这个短信因而显得尤为珍贵。

这时候，她在哪里？还在排舞不可能，晚饭的时间也早过了，莫非她在跟演员们唱歌？她陷在昏暗的包厢沙发里，陷落在年轻人的劲歌热舞里，握着手机给他发了条短信，短信像气若游丝的一声"救命"穿越了包厢，穿越了街道和人群，把他们俩紧紧地连在了一起……她不敢把手机塞回包里，怕听不到回信的铃声，只能捏着手机搓来搓去，等待屏幕忽然亮起……

要不就是她已经在家了，看到了一些早该发生的事情，其实也没什么大不了的事情，她肯定是轻轻松松地走出来的，可她能上哪儿去呢……顾维汉难过起来，掐灭烟，急切地回了何逢吉的短信。

金诚跟何逢吉的婚姻结束后没有多久，那些周六下午，小城的人们见到内衣店里，这四个人又在一起喝茶了，又在安逸地闲聊打牌了，和美得又好像一家人一样。有顾客进来，看到这样欢愉的场面，也不免又多逗留一会儿，多说几句话，多买一件内衣。

真的，这样的下午，这样的日子，总是会这样平静地一个接一个地过去的。

群

姜笑笑琢磨着退群的事儿已经好久了。

她走在去上语文课的半路，口袋里没有揣着手机，心里老还是惦记着那个微信群。当她站到讲台上，开口说"上课"时，全体学生齐刷刷站起来，姜笑笑还有点拽不过来的心思，不情不愿地拴在微信上。而等她回到办公室，扔了课本的同时就是掏手机，解锁，直接看微信。智能手机是此等怪物，不管是无所事事还是有所事事的人，时不时都会无意识地解锁它，无意识地翻一下它，无意识地重新锁住它，动作连贯一气呵成，算移动互联时代里解闷的标准程式。萌生退意的初期，姜笑笑告诫自己，大不了不去看群消息嘛，可根本控制不住。群图标上的那个小红点，又不像朋友圈的更新小红点可以取消。这是个魔力红点，比软件升级的提示数字还要可耻。它时刻在眼前晃动，火辣辣地摆着，招呼着，看得人心痒手痒，强迫感爆棚，不让它消失就是没有尽到微信公民的义务，非要点进去看一下，才算松口大气。

真是见鬼了，姜笑笑嘀咕。

手上已经点开了叫"情同手足"的群，四十八条未读消息齐刷刷地排列下来。她忍了，没忍住，大拇指不由自主翻动起来。橘黄色的微信红包散布在一堆消息里特别醒目，姜笑笑一只只戳过去，根本轮不到她来捡漏了，她也要不厌其烦地"看看大家的手气"。来不及喝口水，课间十分钟就消磨殆尽了。

群名是谁取的，群主姜笑笑已经想不起来了。

当时饭局正酣，有人提议建个群助助兴。微信群起码有一半是在各种各样的餐桌上建立的吧。饭局进入尾声，人们开启雷达或者"扫一扫"模式，把对方加入自己的朋友圈。意犹未尽特别热闹的时候呢，就会进阶成建一个群。最年长的周老师说要给大家发微信红包，她一头短鬈发，左右转动起来会很有弹性地甩动，像撑开一把小伞。周老师微醺之下，手掌轻拍桌面，小眼睛机灵地骨碌碌转，脸蛋红扑扑像个少女。大家跟着起哄快建快建，目光纷纷落到姜笑笑身上。姜笑笑从没有建过群，大家都巴望着她，她除了说好的好的也没什么可做的。大概建群是要有技术的，而她恰是此刻需要的永远身怀绝技的年轻人。周老师在群里连发了好几个分量十足的大红包，人人有份。同事们放下手机举起酒杯，放下酒杯举起手机，一顿饭吃得温馨融洽，自带光芒。姜笑笑又喝下一杯，看到群名被人改成了"情同手足"。

那顿饭，确实是吃得很好的一局饭。召集的皆是些文科老师，教语文英语历史政治，平时也就点头之交，没想到坐下来一说倒是趣味相投，有不少共同话题。加上酒不断下肚，聊得越来越像久别重逢的大学同学。饭局就没有散场过，直接搬到了群里。上完课了唠唠嗑，几个不甘老去的愤青，有事没事对掐两句，开开领导的轻玩笑，晒晒养生小贴士，若有若无地传播点小道消息。一些话题从当日的饭桌上延续到群里，同事间常常聊得意犹未尽，姜笑笑课前课后都记得会去看一轮，说几句话，转几条帖子，哪怕是发几个表情，都觉得一天没有白过似的。这种局面维持了一阵，直到周老师把雷老师拉进群，群里开始有了微妙的变化。据说雷老师曾经是周老师的学生，周老师还当过他的班主任。雷老师并没有参与当天的饭局，可这并不妨碍他对本群注入极大的热情。他来到群里，就像他的昵称"雷震子"，夸张说仿佛平地惊雷，动静颇大。

雷震子在物理实验室管器材，他的工作就是实验课前将实验用具摆放到每张课桌上，结束后清点归类。他不用上课备课，也不批作业，他比别的老师都空闲。自打他入了群，每天群里的第一句话和最后一句话都是他说的。雷震子有种古怪的本事，这种本事能让他把干巴巴的词语织成玲珑剔透的各种对付，左一枪右一炮，只要他在，群里几乎没有冷场的时候。姜笑笑看到雷老师从早到晚，一人分饰数角，把群打理得风风火火。

这没什么不好的，姜笑笑对丈夫秦大勇说。

那是哪儿不好了？秦大勇捧着饭碗头也不抬。

姜笑笑瞪着他，噎住了。

过了一阵，雷震子把学校里三个年级组长拉进了群。过了一阵，他又把校办赵主任拉进了群。赵主任的到来，让雷震子降临之后话就少掉很多的本群原住民的话变得更少了。幸亏每次有人进来都能得到雷震子带头一阵欢乐的红包伺候——创群的优秀传统依然保留着。微信开发的红包功能确实切中国民的心理命脉，高兴了就是拿钱说话，不高兴了还是拿钱说话。尤其是"拼手气红包"，合着天上掉馅饼大马路上捡钱的贪便宜思维，合着手气还合着人品，有的人偏偏只能抢到几分钱，有的人屡次都是拿大头，有人大呼重新发，有人大呼谢谢老板。抢红包得到的一百块钱，放在零钱包里比单位财务发的一千块都开心呢。而发红包的另一个好处，就是能叫无话的对话又能唰唰延续好几屏，就像过年聚会，吃喝总要大过叙旧。姜笑笑同别人一样，一般是静静地等红包，静静地抢红包。有了红包，大家的业余时间就变得很值钱一样，跟红包共同度过去了。

年级组长和校办主任进群，那就算了。直到前阵子，雷震子把校长也拉进了群。

他们的新校长是带着创新的风气从外地空降来的，喜欢走到一线教师中间去，跟群众打成一片。当大领导也参与抢红包，抢红包除了彰显出亲民风范以外，更是掀起了群的狂欢顶峰。校长在，不好意思太寒碜。红包数额以倍数增长，十几、二十块的看起来已经拿不出手，很快翻上了三位数。有着一颗少女心的周老师依然喜欢发红包，每当她谨慎地打算在午休时间发一个红包，总会先圈几个人，要么是校长，要么是办公室主任，都是后进来的那些人。还要问，准备好啊，校长准备好了吗？要是旁人等得不耐烦说快发快发，周老师就会耐心地重复一句话，赵主任不来我不发的噢，校长不在我也不发的噢。周老师今年五十二岁，儿子已经大学毕业，自己也快退休了。她戴着老花镜，笑眯眯握着手机在群里打出来的字和她平常温温柔柔的说话语气没什么两样。买账，领导都特别买账。姜笑笑身边某同事埋头到一半忽然问她，小姜，微信绑银行卡安不安全？

干吗？

发红包啊……

很多人来打听这个群，很多人想加入这个群。在姜笑笑眼里，这不过就是吃饭时为了烘托气氛而建的群，可显然旁人是不管动机只看结果的。他们看到的事实就是这个群囊括了本校所有大领导，俨然就是一个得体无比由官方默许并参与其中的课间娱乐群。

他们问姜笑笑，听说你们的群很好？

姜笑笑说，有多好？

校长书记出国考察那几天，经常在你们群里发照片？

姜笑笑说，你们哪儿听来的？

群里的人越来越多，人多嘴杂，姜笑笑渐渐就不在群里说话了。她脸皮薄，有时候拿了人家几个红包，总要还出去几个，天长日久颇感受累。说一句话要再三思量，颠来倒去整理好几遍语序，还是犹犹豫豫不知道该说不该说，待到终于想点发送了，刚才的插话时机已经过去了，话题老早变成别的了。

可退群这件事，说大不大，说小也不小。它跟一桌上吃饭坐着坐着不想坐了，找个借口随时可以走开还是不一样。每每想到这点，姜笑笑就无穷烦恼。

她假装一种若有若无毫不在乎的口气跟丈夫秦大勇说起退群的事情。

秦大勇说，现在退群没有提示了，你知道吗？

本来有什么提示？

你从来没退过群啊？

姜笑笑说，是啊。

以前会有一行小字出现的，说"谁谁谁已经退出了群聊"。

现在没有了？

没有了。

姜笑笑说，那变成什么了？

没有什么了，就是表示人头的数字会少一个。

哦……那就不会被发现了？

秦大勇说，有心人总能发现的吧！

姜笑笑心想没有提示了岂不是更糟糕啊！数字静静地发生了变化，就像银行存款莫名其妙减少了。当退群变成一项默默的举动，这默默然的样子，简直和偷偷摸摸没什么区别了。

秦大勇说，你要退群？

嗯。

啥群？

姜笑笑比画了一下告诉他。

退啥？把原住民拉出去重新建一个。

啊？姜笑笑惊恐万状。

不敢？那别看别说话不就行了。

臣妾做不到啊，姜笑笑说。

啥德行。秦大勇把自己的手机递到她眼前，几乎要碰到她鼻尖。

看，这是我们学校的群，一百零七个人，我当它不存在。美术老师秦大勇手指着屏幕说。

姜笑笑想退群的念头暂且搁置下来，直到那天下午。

那天下午，群里的一条微信引起了她的注意，打开对话框已经显示被撤回了。但她还是在没打开的时候就看到了，那句话不长，正好完整地显示在预览框里。有时候消息不撤回还好，一撤回总有好奇的人要刨根问底。

现在，"情同手足"已经是一个七八十人的大杂烩了，除了发红包，卖山核桃、卖大闸蟹、卖内衣内裤的都有。很快，看到这条消息的人绘声绘色告诉没看到的人，那条消息说的是"他们学校有人改成绩"。说话的似乎是一位外校老师，不知道是谁把他拉进群的，也不知道具体怎么个情况，反正那人除了抢红包，从没说过话。撤回消息后，无论别人如何圈他，他再也没有开过口。这群里人统共就来自两个学校，"他们学校"显然是指姜笑笑的学校。活像一大块饵料掉进鱼塘，群里炸锅了好几天。

期中考试刚刚结束，是几个学校组织的联考，学校间要排排队是再自然不过的事。分数和排名都在统计中，这样的节骨眼上，走漏出改成绩的风声，真是大忌。群里的议论延伸到群外，消息很快传遍了。可大家并没有丝毫头绪，那条消息连改的是哪个年级、哪门科目都没提起。没有头绪才更有嚼头啊，群里讨论了几天，火力大多集中在"这是对我校名誉的污蔑"之类话题上，反而有仗着人多势众欺负几个外校老师进而在学校与学校间搞对立之嫌。雷震子不失时机地活跃起来，雷老师好像终于在拉人和发红包之外找到了一个实质性话题。雷老师毫不避讳他的语言特长，他以一种很有技巧的方式，在几天之内，把话题成功地从"这是对我校名誉的污蔑"转移到"篡改成绩是师德败坏的标志"以及"究竟是谁在篡改成绩"上。转换间固然是非常得体，本已显出疲态的众人精神为之一振，就连不怎么搭腔的政教主任也适时地转发了一条题为《浅谈如何进行师德师风建设》的文章。

姜笑笑没有参与讨论，她又犯了哆哆嗦嗦打字不利索的毛病，她还发觉没参与的不光有她，校长也一直都没有表态。这天周老师照例发了她的午休红包，校长终于来了，抢得最多，是最佳手气。雷震子在红包下迅速地圈了校长的名字，他说校长，你几天不来，群里出大事了！看到这句话的姜笑笑吃了一惊，她截屏了这一页聊天记录发给秦大勇，她说，大事，哪来什么大事？

哈哈。秦大勇给了她一个表情，说这下就有大事了。

校长并没有接雷震子的腔，几个年级组长更是早就三缄其口。静校铃在群外响起，群里也一下子安静了。

又要召开高二年级的学情分析大会了。

姜笑笑提前十分钟就去了。跟别人不一样，她还蛮喜欢开会的。早点赶到会议室，挑个后排缩在角落，面前桌上要摆一杯茶。茶杯左右比画比画，移动移动，从自己的角度看过去，要恰好挡掉了讲台上的领导。然后才会笃定，也是种自欺欺人的美德，即便趴下眯一会儿，也无须担心被看见，反倒叫领导尴尬。很快，英语老师郁文重重地在她身边的位子坐下。跟往常一样，郁文来得比她晚一点，但总要坐在她旁边的。两个人也几乎不说话，各自笑笑又各自低头。

她看到"情同手足"群有一个小红点。雷震子没在会场，他发消息说，同志们有线索了，那人是高二教文科英语的。那人……还在说改分数的事吗？姜笑笑眼前一晃，高二文科班的英语老师就是郁文啊。

姜笑笑靠到椅背上，她的视线从手机转移到身边的郁文，从她背后打量着她。郁文安安静静地坐着，正在批改作业。姜笑笑的目光不时碰到从会场各个方位看过来的眼神，有的不是在看郁文，似乎是在观察姜笑笑有没有注意郁文。她不在群里，姜笑笑简直庆幸。雷震子的那句话，那句以文字形式发送的话，几乎是三维立体的，怎么都看得出哗众取宠的意思，甚至不厚道地说，还很有些欢乐的情绪，好像他是个落魄警察，一辈子都在追踪一桩案子，一辈子都在跟隐身于人群的大奸大恶之徒做斗争，而今天总算揪出一个，大快人心了。别人一定都看到了，可还没有人接话。群里要是没人接话，你都提心吊胆不知道人家什么神情。姜笑笑想跟在后面说点什么，她特别想圈他昵称，然后用力戳着屏幕打一句：你有证据吗？？？或者是一句：你少说几句会死吗？？？后面必须要跟三个标点符号。她憋着一股路见不平的英雄主义气概，却只敢在输入框里来回打字又删去，直到别人的回答和表情已经把雷震子的那句话推出了屏幕，姜笑笑方才悻悻作罢。

郁文，姜笑笑说。

嗯？

还在改作业？姜笑笑说。

你改完了？郁文朝她看一眼。

今天没收，讲评一下得了，不想改。姜笑笑说。

不收有的学生就不做。郁文说。

关我什么事……姜笑笑没说出来，她懒洋洋地抽出一本郁文在改的作业，红笔涂得密密麻麻，还有两个字"重默"。郁文跟姜笑笑同年，依旧单着。姜笑笑并不总是喜欢和还没结婚的人而且还是同事做朋友，郁文是个例外。不是歧视大龄青年，相反她喜欢跟郁文相处在一块，背井离乡只身闯荡的北方姑娘郁文，口音带着圆圆的打滚腔，使她身上有种长久单身建立起来的不稳固状态，让她跟这个南方咬合不牢，到哪儿都摆不住。与其有人说郁文争强好胜起来总是显得不需要退路，还不如说她乐于我行我素呢。郁文太拼了，年轻教师里她不是最有能力的，但一定是最努力的那几个，任教班的考试成绩一排队，老是名列前茅，久而久之确实有些闲言碎语说得不太好听。她几乎每晚都在办公室待到很晚，反正她没有成家，她可以每天牺牲午休去抓学生背课文，反正她回去也没事干。姜笑笑有时觉得郁文给旁人造成了巨大的压力而她自己什么都不懂，有时姜笑笑又觉得什么都不懂的只有自己。

座位后面有同事轻轻在说职称评定的事。郁文和姜笑笑都算在内，今年两人都要申报中级职称了。每年晋升中级的名额都有限得很，按照惯例，在送报职评委之前，学校会在符合条件的本校教师中，先淘汰掉一批。什么市级公开课要几等奖以上，什么论文要发表在核心期刊上，什么学生竞赛成绩要多少优秀率……姜笑笑翻着手机，背后的对话有一阵没一阵传到她放空的大脑里。姜笑笑是第二年参评了，今年又要搞一堆和去年不一样的材料，乱七八糟，她连入围学校名单都没有丝毫把握。

不会吧？！

没瞎说？！

是真的？！

雷震子，有没有搞错？

天哪……这么坏？！

群里又有很多消息涌上来。姜笑笑只觉得有阵没来由的火气，忽然就蹿到了嗓子眼。她反手一滑，把群记录删除了。

世上哪来那么多坏人，不过是各有苦衷。姜笑笑上课经常半开玩笑地跟学生讲，要是哪个文学作品里的好人坏人三言两语就讲清楚了，一眼就被读者辨认出来的，那这作品肯定经不起推敲，起码算不上高级。

我们就是爱分好人和坏人呀，学生插嘴。

有那么简单吗，同学？黑白是非有那么分明吗，同学？

学生说，简单点不好吗……

听到下面还有人嘀咕，姜笑笑放下讲义一瞪眼，其实她眼睛小小的，真的瞪起来都很难发现。

不好！她说，说完自己和学生都笑了。

台上领导轮到分析英语成绩了。所有班级的英语平均分和排名次序照例被投影到大屏幕上，每个成绩后面都跟着任课教师的名字。郁文立刻抬起了头，托住腮帮。

姜笑笑发现郁文左手的钻戒不见了。

钻戒是五年前去新加坡旅游买的，姜笑笑当参谋挑的。四粒碎钻排成一列，小得不分净度，可色度好，白得耀眼，柜台还赠锆石耳钉，郁文送了姜笑笑呢。姜笑笑胳膊肘轻轻推她说，你的戒指呢？郁文说给我妈了，顿了顿补充道，我妈给我嫂子了，说完依旧盯着投影幕。给她媳妇，凭什么啊？姜笑笑脱口而出，声音还有点大。郁文摆个嘘的手势说，我妈现在住我哥家，她……话说一半，台上喊出了郁文的名字。副校长表扬这次英语期中考，郁文带的两个班进步快，名次上升幅度很大，跃居前三甲。郁文听得很认真，就把姜笑笑的问题忘记了。周围响起一片窸窸窣窣的低语、咳嗽声，还有起身离开的椅子声。姜笑笑看着郁文的侧脸，在领导的表扬里一点一点泛起红晕，她好像不小心看到了别人的秘密，自己的脸也一下子染红了。

　　周老师忽然退群了。

　　姜笑笑后来看到"邀请周老师加入群聊"的提示才知道。把周老师拉回来的是雷震子，似乎只有他注意到群成员的数目有了变化，一双火眼金睛。雷震子发了个自定义表情，涎笑的动漫头像嘴边写着六个字"一个都不能少"。周老师的办公桌就在姜笑笑的前方，她看到周老师的后脑勺，发质不错，几缕白发银光闪闪。周老师重回手足情深群，立马发了个大红包，几秒钟就抢完了。没人问她为什么退群，她自己也不开口，大家当没有事发生一样。这是姜笑笑第一回看见有人退群还被拉回来，想到这儿大脑就有点短路。假如雷震子把她也拉回来，她怎么办。或者，假如他不拉呢……

　　姜笑笑想找郁文聊聊。

　　现在正是中午，郁文坐在对面，眼妆在姜笑笑的指点下刚收拾干净。

郁文喜欢化妆，眼妆总是重点。她的上下眼眶都画眼线，比眉毛和头发都要乌黑的颜色，从眼头开始，到眼尾合拢成一个狭长的圈，拖上条尾巴。到不了下午，这些眼线中的某几段就开始融化，然后变粗变淡晕开来，那会儿郁文显得有些邋遢。跟教学楼底下盛开在初秋的木芙蓉差不多，明艳是明艳，可半透明的花瓣总有些飘移，生脆，质地薄和弱。他们说北方女人喜欢浓妆，他们这么说的时候意味深长。但姜笑笑不觉得这有什么奇特，她经常提醒郁文补补妆，当然偶尔会不解，一个这么喜爱打扮的姑娘，每天穿不重样的衣服，经常举着一面小镜子，不时掏出小梳子的姑娘，为什么要忽视这样的细节。

她们跑来吃打对折的酒店自助餐。她们经常中午出来吃饭，因为下午一点半就要上班，不至于把这种聚餐拖得很久，太久了姜笑笑要不是不知道说什么，就是不停说得刹不住车。郁文不停地吃，话很少。每回出来吃自助都这样，郁文跟个饿死鬼投胎似的，可以三次四次五次六次地去拿吃的，从海鲜盅到木瓜雪蛤，从牛排到甜点，她可以一道不漏地吃过去。姜笑笑每每看呆，在她细瘦的身体里，好像藏了一架打碎食物的永动机。

喝口水，慢慢吃。姜笑笑把杯子推过去。

郁文暂时停下来。

姜笑笑抓住机会问道，你很少上微信哦？

郁文说，好像是的。

姜笑笑说，有时候问你个事，要半天才回消息。

哈，以后知道啦。郁文回道，脸上显出一种宽宏大量的神情。

姜笑笑说，你有微信群吗？

郁文说，好像并没有，跟 QQ 群一样的吧。

姜笑笑想一想说，有点像，又有点不像……还是不像吧。

郁文嚼着食物，含糊地问，好玩不？

有时候好玩，有时候不好玩。姜笑笑说，学校里有个群，很多同事都在里面。

郁文摇着叉子说，再好玩你也别想加我进去。

姜笑笑说，干吗？

郁文说，我可不想上班和同事在一起，下班打开手机还跟同事在一起，别啊，跟你说别啊……

我觉得你这个人倒挺有趣的，姜笑笑说。

职评的材料，你都做好了？她几次想问期中考成绩的事，都问不出口。

做好了。你呢？

我还差点。

那你要抓紧了。郁文拿叉子敲敲姜笑笑的碟子说，别整天微信微信，我觉得那东西很浪费时间。

姜笑笑不知道该怎么回答了。郁文又去拿盆菜，依然堆得很满。

姜笑笑问，平时在家也吃这么多？

郁文说，差不多。

姜笑笑说，油腻的少吃点。

郁文说，年纪又不大，怕什么。

姜笑笑说，年纪不大才要预防，据说今天肚子上的肥肉，都是十年前吃进去的。

郁文抬头看她，你连十年后的肚子都担心？

姜笑笑说，你不担心？

郁文说，从没担心过。

姜笑笑说，我才不信。

郁文说，你们体检，我一次也没去过。

姜笑笑说，真的？不太好吧。

郁文说，不对，去过一次，也不对，半次。她往冰激凌上堆了很高的葡萄干和松仁，拿着小叉拨啊拨的。

我去过半次。到医院门口，被汽车擦了。女司机吓得脸都白了，我还安慰人家说没事，不就电动车刮掉些油漆。

你从没说起过啊。

嗯。人家赔我两百块修车，我拿了钱就不想体检了。郁文说到这里，好像把自己逗乐了。

我转身就回家了。郁文露出天真的表情补充道，我感到又饿又累，回去睡了一觉。

姜笑笑放下筷子，看向落地窗外。酒店的花园，挖了人工湖，堆着一座假山。

郁文曾说她喜欢哈尔滨，虽然她来自隔壁的齐齐哈尔。姜笑笑去过，记得齐齐哈尔有湿地，还有鹤。白鹤从水草上起飞，哗啦啦掠过一片，和来自那儿的郁文坐在面前是截然不同的画风。

那天开完学情分析会，大家回办公室不久，雷老师就踱了进来。

每次当他晃荡着进姜笑笑的语文组办公室，姜笑笑就会赶紧闭嘴。雷老师身材不高大，上肢肌肉倒锻炼得鼓鼓囊囊，他在实验室没那么繁忙，一切都让他看起来像个不用批作业的体育老师。从前姜笑笑对他并没有态度，说不上喜欢和不喜欢，现在更多了敬而远之的成分。不夸张地说，她有点怕雷老师。

他们外语组现在是不得了，他一屁股坐在备课组长对面说道。他朝姜笑笑和另外几个也在群里的同事挤挤眉毛，使个眼色。雷老师两个瞳仁的位置长得不对称，眼色看起来便也颇有些不明不白。

周老师忽然惊呼，哎呀，茶杯落在会议室！匆匆忙忙起身走了出去。

雷老师望着她的背影轻声说，周老师你吱一声好了哎，我给你跑腿。

周老师并没有转身。他回过来看看大家，一脸浮夸的无奈。

你们语文考得怎么样呀？雷老师问道，有没有超过隔壁学校？

备课组长说，没有。

雷老师说，他们高二外语组厉害，全市第一。有人功不可没，呵呵。

备课组长从包里拿出手机，她一边朝雷老师笑着一边当着他的面开始打电话。雷老师走到姜笑笑身边。姜笑笑像面临提问的学生一样，脚尖抖动起来。她靠到椅背上，看他想说什么。他翻翻她的作业本，没说什么。

有人问，雷老师没课？

呵呵，今天没有实验课。

雷老师幸福的哦。

幸福幸福，幸福死了。接着他又大声地，就像在群里说话一样，他说，同志们等着，这就给你们发红包去！

待他走了，办公室寂静了十几分钟。

过了一会儿，备课组长用一种跃跃欲试的欢快口气，她说，哎，你们知道吗？雷老师每天回到家，要先在车里坐上……我想想，起码二十分钟，才会上楼。

许多只好奇的头相继抬起来。

什么意思？

那倒是蛮有趣的哦？

你怎么知道？

组长说，我们住一个小区。有好几次下班，我搭他车到门口菜场，等我买完菜，经过他的车，看到他还在车里坐着。

姜笑笑说，他在车里干吗？

不干吗啊，就坐着发呆。

呆坐二十分钟？

有一回我敲敲玻璃，他见了是我好像跟见了鬼一样，吃惊得窗户都摇不下来。

哇，为什么啊？

这么不想回家？

就是，他怎么可能？

听说他老婆很厉害。

谁知道啊，上课了上课了。备课组长拍拍屁股走了。

姜笑笑的微信朋友圈，这时正好刷到雷老师转发的帖子，题目是"你年龄介于33—53岁，这十件事哭着也要做"！她迟疑三秒钟，给他点了赞。

姜笑笑从来都羡慕小区门口那群退休的人。

除去刮风下雨，一年四季，他们都坐在保安亭门口。物业公司在那儿摆了几条长椅，老人们东一簇西一丛，从早到晚闲聊着。

秦大勇说，有什么好羡慕的？

姜笑笑回答，你说呢，他们退休金拿拿，又不用上班，想跟谁玩就跟谁玩，不想玩回家关门，啥事没有了。她看到下班的人流从他们面前匆匆走过，老人们脸上一直是种发皱的表情。

秦大勇说，"图样图森破"，幼稚！

姜笑笑撇撇嘴说，其实刚才说的我自己也不信。

秦大勇说他母亲，也就是姜笑笑的婆婆，退休好多年了，三天两头还在抱怨别人。股市里的阿姨们，今天这个跟她怎么了，明天那个跟这个又怎么了，早晚就是几句话怎么怎么了。姜笑笑想起她婆婆，好歹算个基层干部，退休后也不屑与跳广场舞的大妈为伍，唠叨是唠叨，但也没比别人家的婆婆更唠叨。

秦大勇说，有时候我听得烦，就说那你别跟她们搭界，在家里头炒股票好了。你知道我妈怎么说，她说那怎么行，年纪大起来没个伴不行的，我说你老伴不是还在吗，她说你讲话怎么那么难听。我只好赔个不是说你不是跟人家合不来吗？她又说整天待在家不接触社会各方面都会落伍的。我说落什么伍啊你们，又不是要培训上岗。她说你们年轻人不懂的。我说那你老人家解释解释，她又气呼呼不肯说了。你看着，过几天又跟那两个被她嫌弃的阿姨一道出去玩了……

姜笑笑搭不上腔。

一只猫从路边汽车的底盘下钻出来，竖着尾巴弓起背，冷冷看他们一眼，悄无声息隐没在绿化带里。就在这时，姜笑笑被一股突如其来的冲动攫住。

索性退了吧，她打定主意。

傍晚时段，大家下班回家买菜做饭，没人会注意群里的数字发生变化。注意到了又怎样，她管不了那么多。她点进去，刚想按右上角的人头标志，一个新消息同时跳出来，又是雷震子，发了一个 word 文档。姜笑笑手指一抖，打开了文档。文档列出的是今年本校中高级职称评定的入围名单，她看见自己的名字赫然在列。

大勇大勇，我今年职称入围了。她拉着往前走的秦大勇说，一颗心慢慢往下沉。

她继续找，没有找到郁文的名字。

是嘛。秦大勇好像老早知道，没有表现出一丝意外，他反而抱怨起另外一件事。

他说，今天美术高考班多了个插班生，是你们学校雷老师亲戚的小孩。

他说，我们校长亲自带着雷老师过来找我的。

姜笑笑说，你们校长？

本来不想收，可校长都被他请来说情。快联考了，小孩一点素描基础没有的，文化课也不好。收了就是砸自己牌子，唉。

嗯，没办法。

这雷老师托付完了，提起你评职称的事了。他说其他候选人都不如你，还说什么……因为有的人师德师风不行。

他知道得可真多。姜笑笑退出微信，把手机塞进口袋。

我说你们这个雷老师简直不像个当老师的。

姜笑笑尽管想着郁文，可还是不厚道地笑了。

五大三粗，像个走江湖跑单帮的。据说是跟你们校长吃饭，听你们校长说的。我看他不像是吹牛。

校长？校长干吗跟他说人家的师德师风？姜笑笑追问。

秦大勇说，怎么了？

姜笑笑说，有没有提到谁的名字？

秦大勇摇头说，谁知道，要不就是他跟校长八卦人家的师德师风咯……

姜笑笑说，呃，不至于吧。

秦大勇说，总得有人当校长的小心肝、小棉袄吧，笑笑。

姜笑笑歪头看秦大勇半晌，说，用词这么毛骨悚然。

秦大勇说，咋，不合适？

姜笑笑说，你顾及过雷老师的光辉形象没有，小心肝、小棉袄……

秦大勇说，这不是逗你玩嘛。不过我说笑笑，不要惹这种人。

姜笑笑说，我干吗惹他……

秦大勇说，他知道你是我老婆，你职称入围的事，想必他还了个顺水人情。

姜笑笑惊道，是吗？

还有就是，入围了也别真当回事，后面还要正儿八经评过的。我还是那句话，这东西说到底是人在评，不是什么难事。迟早总评得上，今年不评明年评，大不了退休前总能评上。你想到时候你白发一甩，往那儿把材料一搁，谁好意思不让你带着高级教师的头衔退休啊……秦大勇的恶趣味又来了。

中级都评不上，高级不起来。

到时候你把白头发烫个爆炸小卷儿，往那一站，暮气逼人啊。

爱因斯坦吗，年轻人统统靠边站吗……

你以为？爱因斯坦故意的，白发搞成那范儿，没人敢欺负他。

两个人又疯说一气，各自也都心不在焉。

我觉得雷老师也不容易。末了，秦大勇忽然冒出这么一句。

是啊，谁容易呢。姜笑笑黯然。

他们说雷老师每天回家，要在车里坐二十分钟才愿意上楼。姜笑笑想起了备课组长的闲聊，脱口而出。

哦？这样啊……

天色阴沉沉的，似乎要下雨。

姜笑笑把手伸进秦大勇的臂弯里，秦大勇把她挽紧了些。两个人走到单元楼梯口，一下子好像不知道该说什么了。

姜笑笑的手机铃声喧闹地打破了沉默。秦大勇走上楼了，姜笑笑掏出手机。

一个不是手机也不是座机的陌生号码。稍稍犹豫接起来，话筒里传来一阵悦耳的音乐。事先录好的女人声开始说话，"截至某年某月某日，宣布……"原来是那种境外反动势力的劝三退电话。其实有点莫名其妙的，只要按两个键，说名字，录下音，然后说退就退了？这伙别有用心的人，把千辛万苦需要考验需要磨炼才能加入的组织看得如此轻描淡写。

姜笑笑不是党员，作为团员也超龄了。她听了一会儿就挂了。背景音乐还在耳边响着，是很好听的老歌旋律。姜笑笑已经爬了几段楼梯，她走着走着，心里慢慢有点感动。一句想说很久的话，竟然脱口而出了。她模仿着电话里女人的语气，一种怪腔怪调的像是刚刚学得流利些了的港式普通话口音，轻佻地说："姜笑笑，宣布退群！"

于是，这个叫姜笑笑的女人，好像真的已经退群了一样，低着头偷笑不止。

口　罩

会很烫吧？

母亲问第一遍时，我就听见了。我们横穿过半露天的缓坡，一起往等候大厅的取件窗口走去。这个问题我没听懂，没有回答。但模棱两可地，又似乎有点明白。我觉得在这个时刻，她问出这种问题有点不可思议。大厅里排着三四行靠背椅，油漆差不多都掉光了，肮脏的水磨石地面，像破产国企的工人食堂一样，不值得因为这个惨淡的地方而变得更好。我们离开前，那儿站着、坐着几十个跟我们一样的人，还有半大的孩子在玩平板游戏。我和母亲在角落坐了一会儿，穿堂风刮过来挺刺骨的，虽说炉子就在隔壁，这个地方倒也应该是冷的。我紧紧脖子更往下缩进去一些，当整个背部贴住椅子，来自物体的寒气更为明晰，侵入心脾。这里如传说中一样，四季阴湿不已。十岁、十九岁，我来过。十五岁、三十三岁，没有来。现在我三十七岁，又来了。不再有成群的人领着我，我成那个站在最前面的人。而说不清楚记忆里的景观和今天是否相同，站到大门，一列高耸漫长的台阶前，我假装告诉自己，啊，这里确实没变过。

刚升起来一点淡薄的日光，没到中午就隐去不见。打了几个喷嚏，鼻炎一遇寒冷就开始发作。出门前填的碳水化合物，没产生足够的热量。脑子里尽是无足轻重的东西，手机来不及充足电，肚子饿了怎么办，回去要在哪里坐几路车……好像它们才是拦在我眼前最大的困难。直到我冻得打喷嚏，忽然记起了口罩。一旦想到假如有个口罩会不会不那么难受，一旦想到口罩不在身边，所有的焦虑都落到了实处，挥之不去。去年入冬前，我买了好几种口罩，有加厚棉的，有过滤 PM2.5 的，还有一次性的。不知道干吗要买那么多，要么是囤积症患者的未雨绸缪，要么是环境污染论的潜移默化……总之是买了很多，却还没有用过。以至于到此刻这么迫切需要的时候，我都没想起来用，这过错着实令人沮丧。

母亲在手机上编写给谁的信息。她看一会儿手机，看一会儿前方。我和她之间隔了一个座位。没有东西放在空座位上。我们没有说话，前晚我和她为了一些我认为并不是当务之急但她认为迟早要讨论的事情拌了嘴，临睡前她说明天你一个人去，我不陪了。我回答好的。半夜我摸进母亲房间，把放在她包里的手续文件拿了出来，她大概还醒着，没有作声。为了避开早高峰，我们一大清早就出门了，谁也没提前晚的茬。

还烫着吧？

母亲问了第二遍。已经没什么人了，我难以觉察地松了口气。我们穿过大厅，仅剩的一撮人正取走他们的件。一个男人把盒子抱在胸前，旁边的女人撑开了黑伞。我目送了他们一会儿，伞把他们的脸都遮住了。他们离开后，我们正好走到窗口边。取件口就像小吃店的凭票自提口，一样的宽窄和高度，需要微微低头才可以看到里面的全貌。离开前被我张望过的还算拥挤的空间，现在已经处理得很空旷了。四面墙都用单位尺寸很小的老式瓷砖贴的，缝隙里有常年水流冲刷留下的黄渍。挂着钟，时针分针并拢指向十二点。窗口里一位年轻小伙子伸出头来，望向我们。

他的脸被宽阔的口罩遮住了。光看太阳穴周围，就知道他的皮肤很白，白得不合适这一行当。他的工作服竟不是易于清洗的涂层面料，反而是容易沾灰的僵硬棉布——还有帽子，跟厨师似的，把头发都包进去了。一种灰扑扑的瓦蓝色制服。

"×××，"他说，"是不是×××？"好像我是×××。隔着口罩，他的语调听起来瓮声瓮气。他低头操作着，没朝我看。他有口罩，我没有。口罩比面具折中得多，被遮盖的表情刚刚好，只表现出不可定义的一小半。这难以捕捉的东西，显得裸露全脸的我处于某种说不清楚的劣势。

我不是×××，我是×××的女儿。并没有说出来，我只是点点头，希望自己就像戴着口罩一样没有表情，这样会比较自在。他终于看我一眼，大声说："都喊了很久，没人来领。"但说着说着，语气迅速地从抱怨变回和缓，直到有了点歉意。大概是发现我们不像别人家，黑压压有一大群人的缘故，也有可能是职业道德教育提醒他，不应该对顾客大呼小叫吧。他从旁边把骨灰盒捧给我——午时收工前最后一只孤零零的骨灰盒。交接给我的时候，他用了双手。双手抵住盒子两侧，像递上名片一样，公事公办地把我的父亲送到我的面前——像端出了一盆货色。

有一瞬间，我想像他方才呼喊"×××"的情景，聚集的人们左顾右盼，帮着他一起找人，说不定连那些懵懂的孩子都从游戏里抬起头来了。实在太冷了，我和母亲又只有两个人。我们两个人是一个团体，是同伙，可我们看起来就像是从那些别人家的组织体上剥落出来的两块碎片。那时，我坐了一会儿决定去室外抽根烟。我告诉母亲，我去找洗手间。立春已过，乍暖还寒，天是阴的。七转八转，我在一堆没什么意思的平房前面点了烟。风很大，每一口烟来不及吸进去就吹散了。接着想再抽一根，一支乐队敲锣打鼓从对面走过来，乐声掩盖掉焚烧炉的轰鸣，遮不住顽强的哭声。我往檐下蜷进身子，嘴里没抽到什么烟味。洗手间在室外，跟景区里的公共厕所一样，宽敞、干净、大大方方。我随便走进其中一个空格，发现门闩是坏的。解了一半裤子，想想还是走出来，换到隔壁，那个门闩是好的。母亲在外面大喊我的小名。××——××——那是一对不容易喊得响亮的叠音词，母亲用了很大的力气，它们听起来非常逼仄。同时走进两个工作人员，我只好提起裤子走到洗手池附近答应了母亲。再转回去，三个隔间只剩下门闩坏掉的那间了。两人在说话，一个说今天人倒不多，另一个说刚过完年是这样的，年前就多了。我站了一会儿，想弄明白这些话里的逻辑。年前死人要比年后多，因为年前比年后冷，因为年关爱跟人过不去，因为……这真的是个显而易见的规律吗……我匆匆解完手。母亲等在门外，她立在那儿的样子，叫我不忍心迎过去。想掉头就走，她一把抓住我胳膊说，趁现在赶快去印个照片。

确实有个洗印中心。我脑子里盘旋着印照片做什么的念头，就立马回忆起骨灰盒正面有个插照片的小圆孔。我十来岁那会儿，经常住在外婆家，有一阵子还没来得及安葬的小姨，在客厅桌子上放了好久。每天放学做作业，趴着桌面，斜眼就能看见她的脸，插在骨灰盒上，从覆盖的红布边缘若即若离地露出来。母亲从她包里掏出一张彩色照片递给我，用这张吧，她说。照片上的父亲异常年轻，双手叉腰，光线被高大的绿色植物挡住，鼻梁上有块阴影，把三分之一脸部遮暗了。我不记得见过这张老照片，而离婚二十年后，她当然不可能再有对方变老之后的新照片。脸没拍好，我指给母亲说。昨天在翻微信里跟父亲的聊天记录，他住院后不再方便用微信联系，不知道啥时候换了新头像——双手抱胸，站在大海前。用这张，我扬着手机说。母亲没有表示异议，这有点意外，她把老照片塞回用塑料袋包着的一堆证件里去了。

印多大的？电脑前的小伙子问。我正在看那些装好镜框的黑白照片，大的小的，各种尺寸都有，是同一个老太太的遗像。留着齐耳短发的老太太，衣着古朴，目光清明，注视着远方。不知道她是谁家的女人，我想应该过世很久了，她的遗像当样品也放了很久了。一寸，骨灰盒上用，听到母亲帮我回答了。

不烫了吧？母亲又问。

我把围巾拆开来，重新绕了三圈，其中有一圈绕得比较高，几近遮住了嘴——就像半个口罩。这才好像安全了些，才伸出手去往面前揽盒子。这个过程里，父亲又在窗口多留了一会儿。小伙子没有离开，他得看着我把件取走。这使我想到今早起在这里遇到的每一位工作人员，个个都耐心，有礼貌。会主动提供帮助，告诉顾客几种焚烧炉的区别，说一些可以不说的话。一切都很吻合服务大厅里的标语：我们一直在努力／让两个世界的人都满意——完美押韵。

盒子就要离开取件口时，我用另一只手托住了底部——忽然意识到母亲一直在纠结的问题。盒子是烫的，它首先让冰冷的手，感到异常的暖——这是一个多么唯物主义的问题。一位男性可能以这样的形态被女性轻易地抱起——几乎是忙不迭地抱进怀里，像揣一只暖手宝。是使用过一小时的暖手宝，介于太烫与太凉之间。透过雕花木头散出来的，逐级递减过了的，是刚刚好的温度。也是口罩过滤后的空气，刚刚好的温度。这样的温度，应该要想起一些情景。人们对逝者的回想，总是充盈着刚刚好的温度，闪耀着一些刚刚好的华彩。我应该想到一只临终母鸡的体温。它被扔在父亲的自行车兜里，父亲的小孩子和它一道待在雨披底下，小孩子的手刚好待在它的翅膀底下。它翅膀底下的温度，在冬天刚刚好，足够暖和坐在车架上的小孩子。我应该想起这些事情，就像一切鼓动情怀的言说，让它们代替我思虑和出声，让它们在我写下它们之时，来证明我此言不虚。然而在现场，我什么都没有想起来。

　　太重了，我回答母亲。告诉她温度刚刚好，是不大合适的。

死　者

"在半路呢。"她对着手机说。

"跟他一起。"她对着手机说。

"请假的，今天当然要上班。"她按下挂机键。

"你爸。"她对身边在开车的丈夫说，脸没有转过去。

"他说怎么这么晚还没到。"她补充一句，"我们在上班，又不是在玩……"

车子正在穿过隧道，周围昏沉沉的，路口的光点正越来越大。"你也是请假的吧？"她忍不住又补充一句。

钻出隧道就是城外，车流明显稀释了，男人加大油门。"急什么，还早呢。"她仿佛埋怨一句。男人的十个手指松开方向盘，立刻又握紧了。"到了那儿别像个怨妇，少说几句。"话音刚落，男人即迅速瞥眼看她。"他们对你不是挺好的嘛。"他腾出的右手，轻拍她膝上的皮包，又顺势滑落到大腿，"你要摔个跤啊，他们是担心得要命的。"

担心的不是我吧。她懒得反应。

"妈的！"男人一脚急刹车。"有病啊！"他对着前车的屁股嚷嚷。

她敏捷地拿起皮包挡住腹部，又讪讪地松开了。安全带重新把她勒回了靠背。

"怎么，啊？"男人问。

她直直看着前方："管你的，别又追尾了。"

"追个尾算什么，你没事就好。"

男人嬉皮笑脸的，近于谄媚，她应景地咧开嘴角，轻哼出声，化作一个微笑。

"哎，你真没事吧？"

"肚子给我摸摸。"男人不屈不挠地伸手过来。

早春的天色实际上有点暗了，外面看上去有股灰尘的味道，正从四面八方钻进来。车子拐上一道斜坡，在一堆木头厂的破旧招牌里，驶入两道普通的铁门。她没来得及细看上方缀着的名称，但她心知这是什么地方。她这不相干的人也得跟着到这儿来，想到这点不免有些懊丧。

"我爸说那老头前阵子还改过遗嘱。"男人又瞟她一眼，"居然很时髦的，要海葬。"

"哦？"她有点兴趣了。

"简直异想天开，我们这里哪来的海葬。"男人打了一把方向，"反正还不是跟人家一样葬。"车子驶上了更开阔的道路，两边开始出现稀稀拉拉的花草，萌发着稀稀拉拉的嫩芽，反倒显出一排排应景的萧条。

"到乍浦港，大桥那边，不就是海吗？"她轻轻惊叹。

"那不连个上坟烧香的地方都没了？"男人反问。

"可他们怎么能这样。"

"怎样？"

"这样……不尊重死人。"

"哈哈，到处都这样——我告诉你。别人怎么葬，他们也怎么葬喽，我们哪管得着。嘘，不要说了……"她看到公公不知何时已经站在边上，抢着替她拉开了车门，密闭空间霎时涌进大量混合了香烛烟雾的新鲜空气。车门关上，发出"咔嗒"的叹息声，仿佛一只话筒刚刚合拢。她深深地吸口气。在通信公司二楼的小隔间里，她接起了下班前的最后一个来电。

"369号话务员为您服务。您好，请问有什么需要帮助吗？"她的开场白千篇一律。

"我问你们！家里大半年没人住了，电话费竟然还有这么多？"话筒那头迫不及待地抱怨起离奇的话费通知单来。

"您好。固定电话每月都会产生月租费和来电显示费。"她熟练地解释。

"是的，不通话也会产生费用。"她熟练地解释。

对方嘀咕一阵。

"如果您不再使用我们的服务，可以选择销号。"她沉着地应对，"不过建议您办理停机保号的业务。"

对方依然喋喋不休，她把头戴式耳机的一端稍稍拨开。"请机主本人携带身份证原件来营业大厅办理即可。"她像语音答录机。

"抱歉，不可以，必须由机主携带本人身份证前来办理。"她像机器人。

对方沉默了。

"您好？"她寻思着对方应该要挂机了。

"如果没有机主呢？如果机主去世了呢？"对方的音调潮湿了。

"如果……那是这样的，"她在手边的册子里急速翻阅着相关条款，"……这种情况必须由医院出具死亡证明，并且……"

"证明，证明什么！告诉你们，他已经死了——"最后一个字被听筒非常用力地割断，发出"咔嗒"的声音。

她捂住耳朵，剧烈地咳嗽。"怎么老是不舒服啊？上班太吃力了吧？太吃力就辞职，都跟你说几遍了……"婆婆迎上来，哀怨地替她别上黑布条。"叫你们早点来，早点来……"两老一左一右，挟着她和丈夫往灵堂走去。

灵堂的门大敞着，没有想象中的宁静，嘈杂声来自一堆各种年龄的女人，她们的眼睛闪闪发光。婆婆把她往前一推，便有一位中年女人立刻从人群剥离，接过了她。"爸爸——他们小夫妻两个看你来了——爸爸，你睁开眼睛看看他们呀——我的好爸爸啊——"中年女人像上了发条的玩具，娴熟地大放悲声。

案上摆着几色供品，蒙着塑料保鲜膜。有人给她一炷香，丈夫用力扯她的衣角，两人便跪下了。旁观的一只只脚，纷纷聚拢来。垫子很脏，也薄，她的力道用足了，膝盖磕得生疼，几乎站不起来。

"爸爸啊——你怎么就走了呀——啊——好爸爸啊——"中年女人波浪般地干号着，带他们转到了牌位后面。她看到了老头。

老头摆在玻璃盒子里，白发涂了油，留出一道道梳齿的痕迹。脸上擦过白粉，也搽过胭脂和口红，在白炽灯下比在场的活人都鲜艳几分。这是一个陌生人。或许她曾经见过他，就像在马路上见到的任何一个陌生人。他紧闭双眼，衣领里伸出一条蜿蜒的伤疤，鼻孔露出小半颗塞得不够紧的棉花球。真是一个陌生人。他还在少年的时候也没有过红润如花的双颊，在死后却做到了。她已经绕着盒子走了半圈，中年女人的哭声渐渐地干燥，但没有中断过。那堆各种年龄的女人变得十分静默。在另一头，他们用一个夹子夹住老头的裤管，让老头的双腿并拢，使脚尖以九十度笔直地竖立着，看上去非常整洁干净。

中年女人把一张餐巾纸撕成两半，一半揉着自己的眼眶，一半塞进她手里。

"哭了？"丈夫问。

"你好像没见过这个人。"他说。

中年女人穿过灵堂侧面的门，带他们进入休息室。休息室有几张桌子，很多人零乱地坐着。丈夫摸出香烟，转眼淹没在男人中间。中年女人找到婆婆耳语几句，婆婆便把她拖进另外一张桌子。有人往旁边让让，有人给她泡来茶水，有人把一把瓜子往她面前推过来。

她定定神，看到一桌最平常的聚会，座中的女人皆显出无忧无虑的神气。

"他们家女儿根本不会哭。"一个人轻声轻气地继续说道。

"就是！哭得真难听。"

"也不请几个哭得好听的。"女人们七嘴八舌地附和道。

她耸起双肩，缩进脖子，忍不住笑了。谈话的女人都止了声息，她们打量她，把她看得透明起来了。她一个人都不认识，她们却好像都认识她。

"刚才哭了吧？蛮有良心的。你媳妇大概就是结婚时见过他们家老头子一回吧？"一个女人谨慎地跟婆婆说道。

她碰碰茶杯，水太烫了。

"她是蛮讲感情的。"婆婆说。

"跟我儿子很要好的。"婆婆说。她很配合，朝他们客气地点头。

"唉……"却有人立刻叹了口气。就像防备已久的警报终于拉响，她迅速地昂起头。环顾之下，个个脸上又都没有两样。但空气板滞了。她随便拨出几粒瓜子，在桌上排成一行。耳畔陆续响起其他人嗑瓜子的声音，毕剥清脆，瓜子壳吐在地上，已经有薄薄一层。

"要是第一个小孩生下来了，现在都要上幼儿园了吧。真可怜……"终于有女人这样说。

有人打开了所有的日光灯。突如其来的亮光让她很不习惯。

如果是这样，如果人们都是这样。她感到自己太强烈地存在，存在于巨大的错误中。她将瓜子抹成一团，喝口茶，垂下头。

"肚皮盛不住，也没办法。"婆婆哀叹道。

"听说这一次是男孩……"还有人这样说道，"噢？太可惜了。"好像一旦某人先开了口，别人就可以尽情地说。

"我们长辈是很开明的，我们一直说，生男生女都好的。"婆婆说。众人纷纷点头称是。

她好像没有听到这些，重新把瓜子一颗颗地排成行。

"但是，有什么办法呢。"婆婆说。

于是大家变得非常忧愁，和那边静静躺着的人一样忧愁。此时的他们，仿佛不幸降临在人家身上和降临在自己头上是一样的。

"我们总归在想办法。"婆婆说。

女人们听到这句话像抓住救命稻草，又拼命点头。

"把身体养好是最要紧的。"

"废话，她太瘦了。"

"上班不要上了嘛。听说常常加班？"

"配点中药调理调理。"

"我们那儿有个老中医——"

好像都是她的错。"我身体很好。"她打断，"我什么都吃。"为了证明，她飞快地嗑起瓜子来，同时把瓜子壳用力地往地上吐。呸——声音很有中气，瓜子壳却软绵绵地粘在裤腿上。"不是说老头要海葬吗？为什么……"她轻轻地冒出这么一句，女人们突然都安静了下来。婆婆迟疑了一下，向她使了个眼色，说："唉，我们这里都是这样的，葬到海里去算什么事情啊？"声音很轻，像是在自言自语。

"你来一下。"丈夫前来耳语，婆婆心领神会地又给她使了眼色。她跟着丈夫走到门口，那儿站着公公和一个陌生男人。

"老头的女婿。"丈夫悄悄告诉她。

"这就是我媳妇。"公公介绍道。

陌生男人打量一番，对公公说："在我们公司要轻松得多。"

"隔壁那爿木业公司就是刘经理开的。"公公对她说，"他们缺个办公室接电话的。"

"听说晚上不加班？"丈夫笑着问，掏出烟递过去。

刘经理眯起眼点着烟，大口浓雾喷出来。"我说不加就不加。"

"刘经理的公司，当然刘经理说了算。"公公一个劲点头，"我们媳妇福气好。"

丈夫推她往前，她扭动着挣脱开。

"话务员这么辛苦，又没几个钱，有什么好干的！"刘经理的下巴微微扬起，对她说，"你要肯来，我这儿工资奖金一分不会少。"

"我媳妇肯定来的嘛！"公公笑得合不拢嘴，丝毫没有问问她本人的意思，"刘经理，只要她那个了……只要她身上有了，马上就可以请假噢？"

男人正把烟塞进嘴里，他只是伸出缠着黑纱的左臂，凭空挥了挥，算是满不在乎的答应。

"麻烦刘经理了！"丈夫的双手，在空中握住男人的手。

"嘻，算什么！请假期间，奖金一分不少！"男人豪爽地笑起来。

她的工作是枯燥的，翻来覆去几句话，您好，再见，祝您生活愉快——可这些不见得是很难的事情。没法抵挡的是人们提问的方式，永远都一样。令人疲倦地，"为什么……""为什么……""为什么……"

如果不想接，她就会让客户等一会儿。放一段音乐，然后是一段录音：我们重视您的每一个来电，话务员正忙，请稍候。再一段音乐。再一段录音。她就呆看着来电提示，不知道那头要听到第几遍才会挂机，孜孜不倦的人总是很多。

有回她正这么干的时候，听到左手边的同事始终重复着一句话："我们公司的规定就是这样，固定电话欠费停机，与其绑定的宽带账号也同时停用。"同事的声音跟她一样，像在巨大的轰鸣中轻声低语，模糊而清晰地传来，礼貌又抵触。

"……是的，规定就是这样。"她瞥见同事像自己一样没有表情的脸，她瞥见另一个自己拨开耳麦。等待一会儿，继续重复："规定就是这样，固定电话欠费停机，绑定的宽带账号也同时停用。"

"是的，即使您的宽带费用缴纳到年底。但我现在不能为您开通宽带。这是没有办法的。"

"没有别的办法，这是公司的规定，黄先生。"

"如果您对话费有疑问，可以携带本人有效身份证件到营业大厅详细查询。"

"再见，祝您生活愉快。"她知道例行公事的最后一句还没有说完，对方早就摔了话筒。

男人们爆发出一阵大笑，地上已经扔了好几个烟蒂。他们攒在一块，好像是在过年。他们什么都谈，谈子女难管教，谈食物不安全，谈经济不景气。他们什么都谈，唯独没有死者。渐渐地她被晾在旁边，有点冷掉了。

"海葬，也不行吗？"她忽然问道。

刘经理的脸色变了，他扔掉烟头，说："什么？"

丈夫揪住了她的手臂。

"没什么没什么，瞎说呢。"公公示意丈夫把她带走。

"乍浦港，大桥那边，不就有海吗？"她目不转睛地盯着那些男人，感觉自己的声音非常陌生，仿佛来自电话线那端永远不会面对面的另一个人的嗓子。

天空已经暗下来，要到吃晚饭的时间了。她背对门里的光线站立在门外，双手插在外套口袋里，瞳仁里没有亮点，深邃的浓黑，有种不容拒绝的认真神气。

"吃饭了！二楼！"有谁招呼了一声。各个角落的人们相继起身，桌椅一片喧腾。男人们得了救赎似的转身离开。她看到丈夫经过她，渐渐走开的背影，并不是很想跟上去。

灵堂很快便空了，她独自走向外面，在一片寂静里睁大了眼睛。没有找到传说中的大烟筒，陵园只有几幢二层楼的建筑物，而建筑物也不过就是几个方形的水泥块，在轻轻的暮色里走着浓淡不一的笔直线条。如果没有墙上贴着的宣传画，可能这里跟木业公司的厂房并不会有区别。

"和谐新风文明丧葬"——对面墙上刷着一条标语。她上前几步，能看得更加仔细一些。六十八。一共是六十八。这八个字有六十八个笔画。确认了这一点，她差不多松了口气。

没有人来找她。

二楼的窗户，映出朦胧的橘色灯光，酒菜的气味也一丝丝渗透出来。那是现在园子里最热闹的地方，饭桌永远是最热闹的地方。人们推杯换盏，穿梭来去，额头冒出密密汗珠。他们在这些必经的程序中，轻易就遗忘了悲伤，反而像一群孩子，认为一切不过是一场仪式。

她站在窗下，强烈地感应到他们的悲伤其实深深地隐没在背后。她希望他们都能来谈谈死者，谈谈他的事情。她从未那么迫切地想要了解一个陌生人。可没有人来找她。她不明白为什么他们闭口不谈死者，也不明白为什么他们不相信，海其实离这儿并不远。她拿出手机，打开导航，把终点设定到乍浦港，"距离45.1公里，估计行驶57分钟"。为什么45.1公里会这么远？

她还有更多想不明白的事。她想不明白肚子里的肉，为什么不受控制地被安插在那儿。为什么终将变出一张陌生人的脸，又为什么会不断地脱落下来。一次，再一次，争先恐后。造出疼痛。非常痛，习惯性的痛，像一种仪式那般的痛。以至于还来不及变换出眉目，还来不及生，也谈不上死，大一点的血块，小一点的血块，仅此而已。渐次模糊的忧伤，仿佛水蒸气刚从海面上升起，便立即消失在空气里。

墙根转弯的暗处，有个男人蹲在地上，手里提着酒，脑袋挂在胸前。

她犹豫一下，上前几步。"你为什么不坐在里面？"她俯身问道。

他缓缓地抬头，满脸通红，酒气扑鼻。

"你认识这个老头吗？"

"你是他们的亲戚吗？"

他灌下几口酒。"……滚！"他大吼，血红的眼睛像要喷出火来。

她连连后退。"对不起……对不起……啊……"男人把酒瓶扔到一边，掩面啜泣起来，身体在廊下瑟缩得更紧了。

她不再吭气，只有沉默能把她抽成真空。她后退着转身，被隐秘的动力驱使着回到灵堂。

案头的香已经燃尽，作为供品的水果在塑料薄膜下泛出蜡质的亚光。死者依旧很乖，从开始到最后都没改变，孤零零被摆着，等待着。

她亲昵地上前，再次看清楚他的容貌。眉毛是眉毛，眼睛是眼睛，耳朵鼻孔塞着棉花球，手和脚规矩地掩在盖被里，扣上一块玻璃盖子。她知道世界上有无数陌生人，可过了这一晚，眼前这位却再也不会出现了。她意识到在他体内隐藏着某个秘密事件。这件事她从不问为什么，因为她深深地相信。她相信时间的魔法，她相信所有的陌生人最终将学会真正的隐身术。雾化遁形，仿佛水蒸气升起，从各个角落飘往不远的海，直至消失在空气里。那些从她身体里出来、已经消失了的血块，也一样。

那就不应该被这些物件密封起来。她踌躇着试图掀动玻璃盖子，又转到另一头。指甲深深嵌进棺盖的缝隙里，棺木只是微微晃动几下。有人进来，惊讶地说："你在干吗？"她满腔的力量顿时萎顿，脸涨得通红。

她被某些无能为力的忧悒攫住，缓缓抽泣起来。鼻腔嘶嘶啦啦的。她想起童年的下雨天，她坚持走在沿街的屋檐底下，只是因为拒绝撑开一把伞。"你是个白痴。"她听见心底有个声音说，仿佛还不够过瘾似的，她顺着棺木瘫倒在地上，脸深深埋入手掌，号哭失声。她哭得太厉害，头脑火烫，好像已经爆炸了。无数只脚迅速聚集，在她身边围成半圆，俯视着她，看她仿佛要一次性让所有的眼泪都流光。

人们很快就发现，她的哭声是那么好听，充满真诚和善意，是那么与众不同。这哭声的力量感染了在场的所有人。很快，人群里响起了另一个哭声。紧接着，又是一个。一个又一个，人们纷纷哭了起来。

到后来，连最挑剔的亲戚都在传说，很久没有见过这么动情又完美的葬礼了。

流　年

1

圆珠笔从他指尖滑落了。他看着它路过衣襟、下摆，噼啪，干脆地掉到地上。

他猛力站起来，椅子腿划出了尖锐的响声，自修课的教室静悄悄的，几位同学看看他，又把头埋下去了。圆珠笔就躺在过道的另一边，他蹲下来，伸手去捡。

笔却被忽然抬起的球鞋轻轻地踩住了，他拉一下，没有动静。球鞋的主人本来在奋笔疾书，此时却嬉皮笑脸瞟着他，一股子轻蔑。他再用力，脚后跟软了，一屁股坐在地上。于是，球鞋的主人才慢条斯理地把脚移开，他扶住桌子，却怎么都站不起来了，小腿的酸劲异乎寻常，从脚踝的关节向腰部发散。他十五岁了，却有一双与年龄不相称的细瘦松弛的小腿，像摆设一样，并没有什么支撑力。

教室里骚动起来。杨帆从最后排的座位上咚咚地跑过来，夹住他的两条手臂，轻轻一下就把他架了起来。杨帆是全班个子最高的男生，也是他从小学到初中的好朋友。杨帆捡起他的笔，一拳头砸在球鞋主人的桌面上，震动得作业本兀自翻动了几页，教室重又安静下来。

你坐一会儿，我去找老师。杨帆示意他不要动，就跑出去了。他看到杨帆走到门口的身影一晃，挡住了已经照到他桌子上的西沉的阳光。

他被安顿在班主任的办公室休息。还有一节课就放学了，办公室里的老师稀稀落落，走得都差不多了。班主任递给他一包小饼干，他说谢谢，只是拿在手上，并不立即拆开来吃。

你的腿怎么回事？班主任不免好奇地询问。她不知道我的事，他想。她是这个学期才来接手他们这个初三毕业班的，她年轻新鲜，乐于交流，并不像前一个班主任那样善于沉默。

肌肉萎缩。他说。

她的嘴唇张成了一个O形，忍着并没有发出不礼貌的"啊"。什么时候得上的？这话问得好像这病下礼拜就会痊愈似的。

生下来就这样了。他低下头，瑟缩着两条见不得人的腿，幸好裤腿肥大，使得它们不至于像事实上的那般怪异。其实母亲告诉过他，病是从四岁才开始的，但他觉得这样说也没有什么区别，四岁前的事情谁还记得呢。

噢，那就是先天……

这叫肌营养不良症。他打断班主任，飞快地把那几个字讲了出来。

啊……年轻的女班主任点着头，终于呼出了充满同情的一口气。他甩着两条腿，望向窗外，他并不认为她懂那是什么病，没有多少人懂这些，如果他们不得这个病的话。最后一节是活动课，同学们从各幢教学楼里跑出来，像满地蹦跳的七彩纸屑撒在操场各个角落，此时他才拆开手里的饼干，心满意足地边吃边看。

没过多久，母亲就到了。她谢过班主任，扶他下楼。今天怎么啦？她问。特别酸，特别用不上力，他回答。又该去医院了，药按时吃了没有？吃了，哪能忘啊，杨帆天天都提醒的。说到杨帆，他就笑了，今天也是杨帆去找的老师。母亲也笑了，下回请他来家吃饭。

母亲先上车，他站在电动车后面，搬起一条腿横跨过去。母亲说，抱紧了。他用力抱住母亲的腰，腰怎么有点粗了，他觉得手臂环抱不过来似的。母亲还是原地没动，她说，抱紧我啊。已经抱紧了！他说。母亲回过头来，看到他把脸贴在自己的背上，手臂却一反常态，松垮地围着自己，像个呼啦圈。母亲不敢乱想，赶忙把头扭回去，手绕到后面拍了拍他的胳膊，说，坐稳哦。

晚上，他在台灯下做作业。

初三了，作业一下子多起来，他老是觉得忙不过来。班主任说，熬过初三这一年，考上重点高中就有出息了。他也很努力，成绩却并不怎么样。写字写到一半，手臂常常就会抽筋、乏力，捏不住铅笔和橡皮，眼睁睁看着它们从桌上滚落到地板上，然后就只能怔怔地坐着，不知道怎么站起来去捡。他没有上过幼儿园，就直接进了小学——当然不是因为先天的疾病，脑部组织可没有肌肉以供萎缩呢，没有良好的学前教育，才是他老跟不上学习进度的原因，母亲是这么鼓励他的。还好有杨帆在，眼前浮现出杨帆线条明朗的脸孔，杨帆是他小学第一天的第一个同桌，他对朋友的概念，就是从杨帆开始的。杨帆会帮他捡东西，记笔记，整理书包，陪他吃中饭，路上聊闲天，有时还替他抄抄作业。想到这儿，他合上练习本，这几道那么难的数学题，还是明早留给杨帆去解决吧。

他走出房间去洗漱，经过父母的卧室。隔着门听到那两人压低嗓门的议论声，掺杂在混乱的电视剧背景中，有时混浊，有时清晰。

先是母亲在说话：……发展得很快，……预测的一样，看来……一日不如一日的。父亲接着说：唉……吃药……是心理安慰，都说……真的挨不到二十岁了。好像是问句，也好像是判断句。沉默。只有电视机屏幕的光亮在门缝里闪闪烁烁。再观察观察吧……父亲说，房间里便不再有声音了。

他几乎是跌跌撞撞地走进卫生间的，弄出了很大的响声，却没有惊动父母，他们早就习惯了他的丁零当啷。尽管懂事以来，他早就习惯了这个病，习惯了这些偶尔刮进耳朵里的忘记设防的信息，可这次他还是没办法不去想那样的话题。二十岁，他们一定是在说我的二十岁。二十是什么？十五加上五。他在手心里比画着"20"，一个半圆，一个整圆。

病死有很多种，我会是哪一种？他象征性地握紧拳头，怎么用力都是空心拳头。手脚变成摆设，关节肿大，肌肉像板结成块的棉花团，接着瘫痪了，长满身褥疮，溃烂流脓，然后呼吸肌萎缩，窒息，最后心肌也罢工，失去弹性，停止跳动。"脏器衰竭"——他在医院的墙报上读到过这个词，或许以后也将出现在他的死亡证明上。到底还是小孩子，胡思乱想得太久，很快就气力消竭，睡眼蒙眬。他爬上单人床，褥垫的软硬度正好适合手脚不便的病人，酸痛好像减轻了许多，只想这么软绵绵地躺下去……可忽然想到以后浑身褥疮的脓水即将玷污这张小床，渲染出污渍，怎么洗都洗不干净，他就恍恍惚惚地又难过起来……不对，这样也有好处，除了他，那就再也没有人可以睡这张床了……

整晚他都沉溺在乱糟糟的梦境里，直到闹钟响起来一把将他揪了出来。他瞪大了眼睛，仿佛刚刚回到人间，直愣愣地盯着天花板看了五分钟。除了灯罩有圈熏黄的痕迹，上面什么也没有，墙面和墙面的交接线符合立方体的规则，笔挺，少量并适当的阴影，一切都是世间事物，一切都单调得可怜。最终不顾母亲的反对，他还是坚持去了学校。

虽说上学，一如既往令他感觉疲劳。他只喝很少量的水，必须要去的方便也被巧妙地安排在上课铃声即将响起的时刻，那时的男厕所正好是最空的，他尽可以慢慢地跨到小便池边那块矮台阶上，慢慢解开拉链，慢慢酝酿过程，不用承受正常人那些利落的连贯动作给他的膀胱括约肌带来的压力。一上午又是满满的五节课，虽然他未必听得进多少，但一位接着一位老师的上台宣讲，总让他有种莫名其妙的戏剧感，然后立马对上课这件事本身兴致盎然了。

中午的时候，杨帆坚持要为他带饭，他感激但心安理得地答应了。习惯性地靠在走廊上，他看着吃饭大军热热闹闹地往食堂走去，心就随着他们松动起来。从小他就时常被大人放在某个地方，行动不便使得他习惯了固定在某个地点去等去看。

高个子杨帆也在人群里面，他脚步轻盈，像装了弹簧一样，身边还并排走着女生小好，这样的情形似乎还是头一次。没有他在身边的杨帆，就不用搀扶病人，因为没有他，杨帆才和小好一块的吧？小好比杨帆矮了一个头都不止，却也不是矮得特别离谱，她每次抬头，杨帆每次低头，两人的脖颈就构成好看的梯度。不像他，长年发育不良，个子极矮，人也极瘦，脊柱侧弯，肩膀一高一低，身体歪斜着前倾——他实在是怪模怪样的男孩子，和杨帆走在一起就是阴阳两极。小好的马尾巴扎得不能再高了，甩动起来的弧度优美撩人，他晃荡的心思都要满出来了。

盒饭摆到他面前，香喷喷的。小好朝他温柔地笑，她说，今天的菜是我挑的，我请客！杨帆弯下腰来，像个哥哥一样说，快吃，有红烧狮子头。这两个人把他照顾得那么好，好得像在摆弄过家家的洋娃娃。

　　他低头吃饭的时候，小好就坐在前排课桌上和杨帆说话。咀嚼的动作太耗力，他没听清他们在说什么，但他听见小好的轻柔笑声，像银铃，像小溪，像初春的薄雾，用他学过的所有比喻去形容都不过分，反正就是像个女孩子。这天晚上当他躺在床上的时候，还在想着她。女孩子怎么会这么好？糖一样甜腻，猫一样柔软，夜空一样神秘，这也好，那也好，没有哪样不好的。

　　就那么胡思乱想着，他感觉到身上某个器官在发生变化，一反疲软的常态而有力起来，那种带着体温的膨胀左冲右突，似乎在寻找出口。他感到燥热，呼吸困难，他翻了个身，把它压在身下，却恰到好处地感受到附着其上的某条血管依循着心脏而勃发的微微跳动。一下，又一下，对他而言，真有种豁然开朗的新鲜感，让今夜和昨夜相比，变得截然不同，坚硬又固执地竖起了里程碑。

　　看看闹钟，已经过了午夜12点。正不知怎么入睡时，他听到了父母房间传来的动静，也一反常态，有点儿大，大到他都听得见。

　　学校里有生理卫生课。老师还告诉过他们，每个人都是最强有力的那个精子，在生命最初的赛跑中就是一个胜利者。他喜欢这样诗意又狡黠的描述，尽管生命出生后的竞赛实在是太过残酷，这样的逻辑还是给人温暖强大的幸福感，令他能够想象当年那颗即将成为自己的精子，正扭动着小尾巴在浩瀚无垠的精子海洋中遥遥领先。

天刚亮，他就起来了。父母还睡着，他也不敲门，贸然走了进去，赌气似的往大床前的沙发椅上一坐，看着他俩。父母早就醒了，也在看他。他忽然极生气，说，就知道睡啊。母亲伸出一条胳膊，说，是礼拜六啊，过来，别冻着了。他注意到母亲的胳膊连着肩膀都没有什么衣服——真是羞耻，他想。睡睡睡，死了就能天天睡了！他心里头扔下这么一句话，走掉了。但他并未走远，而是习惯性地把耳朵贴在门上，他实在是喜欢偷听这些他们不会当着他的面说的话。

昨天被他听见了？母亲问道。

孩子大了，没办法，父亲回答说。

母亲沉吟半晌，过很久才说，不知道这次成了没有，唉……

什么事成了没有？他仔细体味母亲的话，却联想起前天父亲说他过不了二十岁，小腹就一阵发紧，清晨的尿意袭来，憋都憋不住。

2

春天说来就来了，不让来它也要来的。而他的身体却并未能像阳台上的月季嫩芽一般，踩着四季的脚步舒展开来。有时候他觉得，自己这个人啊，打生下来就是一条抛物线在奔着尽头下滑的，要是能活得像大自然这样"一岁一枯荣"就好了。

这期间，父亲带着他又去了省城的医院，医生给开了点新的药。理论上，营养心肌的生肌颗粒能帮助肌肉能量代谢，先天性肌营养不良症是基因缺陷导致的，病情会慢慢加重，关节出现的问题应该和病情有关，可以适当加强锻炼……医生还是这样告诉他们，一切都是老生常谈，他听到一半就借故出去了，耳朵都起茧了。

父亲还拿了本小册子回家，里面有一些复健疗法，嘱咐他每天坚持做，比如建议每天连续间断性走路，踝关节、膝关节再到上臂关节的拉伸，还有建议弹弹钢琴、手风琴之类的锻炼细部肌肉，总之什么都是要不断地做、持续地做，到底有没有用、什么时候开始有用，自是不言而喻，不过是遵循一个缓解的机理，让病人有事可做，不至于时时刻刻感觉到无能为力吧。他呢，小小年纪，治了多年的病，也听够了模棱两可的话，伸不直的肘关节继续伸不直，不能着地的脚后跟还是不能着地，到最后老早学会沧海桑田地笑笑，自顾自地该干吗还是接着干吗。

五月开始的那段日子，每天都下着小雨，时断时续地，总没消停过。这场雨在某天早晨，忽然就停了。父亲为了多赚点钱，一个礼拜来都跑在周边县镇做工程，为了赶进度，常常留在工地上过夜。按理说这天还应该是母亲送他去上学，他早早便起床，可到了吃早饭的钟点，桌子上还是空空如也。

卫生间里倒是有点动静，他推进去，见到母亲蹲在马桶边呕吐。她皱着眉，还未来得及把马桶圈翻上去。他想说，你吃坏了吗？但并未见她吐出什么东西来，只是浅黄色胃液，还有一些唾沫，浮在成分复杂的水面上。母亲看到他在身后，无力地笑笑，她说，蛋糕，冰箱第二格里有些蛋糕。他没理睬，走上去扶她，母亲慌了神，就想要挣脱他，而他本来就没有什么力气，最后两个人纠扯着都坐在了地上。母亲又急又气，胸口一阵恶心，哇一口吐在了他身上。他忽然憋出了眼泪，像个小孩子一样说，妈妈，妈妈……母亲一把搂住他，说，没事的，妈一点事都没有，换件衣服去，乖。

这天，他到学校的时候已经是课间操了。

校园里到处回旋着震天响的《运动员进行曲》，这个曲子的作用是搞得听见的人都心神不定，不自觉就加快了脚步，变成了运动员。他微晃脑袋合着那节拍，静静地站在走廊拐角的暗影里，等着同学们沿着楼梯快速地鱼贯而下。他看到杨帆跳下最后几级台阶，跑过他身前，又立马折返回来说，咦，身上又不对劲了？

我没事，是我妈不舒服，起床晚了。

你爸呢？

到外地干活去了。

杨帆同情地捏捏他手臂，放开的时候不免露出了惊讶的表情，你怎么这么瘦？要多吃点啊……

他不晓得怎么回答，上次省城的医生说手臂变细是肌营养不良的典型症状。其实这不是瘦，这就是病。他想给杨帆解释解释。

但杨帆已经没时间听了，他飞奔着赶上大部队，背影快速地就变小了。

耳畔又响起第七套广播操的前奏，雄浑有力的男声在呼喊"时代在召唤"。他拖着脚步，慢慢往教室走去。回头看去，操场上一大片人头，齐刷刷地在伸手踢腿。他从来都没有做过广播操，他很难将手臂侧平举、前平举，双腿抬不高，也跳不起来。直到最近，他连像样的蹲下都不能了，脚后跟一碰到地面就自动后仰摔倒，和上了机关的滑稽玩具似的。不知道还能做什么，他喃喃自语，把要交的作业一本本从书包里拿出来，依次放到各科课代表的桌上——他们应该早就把作业交上去了吧，但也都会愿意再为他的作业本跑一趟的。

他做好了一切上课的准备，在这个空空的教室里。随着音乐的结束，走廊的平静马上就被打破了，噜噜噜的脚步声接踵而至。同学们回来了。但没有人走进他的教室。他看看课表，原来下一节是体育课——四岁开始发病，他几乎从来没上过体育课。

他颓然松口气，有些后悔没有让母亲多睡一会儿。杨帆突然兴冲冲地跑进来，他说，嘿，今天身体还行吧？

他点点头。

那下去走走？出太阳了。杨帆说起话来成熟得要命，让他几乎不能拒绝。

准备活动后，男生女生被分成两组，男生练习三步上篮，女生练习垫排球。他被安顿在操场边的草坪上，不远不近，刚好能看到小妤和她的同桌。同桌胖乎乎的，总是被小妤的垫球搞得措手不及，穷于应付。小妤不时朝他挤挤眼睛，顽皮得很，好像在示意她是故意把排球垫成那样的——女孩子常常就可爱在这些坏坏的却无关道德无伤大雅的小心思上。终于有一回，胖同桌没有接住，球唰地越过她又从他身边蹦了过去，在跑道上弹得很远。小妤叉腰看着同桌，意思是你没接住球，该你去捡。胖同桌喘着粗气，捋着头发，动作慢吞吞的。

他忽然觉得自己坐在这儿无所事事，不就应该充当个球童嘛。他朝小妤的同桌喊，我去捡！一边就撑住地面，竭力要站起来。身体怎么那么重啊，他用力了好久，真的好久，可能的确是太久了，他看到小妤和胖同桌的眼神都慢慢变了。而球呢，球已经远远地在百米跑道的那一头了。

别动，你别动！杨帆大叫着冲过来，单手还抓着个篮球，飞快地蹦到他面前，按住他肩膀。他发育得真是高大，把天上那些阳光都遮住了。

你妈妈说过，你坐久了容易站不起来。先别动，下课了我来扶你，球我去捡。杨帆把他按定就跑远了，他看着他的背影迅速变小，想起刚才那瞬间都来不及问他一句，怎么能用一只手就抓住篮球呢。

排球很快被扔回给了小妤，小妤冲着杨帆嫣然一笑，杨帆昂起脖子，腰杆笔挺地跑开，假装什么也没看见。而那个微笑让他的心都好像要碎了，他突然意识到自己一点也不喜欢杨帆，甚至算得上是讨厌他。虽然，杨帆和其他班干部早就发起了一个小组，专门用来帮助他。扶他上厕所，为他打饭，保护他不受人欺负，帮助他记笔记，还为他辅导功课。但是，有时候——他就是对他们喜欢不起来。但是，他的厌恶他也无法说出来，他必须承受他们的爱护和体贴，有点像在和一满杯水的表面张力作抗争。而那些龌龊卑鄙的念头，永远都是在心里，一个人默默享受，安静地消化。

放学的时候，他走出校门，却是父亲跨着助动车等在一边。父亲说母亲身体不好，自己是提前回来的。

那么……你就上来吧。父亲拍拍后座。

助动车相较母亲的电瓶车是有点高的，爬上去费了他不少事。他环抱住父亲的腰，满鼻子都充斥了男性浓烈的气息，烟味混合着体味，还有头发上的油腻味，强势地扑面而来，他真想跳下去算了。

在快到家的那个转弯路口，助动车速度慢下来，并发出了奇怪的引擎声，父亲让他下来，他如释重负地下车。车子大概坏了，父亲捣鼓一阵说，我们就走走吧，没多少路。

父亲吃力地推着车，让他走在右边的人行道上。他走路特别迟缓，姿势奇异，脊柱前凸，拼命缩腹，肚子还是挺出在外，两只脚外撇成八字，每一步迈出，身体都向那个方向倒去，眼见要摔了，另一只脚又恰好着地，于是又往另一个方向倒过去，始终摇摇摆摆，像只瘦小的鸭子。正值晚高峰，人车皆行色匆匆，但也总有那么几个闲人，经过他身边时，不忘回头多看几眼，看得他绞动衣角，低下了头，走得越发缓慢了。

儿子，到我这边来，拉牢我。父亲在台阶下招呼他。

不用，这样挺好的。

过来，听话！父亲用起他长辈的口吻。他磨磨蹭蹭从助动车后面绕过去，很不情愿地挨在父亲身上，像挂着个布口袋，隔几层衣料，都知道父亲有着好几块强健的肌肉，浑身上下，他怎么一点都不像他。两人沉默一会儿，父亲抖抖被他贴住的手臂说，儿子啊，你刚上小学的时候，有一天我来接你，没来得及换衣服，还穿着劳动布工作服，你看到我，开口就叫"叔叔"，大家都笑死了，你记不记得啊？

他可不记得还有这样的事，也不觉得很好笑。童年的事情从大人嘴里说出来，都像是故事，都像是假的，都像是他们随口编出来没话找话的。但这个时候，他想，叫这个中年人一声"叔叔"应该是很正确的，起码能让他在这一路上少点尴尬。他期期艾艾地问，那我到底是不是你生的？

话音刚落，头上就挨了父亲一巴掌，差点被扇到路旁阴沟里去，他望着父亲噜噜噜管自个儿大步向前走，犹豫着要不要追上去。

奶奶这几天频繁地送来上好的草鸡和鸡蛋。他从小就常常吃到奶奶从乡下带来的土产，那些据说是在竹园长大的鸡，脚爪一律是乌黑，有种跑遍千山万水的沧桑，熬出来的汤是黄娇娇的，可人又美味，他极爱喝。可这次不同，奶奶捎话了，媳妇尽量多吃——这多多少少令他觉得委屈。母亲从吐得昏天黑地的那天起，就请了假，不再去超市上班了——她以前是个收银员，每天站着上班好几小时，不断地数人民币，不断地说"欢迎光临"，一年到头自己荷包里也没多出几个钱。

隔三岔五地，奶奶会过来帮着做饭，或者有时母亲自己动手，杀只鸡，炒两个黄澄澄的蛋，他们依旧在他碗里夹满了菜，但他却再也不主动去舀鸡汤了。乡下捎过来一只小公鸡，长得红红绿绿，气宇轩昂，父母都舍不得杀，给关在了阳台上。据说这只公鸡爷爷养了很久，打鸣声音特别嘹亮，是奶奶执意要送过来的。接连几天，它都食欲不振，后来几乎就不吃不喝，因为它急剧地消瘦下去，父母便越发舍不得动手，总想给养肥了再杀。

他偶尔会在临睡前，隔着阳台的玻璃门看它。小公鸡总是侧了头回看他的，看得专心，动一下，停顿一下，像在播慢镜头。养你就是为了吃你，他低声说。公鸡更对着他侧过头来，死盯着，一副善于倾听的好姿态。几天后的一个早上，他听母亲说公鸡死了。他疑惑：怎么忽然就死了？放养惯的东西真是关不得，它大概是活活憋死的，可惜了，这么大的一只鸡。母亲说着，看到他站在身后，拉上了玻璃门。他隔着门观察她收拾死鸡，拎起翅膀，收拢脚爪，塞进一只编织袋里去，死鸡的头是最后进去的，脖子软塌塌，眼睛没有生气地睁着，像两个玻璃弹珠。在玻璃弹珠对着亮光的一面，他幻想出了自己的倒影，很小很小，像个小人儿，他就贴着墙抖起来，他怕这并不黯淡的玻璃珠子，怕里面的小人。

他以前，更小一些的时候，并不这么害怕死掉的东西。那时，他们一家还住在带天井的平房里，院里另一户人家早已搬走。当时他已经发病，不去上学的时候，就会蹒跚着穿过天井去那人家的旧屋里玩。旧屋的客堂间没有铺青石板，是夯实的泥地，因为久久无人走动而不再油光锃亮。说是玩，其实和探险一样，他会依次跨过东倒西歪的旧家具——是的，那会儿他还能偶尔伸展腾挪一下的——有挂着破蚊帐的床架子，据说这家的太婆就是吃年糕噎死在上面的，有几个她留下的旧瓦罐，里头还有发霉的米，这些都从未令他惧怕过。最大的发现是一窝灰色小猫趴在烂棉絮上，他被吓了一跳，那些闭着眼蠕动着不比他手掌长出多少的动物令人恶心。他把这个发现当作重大消息告诉了父亲，父亲轻描淡写地说，那是野猫，越来越多了。没过几天，父亲拿来一杆猎枪，几块咸鱼干到天井里。他模糊地感觉要发生什么，跑到母亲那里。母亲说，你爸在瞎胡闹。一会儿他就听到砰砰几声响，接着是父亲起劲呼唤他的小名。他扶着墙壁走出去，一眼看到天井正中，父亲拎着枪的背影，他对儿子说，来，你来。就把他的手扣到扳机上。

他立刻看到枪口下趴着一只灰色大猫，后腿正在抽搐，却看不出身上哪儿受伤了。父亲从后面把住他肩膀，拗过枪口，对准了猫的眉心。他慌张起来，脚跟踩在父亲的鞋头上，本就走路不稳，这便打了个趔趄，父亲反将脚往前一送，膝盖顶上来，他便退无可退了。父亲说，你来打打看，补上这一枪。枪口往前顶去，灰猫被迫抬起了下巴，他能感到枪口紧压住毛皮而传导上来的柔软质感，猫的眼睛在此时睁开了，两粒深色琥珀一般。父亲催促了，开枪啊。枪莫名其妙就发出"噗"的闷响，猫的眼睛仍睁着，那点神采也未消失殆尽，他第一次从中看到了自己的影像，很小很小，像个滑稽小人儿，刻在了大猫最后的记忆里。枪口移开时，他还来得及最后使劲地看它一眼，窄窄的眉心只有黑黑的一个洞，甚至连一丝血都还未渗出。

多年来，在孤独的病人生涯中，他多次拒绝了养小鸡养小狗的提议，他不想见到其他活物，依赖着他生存下去，也惧怕它们最终从地球上消失的那一时刻，这种过分的未雨绸缪，一点一滴镌刻在他并不旺盛的生命力中，因而显得既执着又可笑。

而关于那件事，父母开始是瞒着他的。他一直以为奶奶让母亲进补是因为母亲要照顾半残疾的孙子太辛苦了，他一直以为母亲请病假休养是因为身体实在太差了。他一直为自己只会添麻烦而内疚得很。

有一天父亲搬煤气瓶上来，看上去挺重的，扛到大门口就不得不停下来喘气。他坐在椅子上没动，他要是腿脚方便估计也抬不了，反正他就没有动。这天正好杨帆在家帮他写笔记，杨帆每周不定时会和他一起回家，帮他抄写一遍白天没来得及记下的功课。他就看到杨帆扔掉笔利索地跑上去，帮着人家的父亲扛煤气瓶，一直抬到厨房里安放好。

母亲在炖鸡汤，她盛出一碗，放进一个鸡腿，非得让杨帆吃完再走。杨帆坐在他对面，朝他挤挤眼睛，顽皮地说，你也喝一口？他赌气似的说，我不爱吃。杨帆便不理他了，埋头吧唧吧唧地啃起鸡腿来。原来他不仅能用一只手抓篮球，能扛煤气罐，就连咀嚼的声音都是那么有力和清脆啊。杨帆才像父母的儿子，一个男人和一个女人组成家庭后，所能想象的最理想的儿子，三口之家的相框里最年轻的标准像。

3

夏天到了。没有比往常更热，但也不会比从前更凉快。中考结束了，他也放暑假了。

这个夏天，总归应该是男孩子的人生里很重要的一个夏天吧，每个下午都必须在球场上挥汗如雨，皮肤晒脱了一层又一层，个子竹竿般地蹿高，某股难以言明的东西流动在体内，浑身都有使不完的力气。但对他来说，顶重要的事情是，居然跌跌撞撞地勉强换上了大一码的球鞋！即使脚掌的增大可能只是关节病态肿胀引起的假象，但到底也让他没心没肺地欣喜了好一阵子，下楼散步也就尽量多走几步，这让父母都很开心。随着成绩揭晓，杨帆和小好双双考上了当地最好的重点高中，他呢，一片早已预见的黯然，根本不会特别难过和意外，去读二流高中的自费生还是索性在技校混日子，根本没怎么想过这个问题呢。

一个酷热的下午，杨帆打了电话说要来看他，不多久，出现在门口的却是令他意外的两个人，杨帆和小妤，他们一起来的。

他们怎么就约好一起来的呢？谁约的谁？谁等的谁？碰头后直接上他家来了，还是去奶茶店坐了一会儿？怎么只有杨帆一个人的通知？难道他的电话已经可以代表两个人了？他扶着门框，踢出两双拖鞋，心里咯噔好几下，卡在那儿了。

自然地就一定要说起读高中的事儿，他俩很兴奋地讲起了以后，杨帆说想读个体育专业，足球篮球哪块都很好。小妤白他一眼，转向默不作声的他说，读完大学都二十多岁了，谁要这么大年纪的运动员啊，对不对？是在征询他的意见呢，他不置可否，反正对这些都不感兴趣。杨帆就不答应啦，他抢白：不懂别乱说，又不是一定要当运动员的，可以做教练，也可以做体育老师的！小妤张大了嘴，他注意到那张嘴即便撑到最大，也还是浑圆浑圆一个小圈圈，玲珑乖巧，可爱极了。小妤夸张地喊起来，当老师？喂喂，杨老师！他回过神来，不禁也笑了，刚想调侃几下，却听杨帆对着小妤轻声讲了一句：小傻瓜。

他又被这句"小傻瓜"卡在某处了，一颗心沉下来，浸到了冷水里，脸上线条装也装不出来地拉直了。接下来小妤说了些什么，他一概没有听进去，他的思想飘在眼皮底下，像朵棉花糖徐徐升上来，松软的糖衣上躺着两个小人：一个是西装革履的杨老师；另一个是小鸟依人的小妤，手拉着手，好像镀了金边一般闪闪发光……他忽然抬起头，告诉那两个人，他不读大学了。接着又补充道，大概也不会读高中了。

他的大腿正变得越来越细，小腿却又粗又硬，呈半球状。坐在那儿的时候，他看上去就像健壮的短跑运动员，这是肌营养不良症的典型表现。有时，从书桌挪到饭桌都很困难，他想接下来，端起碗吃饭也将是个痛苦的差使了吧。进门的时候，杨帆和小好就注意到这个，杨帆还以为一个暑假不见，他加强了锻炼呢。

那你以后做什么呢？只能躺在床上吗？小好问。杨帆也看着他，等他说话。

应该是的吧。他说。

也有可能会好起来。他又说。

嗯。小好像煞有介事地点点头，转头朝杨帆微微一笑，那意思好像是说，放心吧，我就知道没事的。

电风扇在某个角落里呼呼地吹。小好坐在那儿，裙角翻飞，背后是浅色窗帘。那些很热烈的阳光穿过布料，勾勒出她头部的轮廓，让她不那么乌黑的头发显出一种柔软的深蜜色。他情不自禁地伸出手去，在半空中被杨帆抓住了。杨帆说，你动作慢点啊。

他瑟缩着抽回柴棒样的手臂，垂下了眼帘，看到小好的脚指头，在拖鞋里跷起来。那个瞬间，他仿佛一下子就长大了，变高了，有粒魔豆，在心里头噌噌噌地蹿着个子。

还可以坐轮椅的，你知道，那种不用人推，拿自己的手就能把轮子转起来的椅子。他说。

这天奶奶来家里了。他正在午睡，听到奶奶说话的声音就醒了。

在他更小的时候，常常在奶奶身边。奶奶嗓门洪亮，看上去精神、利落，也很健壮。但他更喜欢爷爷，爷爷矮胖，不大说话，却到哪儿都乐意带着他。后来他常常看病吃药的时候，爷爷奶奶就回乡下去了。爷爷身体不好，奶奶来城里看他们，总是一个人来的。这回她还拎来了很多新鲜蔬菜，一些水珠滴在厨房地上，从他的房间望出去，奶奶正吃力地弯腰擦地。他觉得怪不好意思的，奶奶难得来一回，怎么能让她做这些呢。他挨着墙根缓缓地挪出去，隔壁就是母亲的房间，他一推门，母亲正趴在床上轻轻地哭。听到门开的声音，她还来不及爬起来，只生硬地说，出去。

他乖乖出去了。厨房的玻璃门半开着，然后他就听见奶奶和父亲的对话。奶奶说，她的种不行，养不出长命的小孩。

你从哪里听来的这些乱七八糟的话？是父亲的声音。

村支书啊，他儿子是人民医院的。人家是好心，提醒我。

唉，妈，我怎么跟你解释呢。你不懂的。

不懂？我字是不识几个，龙生龙，凤生凤的道理会不懂？

那你要怎么样？和她离婚，再娶个？父亲一拳擂在墙上，玻璃门晃动起来。奶奶扯住儿子的袖管，颤巍巍地说，妈不是这个意思，可咱们家也不能绝后啊……

问题不是这么简单！父亲嗓门略略高了一些，我们去省城的医院查过好几次了，孩子妈叫作基因携带者，我说了你也不懂——是没法根治的——但还好！还好这种病只传男不传女的！

这话清清楚楚地也被他听见了。

"咱们家不能绝后啊……"他觉得手脚重得要命，一步也迈不开去，就这么杵着，好像随便一动就泄露了天机，反正他不敢动。

"还好这种病只传男不传女的！"还好？他一点也不好。原来，不是他不争气，只是母亲的缘故？或者只因为他是个男孩？可奶奶不是最喜欢孙子吗？现在才知道，奶奶喜欢的是健康的孙子。难怪你都不让我吃你养的那些鸡了，他恨恨地想，曾经她对他多么好，不是说还有五年吗，你们应该对我更好的……大人们怎么能够变得这么快！他浑身僵硬的肌肉渐渐软下来，眼泪也随之滴落了。

奶奶的背影在门缝里若隐若现，挥动着手，露出半边脸，还有半边白发。他的父亲只出现一个低沉的音调，混浊地在门那边起伏。其实一切都是可以很简单的，其实就差了那么一点点——只要我是个女孩子。他想，眼前又浮现出小好坐在窗帘前那深蜜色的轮廓，那是很美丽的。可偏偏他是个男孩子。

那边，奶奶不说话已经很久了。我会带她去做个B超，看看性别的，我们这种情况是可以看性别的。父亲以这句话结束了谈话。

奶奶反身关门的时候，看到了他。他早已擦干了眼泪，正倚在自己房间的门框上，奶奶的动作顿了顿，没事找事地朝他补偿地笑一下。他的眼光直勾勾地越过她看向了不知什么地方，他拿捏不准这些大人，讲过那样的话后怎么还笑得出来，他慢慢地退回去，当着她的面关上了房门。

没过几天，他就发现母亲忽然变胖了。

仿佛一夜之间，她的腰身浑圆，早晨也不再常常呕吐了，胃口越来越好，胸部像充了气一样膨胀开来，浑身散发着甜腥的牛奶味道。在这个黏腻膨胀的夏天，母亲穿着薄棉布睡裙下的若隐若现的线条常常令他难堪，仿佛直到今天，她在他眼里看起来才有性别了。现在他明白，母亲是怀孕了。他曾经住过的子宫又来了新的房客，她肚子里正生产着一个他的后继者，他呢，就像件次品一样迟早要被替换掉。

整个夏天，他始终注意着她小心翼翼的各种举动，听从来不听的轻音乐，做丰富的饭菜，早睡早起，坚持定时散步，照料儿子的一切家务都落到了父亲身上。父亲本是粗人，并不善于掩饰自己的情绪，看到母亲日益增大的肚子，父亲总是显而易见地有时欣喜有时沉郁，以至于照料儿子时总是心不在焉，磕磕碰碰的——忘记给他做按摩，没有提醒他吃药，连定期的验血和肌电图都险些不记得。他明显受到了冷落，开始整日把自己关在房间里，除了吃饭，只偶尔出来上趟厕所。有几个晚上，他会从门缝里窥视另外两个人，父亲一般在看电视，母亲坐在旁边，拾掇一堆小孩子衣服。趁没人他曾偷偷翻过，全是自己小时候穿过的，那几条可笑的条纹三角裤，都没有他现在的手掌大，曾经却能包住他整个屁股；一件有领子的衬衣是上了学专门用来挂红领巾的，毕恭毕敬的姿势像是个大人；西装短裤上一个棕色印渍，叫他想起在二年级的手工劳动课上割破了手指，那次的作业是一架纸板粘成的简陋的潜望镜；蓝白的针织海军衫也曾是很爱穿的，每回穿上都像是到了海边——它们全是既小又旧。

他讶异于母亲还保留着这些，也难以想象自己的童年竟以这样皱巴巴的面目重现。另一个小孩子穿上这些会是什么模样，那可活脱脱是另一个他了，心里就有说不出的凄凉。他并不喜欢这样，什么都不再是他一个人的了，大到母亲的肚子，小到一条内裤。有一回，他忍不住在衣服上偷偷剪了几个洞，本以为要看一出好戏，观察了母亲许久，却也没发现有什么异样，她低眉顺目地，手头做着针线，什么表情也没有，心思大概都在别的事情上。

4

夏天结束的时候，在他的坚持下，他果真就再也没有去上学。

也好，父亲日益忙碌，母亲的肚子已经隆起得很明显了，早就不可以天天送他去上学了。他们托人为他带来一套高中教材，让他自己翻看。说起来，自学高中课程，还就是说说而已，其实要真的学起来，难度却是比初中飞跃了几层都不止的。他当然是力不从心的，也就是看看语文和历史会有点无师自通，其余的，尤其是理科，差不多是一头雾水。好在他也明白做这一切不过消磨时间，给父母一个交代，给赋闲的日子一些转圜，三年？五年？终点就摆在那儿，他想也不愿意想。但到底是松了口气，平白无故地多出了许多玩乐的时间，好比下山到半腰，出现一座凉亭，可有可无地进去歇歇脚也没什么不好。比如，父母再也不会禁止他用电脑了，电脑甚至移到了他的房间。简直是大大的纵容，让他贪婪得无地自容了。

这天，他照例起床得晚，父母很早就出门了，他们回来是中饭时分。钥匙还插在门上，父亲就叫唤起他的名字来，快，看今天给你买了什么！

听到这样的叫唤，他稍稍有点兴奋。走进厨房，看到父亲在把一样物体扔到水池里。凑过去一看，水池里是某只剥了皮的小动物。他惊呼：猫？童年的记忆从底层浮上来，刚刚的兴奋被阵阵恶心搅浑了。

别瞎说，你爸买了只兔子给你吃。

父亲倚着煤气灶，说，马上下锅，红烧兔子肉。刚刚进门的父亲，脸还是红彤彤的，微微喘着气，带着股颇不寻常的热闹劲。他一直是不善言辞的人，因而同时也不善于掩饰自己的情绪。已经好几年了，父亲脸上总是紧紧的，牛皮纸似的揉作一团，还没像今天这般舒展过。粉红色的兔子在水龙头下冲洗着，没有了耳朵，也许还不见了头，看起来可真像只剥了皮的猫。

他悄悄从厨房退出来，趁他们不注意，鬼使神差地翻动了母亲的手提包。不出所料，包里是有她的病历。打开来，第一眼就看到夹着B超检查单，写着一些"BPD""AF""6.2cm"的字母数字，他看不懂，不过最下面有行潦草的笔迹写着：宫内单活胎，女性。宫内单活胎，女性。他翕动嘴唇，重复念了一遍。父亲满面红光是有道理的，他望过去，那对宽厚的肩膀伏在水池前是那么鼓胀饱满，洋溢着活力。

刚开学的时候，杨帆和小好还是会来看他。他们俨然是正儿八经的一对了，同样的蓝校服穿在身上虽不好看，反倒是宣告了某种隐秘的关系，使他们的每一次到来总是像浓烈的青芥末入口一般给他带来暂时的神志模糊。

他俩对他的现状表现出了极大羡慕，他们说，喂，不用上学，不用上班，天天玩电脑看电影，岂不是神仙？每每此时，他都摸不准这是不是安慰人的客套话，但也渐渐认可了这样的日子：没有难熬的课堂，没有刁钻的习题，睡到自然醒，天天星期天，难道不就是个小神仙？有时，他也提起精神跟杨帆打趣，你还要痛苦多少年才有这样安逸的日子？杨帆知道他在开玩笑，总是很应景地摊开手掌，做出一副苦相：我看我是没这样的命喽……其实也不怎么好笑，但小好就会夸张地大笑，看着她前仰后翻，他也就跟孩子一样，脸蛋红扑扑的。

他随手拿过语文书，翻到某页，指给那两人看，有句古文：

"……而浮生若梦，为欢几何？"

浮生若梦，为欢几何。杨帆念了出来。什么意思？他大大咧咧地问。

嘿嘿。他又轻轻笑。这是借来的高三语文课本，你们还没学到呢。

你说嘛，什么意思？小妤追问。

意思是说做人像做梦一样，没有多少欢乐。下面有注解的。

做梦有什么不好？我常常做梦，做得都不想醒来。小妤白他一眼，娇嗔道。

你给咱们看这个做什么？杨帆没搭理小妤，反而很爽朗地在他膝盖上使劲一拍，有种哥儿们之间尽在不言中的味道。

哎哟……可是他痛得叫出声来。杨帆立马站起来，对不住对不住，没想到你这么脆弱。

关节很痛，他解释。

你的小腿，会不会越来越粗？小妤小心翼翼地朝下努努嘴。

没什么的，没什么。他并不正面回答，我小时候就不乐意让人碰的。刚才我不是这个意思啊，杨帆，你别介意，他又解释，刚读幼儿园时，我每天会搬个板凳坐在教室门口，只要有人碰我一下，我就会拼命掸衣服——

像掸灰尘一样？小妤抢白。

是的，有点像。

没想到你从小就是个怪人。杨帆说道，你还没说干吗要给咱俩看这句诗呢？

他接过语文书，又看了一眼，啪地合上，我觉得念起来很顺口，才给你俩瞧瞧，浮生若梦，为欢几何，真的很好听，你们说呢？

某个阴沉的午后，他准时在两点半醒来。窗外已经开始下雨，啪嗒啪嗒打在玻璃上。一阵秋雨一阵凉，秋天就这样到了。家中各样摆设脱去了暑气，就连颜色也变得黯淡下来。他的两个小朋友课业缠身，渐渐没了音信，父亲几乎不再休假，家事公事事事操心。整个不间断的白天，时常只有他和母亲，轻手轻脚地或坐或卧，仿佛是刻在窗棂上的两个剪影，偶尔奶奶来串门，这边点点头，那边笑一笑，也只能在两个剪纸人儿中间说些无关紧要的话。这样的气氛里，他养成了午睡的习惯，对他来说，午睡的好处在于可以堂而皇之地把一部分白天变成黑夜。尤其是在这样醒过来发觉是下着小雨的天气，仿佛黄昏降临，人就像捡到个大便宜，有理由怎么都赖在被窝里不愿起身。

他保持着对他来说最舒适的朝上姿势，头顶是万年不变的天花板，从他出生以来，它就是这个样子，以某种一贯如此并将继续如此的姿态，也就是永远的姿态，悬挂在床的上方。他尽量不像以往那样去看它的形状色泽纹路和斑点，他在心里头打点小小的盘算。

他酝酿好久，在晚饭的时候，提出来要去医院看爷爷。几星期前，乡下的爷爷摔了一跤住进了医院，紧接着又因为肠梗阻动了刀，年纪大，恢复慢，到现在还没有明显好转的迹象。

母亲说，你爸太忙，等爷爷出院了再去吧？

万一他出不了院呢？他说。

别瞎说！父亲喝止他。

让我去看看吧。他央求，心里却想，你们都知道他出不了院，还嘴硬。

父亲张张嘴，咽下一口菜，点了点头。

县城医院的住院部他从前并没有来过，那些狭长黯淡的走廊年久失修，门与门之间墙皮斑驳，勾勒出形似世界地图般的石灰底色，老给人"医生最不讲卫生"的印象，走廊尽头有一扇大窗户，明晃晃的光线让迎面的一切都面目模糊。父亲搀扶着他向大窗户的明亮走过去，倒不像是来探病的，像是来住院的。

尽头一间就是爷爷的病房，是最普通的三个人的房间，他一进去，就被叽叽喳喳的说话声淹没了。只听得有位陌生的大姐严厉地数落着最靠近门边的老人。她说，只要有人来看你，你就五百、一千块地送给人家，你这什么意思？你以为自己还剩多少钱给得出去？钱不能这么花的！在这住一天就要好几百块，你知不知道？钱分光了就没人来看你了！来看你就来看你，我看谁还敢借口问你要钱！她气呼呼地说完，一屁股坐在床脚，床板震动，床上的老人躺在那儿，连性别都看不出来，他或她大概都已经坐不起身了，使劲地嚅动嘴唇，也只能发出几个含混不清的音节。中间那床的几个陪护家属，一左一右坐在病床两侧，把病人身上的棉被捋捋平，热热闹闹正好凑成一桌在打牌。所有家属们闹哄哄地凑在一块儿，让狭小的病房像极了娱乐室。

他的爷爷躺在最里面，已经无法坐起来，只留出了一块裹着白棉被的长方体。父亲让他在床脚坐稳，就伏在爷爷耳边很大声地谈起了照片的事情，爷爷喃喃说着，父亲连连点头，知道知道的，就是那年看潮去拍的。顿一顿，更大声地说，地方也选好了，我去看过的，风水不错！父亲说话的时候，显得很自然，就像在谈论明天的某次远足，房间的某种布置一样，爷爷颤声应着，看不出或喜或悲的表情。他歪斜着靠坐在床脚边，不明白为什么是这样的。护士走过来换导尿管，没有预兆地掀开被子，爷爷的整个没有遮蔽的下体一下子呈现在他眼前。护士并不遮掩，也不忸怩，手随便地在上面动作，仿佛是在整理凌乱的课桌。一切都让他觉得刺眼极了，他走到枕头边，替爷爷披了被角，这时才看清他的脸，唉，老头痛苦得闭上了眼睛，都没办法顾及这位好不容易出门来看望他一趟的孙子。

邻床的大姐突然不可思议地盯住了他，抽出几张纸巾，快步走过来，堵在他的下巴上。父亲也看到了，他眼里闪过一丝慌张，但马上镇定了。他接过纸巾，连声说不好意思，对不起，谢谢。只有他，还不知道出了什么事。他侧过头，尽力避开那些搞得他痒兮兮的纸巾，这算是搞哪样呢，他想。

要爷爷看潮的照片做什么用，爸爸？他找了点别的话题，把纸巾推开了。

爷爷再次努力地从枕头上拗起头，又颓然地倒下去。父亲用力地揽住他肩膀，说，跟爷爷讲再见，爸，我们先回去了。

可我还想再待一会儿。他不肯走。

医院有什么好待的，傻瓜，爷爷也要休息了。

他整天都在休息。

走！父亲提高了嗓门，周围的家属们早已安静下来，此时纷纷装作漫不经心地观察着父子两个。他清晰地听见爷爷的一声长叹，直到他走进电梯，这声长叹还颤巍巍地留在他耳朵里。

从那天起，他就无法控制面部肌肉了，时常歪着头不自觉地流口水。这真是值得记忆的一天，他在日记里写道："终于可以回到小时候的样子了。"吃饭的时候，母亲拿出来一块口水巾，上面印着"baby"的英文字，他围上去，看起来就像很大个的婴儿。父亲笑了，说跟爷爷一样了，越活越像小孩子。

他放下筷子，也笑了，以后还可以留给妹妹用的。

他们的笑声忽然都止息了，只有电视机里新闻联播的人声，弥补了空隙。他想他也没说错什么，也就不理他们，转头看电视，没人说话的时候打开电视机是最好的了，热热闹闹，代替了人们笑，代替了人们哭。

父亲的筷子插在饭碗里，笃笃笃地好像在敲动一个木鱼，母亲隐隐地啜泣起来，他耳朵里轰地烦躁起来，扭头唤，妈！

母亲索性放声哭起来。她因为怀孕而浮肿的脸孔涨得通红，鬓发一缕缕粘在额际，顾不得去抹一下，她坐在那儿，就是个没有关好的饮水机，液体哗啦哗啦地流出来，流过脸颊，流到下巴，消失在衣领里。可能她早已在心里酝酿过无数遍，但她还从来没有这样放纵过，她哭啊哭，哭得其他人几乎忘记了自己在干什么，应该干什么，她把这个家哭得从没有这么不安静过。

他为自己轻描淡写一句话造成的后果惊呆了，接着愈发觉得心浮气躁，这有什么好哭的。他想，我就从来没有为这事情哭过呢，我都没哭，你大着肚子更没什么好哭的。父亲总算回过神来，扯来纸巾，并扶着她进了房间。他在那儿待了很久，等他回来的时候，饭菜都快凉了。

父亲坐到母亲的位子上，和他面对面。他正往碗里舀汤，是稠白的蛤蜊汤，还勾了芡，更加黏糊糊，他喝得滋溜滋溜地响。

味道不错吧？没想到父亲只是这么开口，他大概不知道说什么好，拿调羹拨弄着儿子刚搅过的蛤蜊汤，把汤汁里的蛤蜊一个一个推来推去，每只蛤蜊都有橙黄的足部，尖尖地朝上翘着。

等你老了不怕没人来看你啦。他答非所问。

她还会给你们烧这种汤喝。他不慌不忙补充，并用了"她"这个称呼，带着冷冰冰而幸灾乐祸的味道。

父亲猜不透这话里的"你们"什么意思，或许是很刻薄，却又无懈可击，辩驳不了什么。他压根儿就没和儿子有过正儿八经的对话，何况是此时此刻。世上的父子不都是这样的吗？在各自的衰老和成长中，他们反倒是往两个方向离得越来越远的。

看他不紧不慢地喝着汤。这张遗传了母亲的脸廓，从小至今并未有多大的改变，事到如今怎么能这样从容不迫呢。

你怎么变成这样呢？父亲说。

他本来是想回答，我还能变成怎么样呢？话到嘴边却变成了一句宣告：右手这儿拗不过来，我要换个手吃饭了。他把筷子从右手换到左手，拾掇着碗中的饭粒，调戏似的把它们一颗颗夹进嘴里。他瞟着他父亲，像在演出一般。

容易吧？我还能用左手玩鼠标。他又说。

父亲从鼻腔里轻轻哼了声，点根烟，一口雾气沉沉吐出，混杂在海鲜汤的清甜味道里，他脆弱的鼻腔忍不住打出了喷嚏。父亲不在意，也并不掐灭，却意外地把烟朝他递了过来。隔着桌子，红通通的烟头逼视着他，和当年黑魆魆塞到手里的猎枪枪口一样。

你也抽抽看。父亲说。

他盯着烟头，嫌恶地后仰，说，我不要。

抽吧，抽了就是大人了。父亲固执地坚持。

他一推桌子，想快速而强有力地站起来。他忘了，他根本做不到。结果只能像滑稽表演的慢镜头，他一格一格地起身，一字一顿地说，那是你以为，你以为！我做不成大人，我也不要做你们大人！

一截烟灰飘下来，像空气一样消失在他们面前。父亲终于抽回手，说，儿子，你想怎么样？

他想怎么样？是的，他有时候觉得不甘心，急匆匆地还有很多事情没有做。但他也怕别人接着追问他还想做什么，那样他又无法明确地讲清楚，于是就引来他们的沉默，继而是红红的眼眶，所以他从来不说，在杨帆和小妤面前也不说。说了没意思，他最烦那些用"假如"打头的句子。"假如"了又如何呢？好比他的父亲和母亲，风尘仆仆地操持着一切，还不就是为了每天三顿饭，饭后都能早早地坐到电视机前开始看当天的连续剧，说到底还不是为了躺在病床上的时候有人探望服侍嘘寒问暖。可一想到自己的未来，连间凄凉冰冷的养老院小病房都不会有，他的心就不可遏止地抽起来。他还是一个小孩子，这个问题实在不应该要小孩子来回答。

终于站直了，他缓慢转身，扶着墙走开，父亲没有声响。回头看，这位中年人还坐在那儿，后脑勺的头发压得扁扁的，油腻腻、一撮撮地缠在一道，露出了头皮惨淡的肉色，这些都被他看在眼里。他想起了刚刚看过的一部台湾电影，里面有个小男孩喜欢给别人的后脑勺拍照。这个时候，他也好想拿起相机给父亲也这样来一张，然后交给他看，等他问为什么的时候，他就能和电影里的小男孩一样理直气壮地回答，你自己看不到啊，所以我给你看啊。

5

他戳戳被窝里的热水袋，是母亲刚刚塞进来的。

躺多少天了？他掰着手指算。手指硬得很，掰来掰去一阵疼。窗帘还拉着，透出清晨的微光，然后才一点一滴地亮起来。等到暗黄的窗帘布变成半透明的米黄色，上面就又会映出外头那盆月季光秃秃的枝条来，早知道等待在嫩芽末梢的总是一个又一个冬天，当初还何苦萌发呢。每到这个时候，他又该试着起床了。

　　起床的想法在头脑里挣扎了好多天，实在是没法起得来。一旦躺下了，要站起来总是那么困难。他必先翻身，脸朝下俯卧，两只手贴着两条大腿往上缩，往上挪，才渐渐地可以支撑起上半身。而这些天来，他连这种支撑的气力也没有了。昨晚他又没怎么睡好，像沉在水面以下三毫米，时而清醒，时而下潜，他还因此注意到没有光的天花板，是忧伤的墨蓝色，本来他一直以为是乌黑的。胡思乱想了一会儿，也就失掉了起床的念头，接着就听见父亲上班关门的声音，他想象着门外沁凉的风一下子就把那位中年人包住了，头顶那块愈来愈大的斑秃，一定就那样赤裸裸地露在外面了。热水袋的温度持续有力地渗透出来，驱散了一整晚的不安。这样赖在被窝里，是多好的事情，他拉拉被子想，然后又迷迷糊糊地睡过去了。

　　不知道什么时辰，他忽然惊醒，看到硕大的圆球形，堵在眼前，伸伸脖子，才看到母亲的脸，那张脸是浮肿的，五官都扩大了。她什么也没干，也不作声，只是坐在床边看他。窗帘已经拉开了，外面的天色似乎正当最亮的时刻，直视着天光，他感到刺眼，却也不想扭过头迎接母亲的眼神，他知道那是什么，那里有什么，那份无声的哀怨持续到最后又不免叫人生起气来。于是，就像极他看过的某类电影了，两个活着的人类之间，横亘出山一样高大静谧的沉默，等待着无法预见的下一刻。

好久之后，她端过床头柜上一碗羹汤，扶他坐起来，一勺勺喂给他吃。几次他都想抢过勺子自己来，都被她拒绝了。她喂得很慢很慢，他也尽量咽下得更慢一些，两人的节奏就搭配上了。

她已不是很方便做这样的事，肚子都那么大，九个月的日日夜夜都塞在了里面，随着每一次身体的前倾，又那么接近于他，好像立刻就要坠落到他胸口似的。他知道自己的身体萎缩得又轻又薄，谁翻动起来都像翻一页书。他心里吃惊，在母亲探身过来的时候不时情不自禁地抬手挡一下。隔着棉衣也能觉察到她的肚子是硬的，同龄的少年人里有过母亲再次怀孕的经历的，肯定是不多的。如果，只是如果，他会有个妻子，比如像小好那样的，她隆起的腹部也将会是母亲这样的，想到小好，他连咀嚼的力气都好像没有了。

这是好几个月来他第一次正视自己未来的妹妹，他贴过去想用力按一下，冷不防这肚子里像有条粗大的弹簧倏地拍打了他，他触电似的缩回手。

啊，这就是妹妹吗？他震惊地望向母亲，这种感觉是奇妙的。母亲微微笑开，她说，儿子啊，你那时候踢得还要重呢，曾经有一次把你爸吓坏了，以为我肚皮变形了。

他咧开嘴角说，异形。

什么？

没什么，就是从肚子里爬出来的外星怪物。他解释。

瞎说。母亲拿着勺子的手往空中挥摆，怎么是怪物呢？你出来的时候虽说瘦了点，但还是白白嫩嫩的。据说，你爸从护士手里把你抱过去时，不小心说成了"乖，让叔叔抱一下"，成了那天病房里最大的笑话！母亲说着说着，始终黯淡的嗓音也明亮了。

他扑哧一声笑了。他好久不在母亲面前笑了，他的笑让她放松下来，她在他身边慢慢地躺了下来。

母亲把自己的手搭在肚子上，让他注意肚子里的妹妹随着重力作用渐渐坠落到了一侧，母亲似乎很沉浸于这身体的小小变化，她急急地说，快看，动了动了……

他想着妹妹正在里面移动的情景，想着自己也曾在里面移动的情景，都是在一汪稠密液体之中；想着这个赤身裸体即将挣脱脐带的妹妹，和自己共用一个子宫，最后促狭地想起了一个全家共用的浴缸。同一个子宫，同一个梦想。他不知怎么想起了这乱七八糟的话，有趣是有趣，却再也笑不出来。

妈，有个妹妹是很好的。这就是长大了的好处，他心里未必真的这么想，但嘴上违心地撒撒小谎也没有什么关系，反而还让对方高兴。其实他一点也不喜欢小孩子，尤其是比他小得多的小孩子，当他每晚还可以出门散步的时候，看到很多小不点凭着纤细手腕的力道悬挂在父母或长辈的手上荡来荡去却不规规矩矩走路，他们那么不乖，不懂事，倚仗未成年的无邪脸蛋，要挟大人们心甘情愿地顺从，吃好的穿好的，从不记得过去，从不想到将来，他由衷地生出怜悯进而嫌恶之心，要是他们忽然挣脱束缚，火箭一样没头没脑朝他冲过来，天知道他该怎样远远躲开他们。

母亲的脸一下子涨得通红，她把他的手放回了原处。看着母亲的窘迫和煎熬，对现在的他来说未必不是解脱。

最后母亲说，儿子啊。他懒得搭腔，还闭上了眼睛，执拗地别过头去，不觉得内疚，也没什么好难过的。母亲站起来，要给他掖被角，大半个腹部的重量都压在他肚子上，她越是用力掖，他的肚子就越是生疼。待她将被窝的四个角终于压实了，他也终于长长地吐了一口气。这口气连带着胸腔一阵剧痛，他龇牙咧嘴起来。

这儿，药，医生说实在受不了就吃一颗。窸窸窣窣的声音响起，他注意到包住药丸的铝箔板的四个尖角，被整整齐齐地剪掉了。他还在上学的时候，这就是母亲的习惯，他每天的药，一粒粒地，都带着包装被剪成不硌手的小方块，塞在铅笔盒里，以便他一打开就能看到。

歪过头吃下药。他说，妈，帮我翻个身。

哪边？

里边。他把头转到里侧去，为什么脑袋还不开始萎缩？就变成傻子变成白痴吧，好比这整面白墙，一干二净。

夜晚如期而至，一天又是不出所料地变成黑色。好多个白天就这样在前面过去了，夜晚却总在最后一刻来临，总也不能过去似的。

对于安睡的人，夜晚是酣眠，是沉溺，对他来说，夜晚没有更多意义，是每天跨也跨不过的坎。整个冬天他几乎都是在床上度过的，每个夜晚只不过令他的听觉变得更为敏锐而已，客厅电视的声音响起来了……父亲捏着鼻子学孩子说话，逗着母亲肚子里的妹妹……客厅的电视关掉了，脚步声往他的房间过来，推门的声音，一个剪影往黑暗中张望，母亲悄悄说"睡着啦"……然后门被合上，脚步声渐渐远去，另一扇门开了又关，直到最后光秃秃地只剩下自己的呼吸。

清冷的空气里，除了灰蒙蒙的天花板，什么也没有，任他努力地睁大双眼也是徒劳。只有发情比较早的野猫，或许吟起夜半歌声，在浓稠的夜幕里，画出他每个晚上最有活力的景色。在若隐若现的婴儿般啼叫中，他本该思考点儿什么的，比如一些他在高中语文书里看来的只言片语——"死亡是经历一个长长的假期后必然到来的星期一""人是一根会思想的苇草""青年在选择职业时的考虑""相信未来"……这些不能消化的课程的确需要安静下来好好想想的，却还是抗不过自然规律，木愣愣地睡过去了。

恍惚中他再次感到胸口的重压，比起白天的那次还要厉害几分，是那九个月的等待即将迎来结果吗？依稀看到母亲腹部的毛衣急遽缩短，露出了裤腰带，露出了像乳头一样暴凸的肚脐眼，世人所谓"瓜熟蒂落"原本就是这么形象的说法！大肚皮膨胀，膨胀，终于——肚脐眼沿着下面那道腹中线整整齐齐地破裂开来，一只血糊糊的小手先钻了出来，接着是藕节般的手臂，最后是个洋娃娃般眉眼分明的胖脸蛋！

妹妹，就在他眼前，在他的床上，从母亲肚子里朝他爬过来，爬到他面前，忽然奶声奶气地跟他说，哥哥，轮到你了！就拽住了他。她的力气真大，而他那么单薄，一下子就被揪出了棉被，塞进了圆球肚子里。他看到妹妹在外面露出跟他一模一样的黑眼睛，扑闪着长睫毛，香喷喷地一笑，他还来不及喊叫，洞口就被堵上了。母亲的肚子里到处都是湿的，那些他熟悉过的液体充盈地分泌出来，黏滑疲软的褶皱层层叠叠蠕动起来，他被包裹住了，连僵直的双腿都蜷缩起来，连气都透不过来了……

他惊醒过来，瘫痪着，动都不能动。被窝深处，一股真切的寒意渗透上来，是热水袋漏了，正在变冷的水浸透了他的袜子和小腿——虽然从秋天到冬天，他已许久不曾和父亲对话了，却在此时情不自禁放声叫唤着"爸，爸"，隔壁一点反应也没有。

湿漉漉沁骨的冷，顺着棉毛裤蔓延上来。他挣扎着爬下床，爬出房间，父母竟然不在房里。打开灯，他们的床凌乱得要命，像是匆忙间就走开了，地板上也奇怪地留着一大摊形迹可疑的水渍。他攀着床沿站起来，翻身倒在父母的大床上，他端端正正地躺进两个枕头中间的凹陷处，感到头部被包裹住的充实感，以及被窝的余温带来的安全感。他给自己盖好双人被。

这粒在赛跑中落到了最后的劣质受精卵，没有办法擅自离开，他要在这儿等爸爸妈妈回来。等上五个春天，熬过五个冬天，然后，才尘埃落定。

屋顶上的男人

我住在公寓房的顶楼，楼顶上有一个狭长的露台。

我习惯每天黄昏的时候，到露台喂狗。

狗是一条丑陋的黄狗，耳朵半耷，毛色黯淡，眼神也比较猥琐，每天就吃点我碗里的残羹冷炙。我不明白为何还勉为其难地养着它，可能因为这是前妻留下来的唯一活物。她还在家的时候，黄狗被照顾得很精心，毛色水润亮滑，屁股也圆滚滚的。某一天她离开了我，什么也不带走，什么也不留下，甚至没有给我留下一儿半女，只留下这条狗，我满肚子怨气，无心去照顾一条狗。狗在我手里有一顿没一顿地勉强度日，日渐憔悴。现任老婆伶牙俐齿，她带着嫁妆进门的时候，上到楼顶，看到这条狗，只说了一句话：喂成这样，杀了能有几斤肉？因为这句话，我心里一凛，便尤其注意着不能让它死掉，可我却不知道怎么对待一条狗。我很没用，我怕现在这个能干的老婆，要是我对狗像对人一样好，就要被老婆骂。我不明白前妻为什么不把狗也带走，非要留下它来折磨我。

有一天，我在外面喝酒，回家很晚。老婆端出一碗剩饭，说去喂狗。我借着酒劲说你不能去喂啊？她说，又不是我的狗，给它一顿吃的不错了。我幽幽看她一眼，心里有点莫名的凄凉。走上露台，黄狗哈着粗气地迎接我，我讨厌这种不声不响却涎着口水的丑态，一副逆来顺受的鸟样，把剩饭往狗盆里一倒，就走开去了。夜深了，露台上没有灯只有天光，也很安静，只听见狗舌头扒拉着饭粒发出哗啦哗啦的声音。我掏出烟点燃，无所事事地等待着。

我就是在那时，注意到另一个男人的。当时的天色，微微透亮，我先听见有阵鸟类扑腾翅膀的响声，猛然看到他盘腿坐在这幢楼房另一端的屋顶上，若隐若现像只有着黑色剪影的巨鸟。我扔掉烟头，三步并作两步冲过去，一道排水沟挡住了我。我在这边的屋檐下向他喊话，我说你在那儿干吗？快下来！男人本是抬头望天，现在向着我转过身来，脸上什么表情都看不清。他大声说，我在放鸽子。

我才意识到那阵扇动翅膀的声音，原来是一群鸽子。它们大概有几十只，飞得并不高，一遍遍地掠过屋面，把人眼前的微光遮住又拉开。鸽子半夜不睡觉啊？我问。

那人噌地站起来，在斜坡瓦片上紧走几步，身手敏捷地跳下来。只听得一声尖锐的口哨，整群鸽子像变魔术一般，和他同时消失在屋顶的另一侧。剩下我光秃秃地站着，我觉得他太没礼貌了，但隐约间，又有点不知所措的兴奋，仿佛被他半夜蹲坐的姿态撩拨起了什么。

那是我头一回遇到这个男人。后来，我开始有意无意地推迟喂狗的时间，有时，甚至就在露台上度过大半个夜晚。我说不清在等什么，我再也没有遇见过放鸽子的男人。可不打紧，反正我也没什么事情好做，起码上露台抽根烟肯定比陪老婆看无聊的电视剧要轻松得多。电视机这个东西是把人往傻里整的，一旦老婆打开电视机，我就开始头昏。在露台上就不一样了，身后门一关，柴米油盐的气味就关在了里面，而眼面前，整个白日不曾细看的小区安静地摊了开来。

最近几个星期，我甚至养成了到露台来抽事后烟的习惯。成年人都知道事后烟就和那件事一样，通常是在床上解决的。要是男人跑到屋子外面抽事后烟，说明屋子里面的事情肯定出了问题。跟现任老婆结婚一年多了，她的肚子还是没有反应，这就是我们的问题。老父母在我前一段婚姻里熬白了头发，在这新的一年里又失望得愁眉苦脸，社会就是这样，最后连亲戚们也在或明或暗地暗示着什么，这便让我越来越像交不出作业的后进生，实实在在地对做那件事情失去了兴趣。失去了兴趣却还是要努力耕耘，这又让我觉得自己非常像是为了考大学而勤奋学习的中学生，老婆也进而越发变得和数理化课本一般的面目可憎。于是走上露台呼吸一口新鲜的空气，吐出几口污浊的烟气，变得理所当然，是个小小的解脱，为此我要暗自感谢放鸽子的男人。

照例还是黄狗喘着粗气迎接我，可我常常看也不看它一眼，它也就很知趣地退到角落，并不吭气。靠着栏杆，我一边抽烟一边往下张望，每天的景色都相同，开始是乌黑一片，渐渐像水渍般渗出灰蒙蒙的草木阴影和路边停着的汽车轮廓，再努力，还能分辨出灰白的小区道路，白得有硬邦邦的感觉。大概是我看得太久了，烟屁股烧到了手指，我一哆嗦，烟头掉进了空中，隐约听见它落地的声音。

我探出上半身，把自己搭在栏杆上，然后想象自由落体在午夜时分这样安静的水泥地上会发出什么声音，据说跟平摔在水面上是一样的，只是激不起水花。如果我降落得不够准确，掉到了路边的绿化带里，那又将惊醒多少沉睡的虫豸。我曾经见过六楼上的一只麻雀，突然纵身跃下，直线坠落五米后，才展翅轻轻掠过绿化带，滑翔而去。从此我特别羡慕这种玩法，可惜自己长不出一对翅膀，所以我终将输给万有引力，生硬地掉在地面上，发出破碎的巨响，突兀地掉进无数幸福家庭的美梦里，使其在后半夜带着不清不白的怀疑醒转，发一会儿呆，接着再沉沉睡去。

一阵毛茸茸的热气吹在我的脚背上，低头看去，黄狗不知何时来到脚边，咧开嘴看着我。发现我注意到了它，它索性站起来，拿身子往我腿上蹭。有几根粗硬的短毛钻进了裤子，戳在皮肤上，温热的摩擦发出啝啝声，我从没习惯过这类接触，我头皮发麻，忍不住一脚踢飞了它。在黯淡的天光里，狗隐约像条灰黄的布袋瘫在墙脚，却还是一声不吭。

不要踢了。身后响起了一个声音。

我猛然转身，看到男人站在排水沟的那头，身材魁梧。他的出现和那日没礼貌的失踪一样没头没脑，想到这点，我实在摆不出好脸色。干吗？我踢我的狗，关你什么事……后半句话被我讲得轻轻的，底气不足——他的脸逆光，看不清五官，背后飞出鸽群的剪影，像末日的神，令我不由自主地胆怯。

我看见你踢它了。他依旧不紧不慢地重复。

哦。我只好点点头，心里才不以为然。

你要对它好一点，没有东西会像狗那样顺从你，人就更不会了。

我有点讨厌他那副一开口就跟陌生人慢条斯理说教的嘴脸，但嘴边却谦卑地微笑。我说，看起来，你对养狗很有心得？

他扶住围栏，轻松翻过排水沟。狭长的露台上，他从我边上擦过，来到黄狗旁边蹲下来。角落的黄狗望着我一动没动，见生人走近，它瑟缩地抖起来。那男人朝它伸出手去，它把头后仰，喉咙深处发出咕噜噜的低吟，嘴唇略略一皱，后腿作势好像要站起来。敢这么凶！我抢上前去还想给它一脚，却被男人拉住了。

它太紧张了，都是你无故踢它让它害怕的。男人说。

它这么凶，牙都翻出来了！我辩驳。

你太不了解狗，这是害怕的自卫。一条健康的狗从不会无故进攻人，除非它受过虐待。

你怎么知道得这么清楚？

他并不作声。不知怎么回事，黄狗已经不再发抖，男人的手抚摩着它的下巴。你可以拍它的头，摸它的下巴，搓它的耳朵，它就会跟你好的。男人侧过脸对我说，牙齿在夜光里白白的。

都是养鸽子养出来的经验？我揶揄道。

他站起身来，撩过挂在脖子上的哨子一吹，刚才始终在我们头顶盘旋的鸽群，哗啦啦地像把豆子散落在了屋面上。男人靠着栏杆，天空在他背后，我还是看不清楚他的长相。

鸽子跟人不亲，因为它们是飞的，飞得越高离人也越远。

狗跟人亲，因为它们是走路的，走到哪儿都跟着人？我模仿了他的句式，掏出口袋里的烟，笑着递给他。

他犹豫地接过去，隔了几秒钟，也轻轻笑起来。笑声在喉咙里湿漉漉地滚动，一会儿就没了。打火机亮起的瞬间，我看到满额头的皱纹和眯缝着被火光刺激的眼睛，他俯身点了烟，挡风的手掌在我的手背上轻轻拍了拍。这是通常的一种向对方替你点烟表达谢意的动作，这个小动作让我忽地有了亲切感，好像是浪迹江湖萍水相逢啊。他说，没错，就是这么回事：

当然不骗你，我也养过狗，养过很不错的狗。以前当兵在部队里，我就是训练军犬的。每个人都负责带一条狗，跟着我的是条德国牧羊犬，你大概不知道，就是别人常说的狼狗，黄色的，背上是黑的那种，站着比人膝盖还高，很威武。部队里的狗都有编号，可我给它起了个名字叫"闪电"，这样听起来就亲切。闪电跟了我三年，都是和平年代，我俩没有执行过一次任务，偶尔有些技能比武，但我们的成绩总是排在后面。闪电是条特别的军犬，因为它不大像军犬。它不擅长奔跑，速度更是与闪电不搭边，攻击性也不够强，训练的时候，常常对着扮作敌人的战友摇尾巴。尤其是跳火圈，它常常在火圈下畏畏缩缩，稍不注意就从边上绕过去了，打也好，骂也好，食物引诱也好，闪电很少买账。战友们时常开玩笑，说闪电迟早要被清退，放到民间去看家。但我不这么想，与其说它资质平庸，不如说它把一切都看得明明白白。闪电知道训练中的坏人都是战友假扮的，它就不凶，它也知道，就是火圈跳不过去，也不会饿死它的，跳过去不怎样，不跳过去也不怎样，都没啥意义嘛，所以它就不高兴跳了。一条狗知道这点那真是比很多人还要聪明了，太聪明的狗就很有主见，服从性就不好，部队这样纪律严明的地方就不适合它。我知道它总有一天要被送走，想想它的归宿，最好是在某个善良人的家里做条衣食无忧的宠物狗，这方面它一定很擅长，因为它总是能在我身上替自己找到各种蹭痒痒的地方，偶尔还肚皮朝天向人撒娇。我退伍那天去和闪电告别，它叼着我的提包死死不放。你要是亲眼见到，就会跟我一样意识到狗比大部分人靠谱多了。

男人一口气讲了很长一段话，脚边的烟头扔了好几个。我看看自家的黄狗，不置可否地摇摇头说，我这条是土狗，不至于这么聪明。

外行人就知道说这种话，狗的智商跟品种关系不大。我退伍后也养过一条土狗，路边捡来的，照样好得不得了。男人微微提高了声调，显得异常兴奋。

大哥你还挺厉害的，懂这么多。

男人打个呼哨，黄狗哈着热气朝我们走过来。我要回去睡觉了，他潇洒地一摆手，又从排水沟那边翻过去了。

那条土狗呢，现在在哪儿？我追问。

死啦，早死啦。他爬上屋顶，很快就和那群鸽子一起在另一侧消失掉了。

我回到床上的时候，老婆已经打起了小呼噜。只要我在家，她总是不会管我在干吗的，我就是在露台待得再久，她也不会来找我。我翻身盖被子的响动，把她弄醒了。她迷迷糊糊地问我，那么久在干吗呢……我本来不想回答的，反正她再翻个身就又睡着了。可不知怎么搞的，这回我偏偏跟她说了隔壁顶楼那个放鸽子的男人。没想到她就那么惊醒过来了，她说，那个男的啊？养鸽子那个？他坐过牢的！我说我都住了那么久，怎么就没听说过。她说我刚搬进来时就听楼下小店的人说过了，你这种人怎么会跟那些大妈打招呼。我没作声，她又说，半夜放鸽子，太不正常了，你少跟这种人来往。

天气开始变暖了。我又在洗手间里看到带血的卫生纸，这女人的月经像水电费通知单一样总是如期而至，次次都如同鲜红的惊叹号敲在我的脑门上。除了更卖力地耕耘外，不知道还能怎么办。从前我偶尔会跑出去跟兄弟们喝顿酒，现在变成隔三岔五地就要喝一点，不喝好像就睡不踏实。这天我又跟往常一样拎着几瓶啤酒往家走，有人迎面过来，跟我打了个招呼。这人穿戴整洁，上衣塞进了长裤里，还拴着皮带。他的声音掺了沙子一样嘶哑，他说，你夹着手榴弹哪里去啊！我诧异地笑笑，没认出这是谁。

那阵子，我开始闹失眠，我给自己想了个办法就是半夜上到露台喝点酒，好几次都没碰见那男人，他也不是每天半夜放鸽子吧。我弄了个小凳坐下来，把几瓶酒开了并排放好，黄狗已经默不作声地走了过来。在放鸽子男人的教诲下，我试着与黄狗接近，竟然也慢慢地体会到某种非人生物和人之间千丝万缕的联系。我往嘴里扔花生米，也会扔给它几粒，它囫囵吞下后就盯着我，我也盯着它，它会立刻乖顺地低头，从喉咙里发出咕噜噜的低鸣，好像半真半假地在撒娇。每每此时，我都觉得它比我屋里的老婆更像女人，沉静温柔，不言不语。我甚至认为它配有个名字，可我已经忘了前妻是怎么叫它的，于是还是喂喂喂地使唤它。

我朝它扬扬手里的酒瓶说，嘿，晚上有点凉啊。它摇摇尾巴。我喝下一口，它还摇摇尾巴。而只要我一招手，它就马上把头蹭过来。好像不管我在做什么，它总是在那儿，脚边、墙根、某个容它栖身的所在，搞得好像我认识世界上的很多人，它却只认识我一个似的。我会有这样的想法实在是很奇怪，没多久之前我还对前妻留下的这条狗感到厌烦呢，而现在我却相信了养鸽子的男人告诉我的，狗比人靠谱多啦。

许久，黄狗忽然站了起来，冲着天空吠了一声。几乎就是同时，我又看见了久违的鸽群，呼啦啦地从屋顶上盘旋起飞。不用看就知道我的脸上带着笑意，往屋顶望去，男人不出所料地出现在上面了。

我向他挥挥手，他说你这酒原来是留着半夜喝的。我才恍然大悟在楼下碰到的就是他，可大白天的怎么就认不出他呢，我心里想可嘴上没说，倒是更热心地走过去，我邀请他一起下来喝酒。他坐着没动，整个人又是黑漆漆的一团，我有点没劲。就在我转身要走的时候，他开口了，他说，你也爬上来，这上面什么都看得清楚。他语气平静，略显粗糙，此刻却隐含着神秘和诱惑。反正我没事，也睡不着，我夹着酒瓶，搭住屋檐，也上了斜面屋顶，走到屋脊上，我才算站稳了。黄狗冲着我压低了嗓子呜呜地叫起来，因为我立得那么高，像真的立在全世界的屋顶。我看到一切变得更小的物体，张开怀抱，依顺序铺展在楼底，抬头夜空深邃辽远，灰茫茫的云雾渲染出水墨的效果，鸽子成群掠过，扇动单纯明快的一阵风，翅膀的羽毛尖端好像已经拂过了面庞。

我沉浸在这奇妙的感受里，像是陷入莫名其妙的梦境——暗夜里的一切，都是与众不同的。直到他开口说，知道我为什么要半夜放鸽子了吧。

现在我离他不能更近了，他的眼睛深深的，比头上的天空还要黑，在他的脸颊外侧，隐约呈现出一条疤痕。疤痕并不深，却和周围皮肤有明确的反差，当他像这样侧着脸的时候，阴影就更浓重了。我递给他酒瓶，他爽快地接了过去，仰头就是一大口。

晚上还凉，喝啤酒有点不是时候啊。他说。

我没搭理，反而努努嘴，我说这条疤怎么弄的？

被人打的。他回答。

在牢里？我控制不住地问了这一句。楼下有辆晚归的汽车，打着大灯驶入小区，黄狗又无缘无故地吠了一声。喂！我冲狗喊过去。

这狗比以前听话多了，都是你的功劳。我把话岔开去。

没想到他轻轻笑起来。我是进去过的，不是牢里，看守所里关了几天。

当兵前？

是后来。

我退伍回来，待了几个单位都不如意，你也知道，那种人事关系跟政治一样复杂，麻烦得很，那时候年轻，血气方刚的，索性辞职自己干，去菜场租了个熟食摊，结果搞到现在还是个卖熟食的，没本事干别的。那会儿还没养鸽子，婚都没结，就养了一条狗，跟你提过的那条土狗。狗是从菜场附近捡的，灰不溜丢一小只，称不上有长相，和我一样，属于放在哪里就消失在哪里的类型，总能和环境融为一体变成背景，不出挑。白天开店的时候，我把它带到菜场，晚上收摊的时候再把它带回家。它就跟菜场门口那些没人要的流浪狗一块儿，自由地在小范围面积里走来走去，到点吃饭了再乖乖跑来。现在有些人一说养狗就是讲究品种品相，也不惜高价到世界各地去买来，到手后却像对待个活动玩具，新鲜劲头一过就不要了，于是转手送人，有时候索性扔掉，像踢开一双破鞋子。这些做法都太不可取啦，你想想看，好比有的人外貌英俊家里有钱，就比长相难看家境贫寒的要高贵了？这道理放在人身上谁都懂，放到狗身上就没人懂。

我没有给这狗起名字，跟你一样就随便"喂喂"地使唤它，有时吹个口哨，它也会屁颠屁颠地跑来。它不黏人，没什么依赖性，也不像闪电爱往人腿上蹭。它不挑食，有耐性，吃多吃少都不吵闹，大部分时间很安静地躺在熟食摊边上，看着来来往往的人。给顾客切只鸡，人家说鸡屁股不要了，我就随手往地上一扔，只要没有我的允许，它就不会上来叼走。冷清下来，我朝它甩甩头，使个眼色，它就咧着嘴开心地跳过来，叼到自己地盘上慢慢啃去了。就是这么一条狗，跟了我有八九年，看着我娶了老婆生了儿子，它还是每天陪着我到菜场去，我骑着自行车，它一路小跑跟在后面，慢慢地就变成一条老狗了，总算也是看遍世态人情的了，后来却闯了个大祸。

我听得入神，男人却停下来。

说说看啊，闯了什么祸。

没劲了，不想说。男人一开始的兴奋淡了下来。我的胃口却刚刚被吊起，我把手中剩下的半瓶酒塞给他。不嫌弃你就都喝了吧，我说。

不想喝。

瞎喝点儿心里好受些。我劝他。

他沉默了一会儿说，还有烟吗？点着了烟，他说，我其实不抽烟的，老婆总是嫌弃我不像个男人，烟都不抽，就是不会应酬，不会应酬，那就是个窝囊废了。

那天很热，下午两点多，菜场没什么人，我开了熟食铺里的空调，躺在椅子上想打个小盹。狗，现在是条老狗了，还是在菜场外面晃荡，我知道它有几个老朋友住在附近，每天都要去打个招呼的。我迷迷糊糊地快睡着了，一阵接着一阵直着嗓子的吼叫把我闹醒了，对面卖肉的大叔敲着玻璃，说你的狗好像咬人了！我急急忙忙跑出去，大太阳曝晒的地上，坐着个中年胖子，捂着小腿在嗯嗯啊啊，我的老狗看见我，一瘸一瘸地挣扎过来。我不明白它为什么瘸了，我拍拍它的头，赶紧先去安慰伤者。胖子衣冠楚楚，小腿上流了点血，有两个牙印，也不深。我去扶他，我说你得打狂犬疫苗。他一把甩开我，恶狠狠瞪着我，他说你把身份证拿出来！我说这是闹哪出了，得赶紧陪你去防疫站啊！他重复，把身份证拿出来！鉴于当时危急的形势，我真的把身份证拿出来了，自己的狗咬了人，总归是有点心虚的。他夺过去，看一眼，塞到口袋里，就打算扬长而去。这下我急了，我说不还我啦？别走啊，还得去包扎打针呢。他跨上摩托车说，你等着，会找你的！留给我一个背影。后来我再也没见过这个胖子，我见到的都是他的手下。然后我回过神来，去看我的老狗，我本想好好教训它一顿，可是发现它的后腿不能点地了，就这么悬着，我的心也悬起来了，不是你咬了人吗？这温和了一辈子的老家伙，怎么会咬人呢？门口摆摊卖西瓜的大伯告诉我，是这个胖子从台阶走下来，先踢了狗一脚，把狗踢飞了，狗才冲回来咬他的。他干吗踢这狗呢？我猜大概是老家伙躺在路中间打盹，有点得意忘形，连人走过来都懒得动吧。反正也是我和老狗的晦气，那天它挡了谁的路都没事，就是不该挡这个胖子的。唉，也是背运，好日子到头了。

第二天，我把老狗留在家里养伤，也没敢跟老婆说这事，独自一人去摊位。开张没多久，菜场的管理人员就来找我了，说让我去办公室坐坐，有几个人找我。我到了那儿，有两个穿警服的年轻人等着。他们拿出我的身份证，往桌上一扔，说是你的吧？我说是，是为昨天的事吧，那人打针了没有？这你放心，我们所长在医院呢。这下我才知道那个胖子是派出所所长，我心想这回麻烦有点大了。我们今天来找你，主要是想调查调查你这条狗有没有防疫证和准养证，其中一个年轻人说。

镇上养狗的人，就跟乡下一样，知道什么防疫证准养证的事情啊，你说是不是？我打赌你的这条狗也没什么破准养证，每年能记得去打一针疫苗的那就真是谢天谢地了。可县里头还真的有这么个规定，这世界上规定的事情从来没人好好照做，等到出了麻烦才拿来往人头上套。我说没有证啊，没人跟我说要办的。他们就拿出一份打印的什么条例来，有一个还跟背书一样背了几句话给我听，意思大概就是无证的狗咬了人，狗主人可以被行政拘留，咬人情节严重的，我似乎听到还有"追究刑事责任"几个字。"追究刑事责任"就是坐牢，这我是懂的。他说完跟另一小伙子作势就过来推推搡搡，好像要扭送我的样子。出于本能，我使出在部队学来的擒拿技巧，一个反手，把那人往前一送，他砰地撞翻了桌子，哗啦啦地，茶杯文件撒了一地。我脑袋嗡的一声，蒙了。

那天晚上，我是在派出所过夜的，他们给我扣的帽子是"扰乱执法秩序""暴力抗法"。被我推倒的小伙子自始至终铁青着脸，我说让我见见你们所长，我跟他道个歉。这时候，关我的房间里只有我和他两个人，我坐在空荡荡的桌子后面，他站在空荡荡的桌子前面。我话音刚落，他忽然绕过桌子，走到我面前，一把揪住我衣领，几拳头砸在我脸上。见所长？你这时候还想见所长，是在做梦吧。原来我是在做梦。他走了，锁上门。我躺在地上，心里想不明白到底是怎么回事，不就是狗把人咬了，也不是多严重的伤，我怎么就被关起来了？那个晚上，大概是这辈子最凄凉的一夜了，不知道家里怎么样了，脸上又被打破了皮，只有趴在桌子上才能勉强睡一会儿，其实也没怎么睡，根本睡不着的嘛。

第三天直到下午，才见到我老婆。还是那个小伙子带她进来的，她也没坐，开口就埋怨我傻，傻得要命。然后就哭，只管自个儿抹眼泪，本来我见到她还挺高兴，这么一哭我就心烦得要死。等她平静下来，我问她带了多少钱。她说已经帮我处理好了，刚还跟所长通了电话。我说我到现在都还没见到所长。

她说所长在电话里是客客气气的，人家有风度气量，你就不要死扛了。我说我死扛啥了我？她说，不就是把狗杀了嘛，这有什么啊，一条狗换人一个平安还不够？

我脑袋又嗡的一声，我说你替我答应了？她点点头，还在那边嘀咕，我都没听见。我冲到门外，看到那个小伙子，他又揪住我。我说求求你们所长，医药费都我来，我去补办养狗证，告诉我在哪办的，我马上就去办……他指指脖子上几块乌青，说有这么便宜的事啊，交了罚款，把狗处理掉！旁边又围上来几个人，把我拖开了。老婆扶住我，说先回家吧。

我开门的时候，狗都没出来迎接。太不正常了，我去找它。我的老狗啊，抽动着后腿，躲在阳台角落的破拖把布上不肯出来，腹部一大块瘀青，本来就黄不拉叽的毛，现在看上去更脏了。它一定是知道自己做错了，你以后就会发现，狗太会察言观色，你以为它不懂啊，其实它都懂。我向它伸出手去，它顺从地舔了一下，我轻轻拍它的头，它就仿佛得到我的原谅似的伸直了前腿，把下巴一直贴在我的脚背上。我就是想不明白怎么会有人对这样温顺的动物下毒手呢……它什么时候咬过人，被惹急了才咬人，错就错在它没看清楚咬的是什么人……

男人讲到这儿的时候，有点哽咽。身为同性，不善于应付这种情况，我便也没说话，由他去。他把脸转到另一边，一声不吭望着天。夜已经不知道多深了，屁股下的瓦片渗出丝丝凉意，我们不约而同地紧紧外套。直到鸽群再次于头顶回旋而过，他才缓过劲来。

后来怎么解决的？我又递过烟去。

下一天，我没去菜场开工。我把自己和狗锁在房里，连儿子都不让进来。我什么也不做，就是躺在床上，把狗抱在身边，一遍一遍地想着小时候的事情。从老家屋后的河，到现在每天骑的自行车，从姑娘们红扑扑的脸蛋到浆水四溅的泥巴路，从闪电嘴里叼着的背包到所长蹲坐着的胖大身躯，从老婆早出晚归的作息到儿子活蹦乱跳的身影，从乡下到镇上，从学校到部队，我遇见过的每个人都被切成一块块融进背景里，每一个都不清晰，却一直在我脑海里出现。我这么形容你别笑我，就是初中毕业，没什么文化却瞎伤感。我想着想着就睡着了，醒来的时候天都黑了。我终于开门出去，你猜怎么了？我看到我的一双老父母围坐在饭桌边，怀里搂着孙子，我老婆正要给他们开饭。见我走出来，父母就抬头看着我，老狗在所有人的注视下一瘸一拐又躲进阳台。我说你们怎么从乡下赶来了？老婆正在摆筷子，此时她把最后一双筷子很用力地拍在桌子上。我感觉老父亲微微抖了一下，他似乎出于无奈，表情凝重地说，咬人的狗留着不踏实，我和你妈觉得媳妇说得不错，家里人没什么关系想不出办法，要我说，也就是一条狗，还可以再养的嘛。我妈揪住老头的袖子，补充道，你就当是乡下隔壁的老张，还记得不？年年开春他都要养条狗，养肥留到正月里杀了过年的。

我原本是低着头，这下猛地抬起来。老张我是记得的，乡下大部分养狗人的代表。乡下人对狗就是这样，弄来看家护院是有的，喜欢也是有的，别人要打也是不行的，这是一回事，可过年要杀了吃，还笑呵呵地吃又是另一回事。我自始至终就弄不明白这两回事，难道不是一回事吗？没想到老母亲会用这个来劝我，可我反驳不了。我觉得狗跟鸡啊、鸭啊、鹅啊是不同的，可我又说不出不同在什么地方，我还认为即使我说了他们也不会理解，反正我就不说了，后来我就变成这么个胆小如鼠不敢大声争论的人，一个闷葫芦。最令人讨厌的闷葫芦。那顿晚饭在忧伤沉闷的气氛里结束了，趁着天没黑透，父母执意要赶回乡下去，我在阳台上看着他俩高高低低的脚步。我要说的是，没有比这更难过的了。老婆走到我身后，拉着我的手说，今天菜场的阿七也来过，说这事是挺冤枉的，但遇到这样的事大家都没办法，派出所就是抓你也是没有说不过去的。儿子出现在我的另一边，已经读小学的他像煞有介事地告诉我，老师说过，用最小的代价换取最大的胜利！我难以置信地盯着他看，不能相信这样的话从小孩子的嘴里说出来，揪着老狗尾巴从小玩到大的不就是你这小子吗。那天，我是头一回彻彻底底地不想和那两个人对话。

后来呢？

嗯哼。男人从鼻孔里闷哼一声，又掐死一个烟头。

狗杀了？

杀了，真是杀掉的。没法不杀，生意要做下去，要养家糊口啊，区区一条狗算个屁。

我厌恶地低下头，我去看我的黄狗，隔得远看不清，可我知道，它就在那儿，倾听着我俩的一举一动。如果换作是我，实在想不出要用什么样的方法去杀死自己的狗，我一定把它幻化成天真无知的小孩子……可是，傻了我，怎能把狗当人呢？

我说，大哥，看开点，狗毕竟不是人。

是啊，人人都这么劝我。狗怎么和人比呢，那老家伙是蠢到我要动手了还主动把头伸过来的。男人的头深深埋进膝盖，久久静止不动。

我犹豫着伸出手，拍拍他的肩膀。我是想安慰他的，所以我说，社会上有些事就是那样，习惯了就好。你看，老婆贤惠，儿子聪明，父母健康，还有什么好难过……

社会就是哪样？他忽然打断我的话转向我。他的脸逆着月光，离得很近，猜得出他可能扭作一团的五官。

社会就是哪样？就是哪样？他重复道，淡淡的酒气喷出来，很不好闻。

就是这样……这样。我尴尬得要命，又是在屋顶上，四周都空荡荡的，无所依凭。我乖乖闭嘴，小心翼翼地站起来，想悄无声息地走掉。他并没有拦住我，在我跨过排水沟往回走的时候，听见他继续喃喃低语：

我不会告诉你我是怎么把它弄死的，总之它就是死掉了，死在我的手里，再也不会咬人了。后来我就再没有养过狗，我改养鸽子了。鸽子是在天上飞的，不会落到地上去咬人。你把它们训练好了，它们每天绕着你家屋顶飞，从来不会飞到外面去闯祸……

我蹑手蹑脚回到床上，坐进那软软的一堆里，暂时松了口气。老婆点亮了床头灯，问我几点了。已经两点，我却说十二点吧。我脱着上衣，她的手从我背部环抱过来，暖烘烘的。我意外地心头一热，就告诉她今天又碰到养鸽子的那个人了，我说他没坐牢，只是在派出所关过两天，以前还当过兵呢。老婆抽回手，翻身坐起来：上回人家就说他脑子坏了，逢人就瞎编自己当过兵，你还真信啊！我有点震惊，不可能吧？什么不可能，正常人会半夜三更放鸽子吗？鸽子晚上都要睡觉的。

奇异恩典

上午快过去一半了，康复医院的走廊还是静悄悄的。

老头起床的时候，天还没有亮透，而现在他坐在靠窗的轮椅上，却被日光撩拨得又要睡去了。女护工提着水桶和拖把从卫生间走出来，空气里立即充满了湿冷的味道。老头鼻子一阵发痒，连打三个喷嚏。

"把羽绒服披上，大爷。"护工用粗重的嗓子说道，她有一张乡村妇女特有的脸，永远都好像洗不干净，在任何时刻都消不去红黑的肿胀和疲惫。

老头抬抬眼，没吭声。自己的衣服都要尽量自己穿，今天是大年初三，他在夹棉的绒布衬衣外穿上了羊绒衫。羊绒衫是鸡心领的，配着暗花纹的衬衣，他认为很有腔调。护工的拖把扫到了老头脚边，她又说话了："要是感冒，你儿子准怪我！"方言口音，带些来路不明的轻松，显得古怪。

嗯哼，哼……老头从喉咙里发出一串含混的音节算是回答。他垂着眼皮盯着护工那双不知道从哪里弄来的运动鞋，鞋头早就黑得发亮，鞋帮也破破烂烂。她知道什么，除了跑跑腿，她还能知道什么。老头简直懒得理她，他从耳朵里挖出助听器塞到了兜里。

房门哐啷一声开了，值班护士裹着冷风冲进来，端着一盘体温计。她的护士服里紧紧塞着棉外套，从每节扣子的地方开始勒出一道一道，看起来像个滑稽的木乃伊。她先到靠门的隔壁床，那张床上躺着另一个老头，她查看了一下，就把体温计从他的领子里戳进去了。轮椅上的老头腋下一紧，好像也同时体察到了那东西的冰冷。护士往他这儿走过来，她散布着青春痘的年轻肌肤油亮亮的，朝他凑过来，她很没有必要地，几乎是谄媚地喊着说："起这么早，晒太阳啊！"

老头勉强听清了这句话，他拘谨地笑笑，闻出了来自对方口腔的早餐味，油条，还有酱瓜儿——一股医院以外的日常气息。他向来都喜欢这些小护士，她们走路飞快，脚步轻飘，打扮得欣欣向荣。不过他很少主动和她们讲话，她们只要一开口，往往就不是你刚才想象的模样了。他张开嘴，护士把体温计放到他舌头下，见他闭上眼睛，便转身走了，没有带上门。护工已经拖完地，她掀开另一个老头的被子，从他腰上摘下粪袋，换上个新的。老头叼着体温计，缓缓地向他看去。屎尿真多，他在心里说。

自从被儿子送来这里，也一两年了，他很少见另一个老头起床。另一个老头切除了直肠，大小便都由专门的管子排出，粪袋尿袋每日换，他没啥必要起床。只有一方棉被，或者一条歪七扭八的毯子，包出个蠕动的人形，表示他还妥善地存在。老头甚至从来没有跟他说上一句话，不过这并不意味着老头希望跟他说话，不为起床做出挣扎的人，老头本来就是避而远之的。天知道这大过年的，他被子底下有多邋遢多臭，难道他从来没有想过今天可能会死吗？让人把脏兮兮的你抬进太平间，直接冷冻了？做人不能做到连这点体面都不要。每每想到这里，他都会无法控制地义愤填膺，不易察觉地攥起拳头：这完完全全是无法容忍的。

每一天都可能会死，时刻准备着。他动动嘴，但没人听到这句话。

老头往窗下更靠紧了些。老年人都这样，到了冬天就恨不得浑身贴满太阳能板。今天的日头没有往常足，这些浓烈的光线穿越云层，最后漫淡地洒在窗台上，单薄得几乎看都看不见。年初三，儿子该来转转的，却还没有来，老头还有要紧事与他说。那事已经说过很多遍，过年的时候好歹还是应该再说一遍。他头歪到旁边，握紧的拳头渐渐松弛下来。

他只有这个儿子，成家后就搬出去了。老伴走了以后，他一个人井井有条地过了好多年，直到中风袭来，搞得他腿脚不便，常年卧病，几乎无法出门。某天，儿子和媳妇一起来到他的病床前，媳妇站得更远一些，肩上的包也没有放下。儿子要求他去住康复医院，据说那种地方养老特别好，比敬老院还好。老头把脸侧过去，没作声。我们有个孝顺儿子，老头记起老伴生前说的话。老头生病以来，儿子时常服侍在床头，始终看不出愠色，比如现在，他的神情称得上凝重，假若他要去办什么要紧事，最多也就是这副样子了。

"爸……"儿子说道，"做啥呢？"儿子的表情让人心生不快，老头打断了他，儿子眉心的川字纹迅速地生成。媳妇把包放在床头柜，往更远处的椅子走去。老头仿佛要等她说话，但她只是坐了下来，并没有开口。

"钟点工也只能烧烧饭洗洗衣服，你要什么时候突然来一下，又摔倒了，都没个照应的。"儿子又劝。

"你们随我去，我脑子还没坏到那种地步。"老头倔强地回答。

"可你也要为我想想……就一个儿子，我不可能不管你，你晓得的。"

媳妇把儿子拉出房间，房门虚掩，"……你爸精明呢，算计着医药费。""反正有医保，怕什么。""很多康复项目不享受医保的，你有没有问清楚？""……难道让他一个人死在这里？住到我们家去你肯不肯呢？"儿子喉咙响了。夫妻间秘而不宣的陌生感轰然升起，把两个没有血缘却又以亲属自居的人打回原形。

老头知道他们在谈论他，可耳朵根本听不清说什么。他呼吸着两个人来过又走掉的空气，这空气里有着不宁静的味道，再也不是先前的样子了。他勉强坐起身，环顾四周，心里不太好受。儿子的出现仿佛宣告着某种变化，这变化如此迅疾地到来，让这个空间的所有物体都失去了价值。

老头知道自己心太软，可已经不能回头了，而他开始以为很快就能重新回家呢。好端端的人是不能进医院的，即使人家跟你说这是个同敬老院差不多的医院，可它也确实是个会死人的医院。他在这里毛病不断，中风之外，又添了冠心病、糖尿病、小肠疝气……老头的肉体简直像公厕边躲躲闪闪的牛皮癣小广告，印满了各种疑难杂症。每天的床位费、护理费，各种医保之外的高额药费，劈头盖脸地砸过来。开始，老头只隐约地感觉到压力，后来，当儿子试探性地说起老头家小区的二手房价一涨再涨时，他立刻就有点明白了。

老头和老伴的房子，属于旧城改造下的第一批住宅小区，刚造好时是崭新的灰色楼层。老头尤其喜欢这底楼，出入方便，还带个小院子，他种满了茶花和兰花，其中很有些贵价品种，他时常引以为傲。即使老伴先走一步，后来的那些年他也过得不太坏，自己买菜煮饭，花草陶冶性情，尤其能更自由地出去跳舞，再也不用看老太婆的脸色。他有一身好舞技，在市民广场的露天舞池有不少中老年拥趸。想到最爱的交谊舞，慢三快四的，几支相熟的曲子立刻在脑海里响动着，老头歪着的脑袋居然也不由自主地随着嘣嗒嗒的节奏微微摆动起来。

一串百子鞭炮在楼下被点燃。噼里啪啦，噼里啪啦，实实在在的声音震动了老头迟钝的耳膜，他恍然惊醒，鼻子里钻进了浓烈的硫黄味。老头剧烈地咳嗽起来，眼睛一热，竟似被熏出了眼泪。护工赶过来推上了窗户，顺手给他披上了羽绒衣，这回他倒是没有拒绝。

　　后来，儿子替他把房子卖了。房子住了近二十年，旧是旧了点，可毕竟是学区房，几十平方米卖了近百万。那天，儿子跑来告诉他的时候，他几次不能相信自己的耳朵，他震惊于那个数字。这笔巨款！在老头眼里，是一群密集翻飞的蝴蝶，永远不可能数得清。待他接受这突如其来的惊喜，儿子又趴在他耳边说，这钱够他在这儿住下去的了。

　　他清楚地记得，儿子拖长了尾音，甚至怕他不够理解，还用力地捏了捏他的肩膀。老头这才蒙了。中风后的这几年，事与事的联系，物与物的边缘，在他的脑中，都在变得含混，更多时候，他如同老化的单核单线程处理器，同时只能思考一样事情。他先前从未意识到住院前的那晚，居然会是他在家的最后一晚。那晚并没有被珍惜，他包好换洗衣物毛巾牙刷，就坦然地睡去了，连电视都没有看，甚至连梦也没有做——这残酷的真相在事后被意识到的时候显得尤其刻骨铭心。老头认为自己当时发昏了，才会答应卖房子。以后能去哪里呢？这个设问像黑洞一样吞噬着老头的心，答案显而易见，他必须要死在医院了。再加上啰里吧唆早已没有思考的意义可老头完全控制不住要反复思考的琐事，比如家具电器，比如花花草草，比如一柜子的衣服，都揉到一块，把他折磨得寝食难安。

"旧的不去，新的不来。家具我看也都是旧的，留给买家了，要的扔的随他处理。那些衣服你本来就多少年没穿了，不可惜的，你看这里哪还放得下。花送了点给隔壁单元的丁老头，其余的由他帮你送人。不要去想了，一切都是身外之物。做人啊，要学会想得通，现在只要身体健康，其他都无关紧要的。"儿子当时是这么劝的。

老头垂着眼。这个儿子其实没什么脑子，老太婆活着的时候从来就没认识到这点。尽管读书成绩还马马虎虎，但事实上跟所有人没两样，口口声声念着"身外之物四大皆空"的人，从来没有放弃过一丁点的身外之物。而他自己，内心永远纠缠着身外之物。没有了身外之物，他将寄身何处？一只枕头，一双鞋子，要用过多少次才能沾染上自己的气味？只有在各种物品上，他能寻找到安全感。新的东西，旧的东西，用坏的东西，甚至是死后的遗物，都多多少少是会有意义的。即便此时此刻身陷囹圄，但老头已经决定不要再那么愚蠢，那么窘迫了。他抬起头，带点可笑又卑微的悲壮："房子不卖了，我要回去住。"

儿子愣住，他不可思议的眼光，起初像灼热的岩浆呼之欲出，但立刻就收束了。他用哄小孩的克制口气说："哎，哎，当初是你亲口答应来住院的，卖房子也是征得你同意的，现在又反悔。你不能这样的。"

同时他翘起下巴，做出一脸无奈，对着给邻床做检查的护士说："喏，你问问她，这里的一个床位要托多少关系才弄得到……"

我怎么不能这样？我不是心甘情愿要来。我又不知道自己会住到再也出不去。

护士转过身来，儿子不失时机地补充道："我找了区长，跟你们院长好说歹说，才给我爸留了个床位。"

小护士迅速堆出一脸笑："大伯真是有个孝顺儿子。这里的床位一直都很紧张的……一般人还住不进来。"

"你晓得住这里要花多少钱？你这样的，每年要六七万呢……"

"你这样的"算哪回事……他居然用这种口气"你、你、你"地说话，好像我不是老子，倒变成孙子了。老头羞愧恼怒地盯着儿子，双手交缠着，手背上青筋凸起。护士默不作声退了出去。老头抠着被子，被子雕塑出一双细腿的轮廓。儿子走到窗前背对着父亲，声音被玻璃挡住，有些发闷："爸，你不能这么自私，也要考虑一下子女的难处。"

自私。由着自己来被说成自私，想让自己好过一点被说成自私，好像所有的责任感都挂在儿子的肩上，他只要动动舌头，伦理道德的天平就向他倾斜了。无可辩驳。每逢儿子说他自私，老头就只能忍气吞声。要不是生病，要不是积蓄用光，他何至于今天没有尊严地寄居在医院？

"有多少子女能做到这份上？你想过没有。"儿子紧接着的这句话说得很轻，像是自言自语。可老头当时居然听见了，声音在助听器的放大下嗡嗡地带着入耳的轰鸣。

迈过这个大同小异的年关，儿子依旧还是个不折不扣的中年人。他头发稀疏，身体微胖，反应迟缓，脖子时常向前伸长着，怀着对未来明确而审慎的焦虑。他下了公交车，往医院大门走进去的时候，步子迈得比平时要拖沓得多。他伸出手按电梯，卫生起见，用食指的第二个关节揿下按钮，取回手指放到鼻子边闻闻，上面还留着一股火腿香味。他使劲嗅嗅，有点懊丧没有好好吃完的中饭。老头电话响起的时候，儿子正在厨房切火腿。电话刚接通，就听到老头讲到一半的话，声音大得可怕。戴着助听器的老人，对着话筒歇斯底里只是在说一样事。

　　"我要存折！我要存折！拿过来给我！"

　　儿子叹口气，摇摇头，狠狠地把火腿切完了。好像从卖掉房子开始，父子俩的关系就紧张起来。儿子发现，有了那笔巨款，老头身上某种老年人特有的无伤大雅的吝啬脾气渐渐地开始改变。老头开始变得慷慨，他大门不出，零花钱却用得特别快，到了退休工资几乎月月月光的地步。钱都用在了别人身上，只要有亲戚朋友来探病，只要有护士跟他多说几句话，他就塞现金，一百两百，五百一千。护工替他跑腿取钱取到手软，看不下去了，才悄悄告诉这儿子。儿子自然想不通这种举动，他跟老头有过几次冲突。也算不上冲突，老头总是身板僵硬地坐在轮椅里，木呆呆地听着儿子无数遍的规劝："这些钱都是要派用场的，不能给不相干的人！"老头嘲讽地哼哼，最后会掏出助听器朝他扔过去。

没有人不懂得钱的妙处。钱几乎是万能的，它可以解决百分之九十九的问题，还能制造假象给剩下的百分之一以虚幻的美好。老头看得分明，人们从他手上接过这几张钞票时的微妙表情，称不上贪婪，大多是对幸运居然猝不及防降临而至的小欣喜，他们推脱一番，最终收下，并且从此以后就集体无意识地对老头有了某份额外的关注——探望过的人会常常来，护士们也爱有事没事就跟老头搭讪。他们讪讪地笑，磨蹭地说话，言语并没有额外价值，直到再次从老头手里捡拾起那份并不极度渴望却也隐隐期待着的惊喜。老头才不愿深究背后的真相，他尽是肤浅地享受这种被需要被包围的感觉。每逢此刻，他生硬的关节就变得异常柔软，连方方正正的病房也好似有了温暖的弧度。

所以，他当然得要回那笔巨款。

"我开心啊……见不得我开心？以为这是你的钱？"老头口齿含混但尖刻地在说话，他紧握的双手，一半在光线里，一半在阴影里。护工坐在床边的躺椅上，她憨厚地笑着，打算到外面待会儿。儿子敞着外套，站在床脚，他正开口宣讲老生常谈的道理，讲到一半，劈头盖脸听见这么一句。

这时候已经是下午，阳光和时针一样，爬着爬着，从窗台爬到了床脚，在地上划分出几块不规则的几何体。另一个老头有了探视者，几个礼品盒被塞在床底，粗粗看去，还有女性专用的保健品，文不对题莫名其妙地，被一圈圈转送到这儿。那两人，像是一对夫妻，或站或坐，自顾自地压低了声音聊天，事实上全竖着耳朵倾听着另一边的八卦。

儿子越过两张床的距离去瞅那些人，他们识趣地头也不抬，假装看上去和摆设差不多。儿子委曲求全地压低了嗓门："钱不是让你这么乱用的，你那些老朋友，以为你开银行，一个个来取钱？我也是代你保管，支付医药费，如果用光，以后怎么办，你想过没有……"

老头不声不响，这回他没有掏出助听器拒绝谈话。沉默良久，他刻薄地说："我又活不到钱用光那天，这笔钱用不光的。反而是你在怕啥呢，怕一分钱遗产都捞不到？"既然死是某种迟早也必要的事，为什么不是今天，不是现在，为什么此时此刻还得毫无体面地活受罪啊，老头想。

夫妻停下了谈话，侧着头看牢了这父子俩。儿子握住床脚的栏杆，一字一顿地说："谁告诉你活不长了，这是谁告诉你的！"同时拿眼光恶狠狠地扫视着周围，好像病房里存在着散布流言的假想敌。老头衰弱的嘴角瘪下来，他深嵌在褶皱中的眼睛流出了泪水。护工总算瞅准这个机会走出去了。儿子涨红着脸，蹒跚地走到两张床的中间拉上了帘子。

唰的一声，父子俩被隔断在一个同谋的世界。"你知道不是这样的，其实你心里最清楚了。你要什么我都办到，你怎么能说出这种话？"儿子坐在床沿，垂着头。老头看见一圈花白发，从他的头顶开始，像同心圆一样往周围扩散。

老头缩紧脖子，身体往下更滑去几分，他在衣领子上蹭掉了眼泪。紧接着冒出不合时宜的一问："我的皮鞋在哪里？"

"皮鞋？现在你要皮鞋？"儿子不相信地抬起头，手臂对着空气一阵挥舞，"送人了，你关节不好，皮鞋太紧，穿不了。忘了，嗯？"

"对、对，噢。是这样的。"老头在轮椅上挪挪屁股，盯住窗台上的水仙花。球茎浸在塑料盆里，快开花了。

儿子站起身，把花往阳光里推过去一些。他居高临下地看到老年斑已经把老头的大半个脑袋染得污迹斑斑。两人便没有话说。

新年的午后太平常，平常得跟之前以及之后的每一天都没有两样。"你应该多看看电视，听听新闻，跟人家聊聊天，就不会瞎想了。"于是儿子打开了电视机，电视机乒乒乓乓地搞出了很大的动静，画面上的男男女女站成一排，对着观众朋友拱手鞠躬，声嘶力竭地吼着"拜年啦"，表示出新年的与众不同。病房一下子就变热闹了，儿子拉开帘子，跟邻床的看客寒暄几句。于是，大家像什么事都没有发生过一样，一块看起了电视。

儿子接了个电话。这个电话让他激动得从看电视的人里钻了出来。此时，日头即将西斜，再次重播的春晚也就要结束。儿子捂着电话，挨近老头的耳朵说："你孙女儿就在楼下，我去带她上来。"老头始终木讷的神情陡然间明亮了，他很久没有见到她了。

女孩朝大家走过来，她质感十足的脚步经过邻床时，仿佛为了迎合这与病房格格不入的节奏，两夫妻正情不自禁站起来。

老头感觉到一阵微微带着香气的风吹到脸上，他缓慢地开始笑，一般他很少做这个动作。他尽量把嘴张到最大，而在别人眼里，那只是上下唇彼此分开轻微颤动着并保持得久一些而已。女孩一屁股坐到空床上，包也重重地扔在旁边。她说她和朋友出去玩，路过医院，顺便看看爷爷，再叫上父亲一起回家。她说话很快，还带着外面街道熙熙攘攘的空气，老头嗯嗯啊啊地便有些接不上。

"带爷爷到楼下走走。不过……他脑子不大灵光了。"儿子悄悄对女儿说。女孩乖乖地应声而起，和父亲一起给老头围上围巾，戴上手套。不知是零部件老化了，还是病人不动筋骨，女孩感到手里的轮椅有点沉重。她是第一次推轮椅，方向把得忽左忽右，速度也忽快忽慢。走廊墙上的彩色图片在老头眼角的余光里缓缓而过，几个迎面走来的人，把目光集中到一老一少身上，老头注意到这点，觉得此时是骄傲的一刻。

电梯门打开，女孩本可以径直进入，却有意停了下来。她对老头说别急别急，殷勤但笨拙地把轮椅转过了一百八十度的方向，倒退着进了电梯。老头看着两扇门在面前缓缓合拢，难得地有了勇往直前的错觉。仅这一点，他心里就有些温暖。护士们总是顺着来的方向把轮椅直挺挺地推进去，老头向来便只能对着整面锃亮的不锈钢墙，上面模糊地映出他的脸，周围如果还有几个面对门站着的人，那他简直就会觉得自己是个一门心思撞南墙的傻子了。

"上班累不累？"老头问道。

"还好啊，就那样。"她若有所思地扑哧一笑，"刚才要是不把你转过来，门一开，人家见到爷爷背对门，大概会吓一跳吧，像演恐怖片！"

后面几个字老头听不太清，也不甚明白什么意思。他想也没关系，他们不是还要去散步吗，他们还有很多话会讲的。女孩很少来，每次来都是跟着母亲，老头没有福气享受这样的独处。女孩推着老头往医院的绿化带里去，动作比刚才顺手多了，简直就跟护工推起来一样了。老头感受着变化，同时一个劲儿告诉自己后面站的不是护工。

四点还没到，天色却接近昏暗了，老头怕会看不清楚她的脸。两个人一前一后地移动着，并不是适合谈话的姿势。离开人群，他们就自动地沉默下来。几天没有下楼的老头，注意到小道旁的草丛里竟然还有未融化的积雪，他便使劲回想，那场雪已经是上礼拜的事情了，此刻这阴沉的雪块猥琐地蜷作一团，从路边跳脱出来，好像在提醒着过去从未真正过去似的。女孩不知道在哪一天就忽然长大了，他总是想不起她成年后的相貌，他很想仔细看看她的脸，甚至就干脆面对着她说话。老头最记得她小时候的模样，像自己，短发大鼻子，小小年纪就戴着眼镜。放暑假的时候，要到老头家来住上一段日子。那前后几年，是老头记忆里清晰鲜明的时光。"现在不戴眼镜了，啊？"老头打破沉默，混浊的声线分割出嘶嘶的气流。

"隐形眼镜。你问过好几次了。"女孩简洁地回答，清脆，彬彬有礼。如果她的话里有那么一丝不耐烦，起码也并未表现出来。

"记性不好喽，呵呵。"老头却开怀起来。小路边的树上挂着零星几个红灯笼，像属于冬天的果实，在夕阳里晃来晃去。"你小辰光我还给你治过近视，用气功，记得吗？"老头微微后仰，手挥动着。

女孩停了脚步。她想起在老头黯淡的房间，坐在高高靠背椅里的老人把双掌覆盖在她的眼皮上，默默做功的样子。她倚着把手，俯身在老头头顶，笑得像个陌生人："记得。我妈说是开玩笑，你怎么会相信这种东西？太不科学。"

"乱讲，什么不科学，那是很有讲究的。"老头轻轻说，心想那时候的女孩是兴奋得活蹦乱跳的。

女孩低头在他耳边大声说："你要好好养病，听医生的话。"

老头摆摆手，神秘兮兮地说："医生都是骗子，只晓得赚钱。"女孩放下轮椅的刹车，一屁股坐到一块石头上。视线正好平行到老头的胸口，她就一眨不眨地盯着那里，那里被羽绒服填充得异常饱满，仿佛没有任何病痛。她脸庞洁净，闪着瓷黄的光泽。如果说还有人能让老头如此满意地注视的，那在这个家里也只有她了。虽说她那样的年轻人总是一副看透生活的样子，实际上她的生活还没有开始，老头心中因而涌过一阵暖流。

"医生不是骗子。"女孩没有朝他看，她的手插在兜里，神经质地翻动着里面的东西，或者里面其实也没有东西。老头从来不愿意相信自己不想相信的事情，他从来就是这样的。而她一直都知道。有一年暑假，她住在老头家。一场巨大的台风席卷了城市，她早晨起来跑到外面，远远看见马路对面一棵歪倒的梧桐树下落了满地麻雀。早餐桌上，她把这件事绘声绘色讲给老头听，她记得老头穿戴整齐，心不在焉地说这是不可能的。那时候在一件挺括的衬衫下面，他的胸部尚算是真正饱满的。老头说："肯定看错了，你是近视眼。"女孩虽小，却有和大人争辩的耐性，但老头不高兴理她，吃完稀饭，他就兴冲冲地去跳舞了。女孩坐在黄昏里，强迫症般地把这件事想了一遍。还能想起来总是表示有点不快，这不快竟也没有随着年纪的增长而淡去。反正，就是这样了。女孩想。

"你小辰光很喜欢跳舞。"他说，"总是想跟着我去。"

"你一回都没带过我。"她接着说，"我们喜欢跳的不是一种舞。"此时她已经完全褪去了刚才风尘仆仆的气息，一本正经得和从前一模一样，老头流露出洞若观火的表情笑起来。长辈的这种笑总是搞得人心烦意乱，好像长到这么大都白活了。又不知道说什么，只好瞪着自己的脚尖。她脚上套着一双长长的靴子，靴筒够到了膝盖，让她弯着的关节很难受。

"拿牢！"老头把钱塞到她手里，她把钱塞回去，同时倒退了几小步。老头转动轮子要上前，却忘记了刹车，于是很尴尬地卡在了原地。祖孙俩各自做着挣扎，虎视眈眈地对峙着。终于，女孩绕到他后面，推起轮椅快步往回走，说："我不要你的钱。"

他涨红了脸，举起钱胡乱地往背后戳过去，生气地说："跟爷爷客气什么？拿牢！"

女孩没有理睬，往医院大厅走进去。

"爷爷没什么东西留给你了……只有一点钱还好派派用场，你就拿牢！"

"人家都要的，为什么你不要？"

叮一声，电梯门打开。女孩直直地把老头推了进去，一把推到最里面。老头看到不锈钢墙壁上倒映出自己举着钞票的样子，有些不合时宜。女孩反身靠在把手上，无动于衷地让门在身后缓缓合上。

老头颤巍巍地解开扣子，把早晨好不容易穿上的衣服再次艰难地脱下来，这些动作天天都被翻来覆去地做，全是因为他还没有死。直到他在床上躺平，才吐出一口憋了很久的气，为了那近在眼前又姗姗来迟的人生终点，他实在做了太久的准备，久得每个步骤都已经烂熟于心，甚而有了怨愤和嗔怪。一朵水仙花已经战战兢兢地开起来了，蹑手蹑脚地发出还无人问津的香气。可能也不是很晚，老头却感觉睡意绞缠而来，牢牢裹住他的全身。

护工发出几声浅笑。她正半卧在折叠钢丝床上，抱着热水袋嗑瓜子。电视机的声音被她开得不高不低，那里播放着她从年三十就开始坚持收看的新春特别节目。老头咳嗽起来。她回头，好像刚刚才意识到有外人似的说："睡了？这么早？"老头盯着她看，眼珠就像冻住了一样。隔壁的另一个老头，也早就睡了——"睡眠"于他而言，是不分白天黑夜，反正他从来一动不动。

护工并不在意，只要懂得调节，她随时享受这份看似烦琐实则闲适的工作，把几粒瓜子丢进嘴里，她的乡音显得粗糙又生动："大爷，福气这么好，过个年还闷闷不乐。小辈来看看你，还满脸不高兴。"说这些话的时候她始终看着屏幕。

她老是用这种废话劝他，像个白痴，主张着无知的腔调。福气福气，他恨这种腔调，好像自己是她的什么人。雇主啊，他是她的雇主而已。她懂个屁，睡觉连张像样的床都没有。他异常艰难地回敬："想想你自己再说，无儿无女，有没有这样的福气。"

"我？我比你想通多了，眼乌珠一闭，随便死在哪里都不要紧。没人收尸都不要紧，死有什么好怕的，就跟睡着了一样，做不做梦还不知道，说不定要做掉几个美梦再走呢。"她咯咯笑着，好像说的的确是一件关于睡觉的事情。

哼，老头想，以为我怕死啊！

"这儿比老家可好多了，你们这些人别提多舒服，冬暖夏凉，吃穿不愁，还有挂在墙上的电视机，我们那里的年轻人，都没这么好的命，老头子老太婆就好比在直接等死……做人嘛，最要紧的是想得通……要会自得其乐……"她死瞪着电视屏幕，嘴里继续不上心地瞎嘀咕。电视机里的男人唱着"我恭喜你发财，我恭喜你精彩"，同时跳着奇怪的舞蹈，而她刚刚说完这些没心没肺的晦气话，却又能随时配合画面爆出零星的笑声。

大概是新年的缘故，她精神特别好，喋喋不休地全不在意有没有听众，说着说着就像是某种自言自语，充满着把对方往外推的气场。老头的火气一瞬间被浇灭了。他掏出助听器，人间所有的动静渐渐都消失在一种巨大的嗡嗡声里，然后这种巨大的嗡嗡声充盈在耳道，像血液流过管道，像海浪上下翻滚，这令他感到非常安全。

暗 物 质

自由自在的维基百科说：宇宙是由空间、时间、物质和能量所构成的统一体，是一切空间和时间的总和。一般理解的宇宙，指我们所存在的一个时空连续系统，包括其间的所有物质、能量和事件。

1

大S终于嫁入豪门，李嘉欣也顺利地剖腹产，梁洛施带着三个儿子，坐拥亿万分手费，二十挂零重出江湖，精彩人生才刚刚开始……

萧瑶百无聊赖地在手机上翻看着娱乐新闻，每天都是这样，也许隔一百年还是这样，不过是谁分了谁结了，不过是谁生了谁流了。别说明星了，在她周围，一夜之间，忽如千树万树梨花开，眼中所见，皆是婚车与婴儿车。无数人在她呼吸间赢得人生常规赛的规定分数，而她不仅犯规出局，至今还在孜孜不倦地练习着自选动作。

她打个哈欠，仰靠在高铁车厢舒适宽大的椅背里。车窗外的景致被搅碎了似的模糊一片，带着人的视线飞速滑过——又是一次万年不变的出差旅途。

自从上回闪电结束恶作剧般的相亲式婚姻，家里人便再没当面提过一句结婚的话。没了安排好的各种相亲，萧瑶的个人生活一下子安静下来，手机渐渐沉默得可怕，唯一时时刻刻惦记着她的就只有10086，月账单手机报、天气预报节日问候，总是准点送达。这种日子一久，人的心里就空落落的。

萧瑶在供职的外企里是属于人事部门的，但因为她再次单身，跟父母同住，没有牵挂，财务部便会偶尔请求她帮个忙，到外地去查验分公司的报销账单。她的公司和机关的财务政策就是有这样的不同，要求所有的消费必须同时取得发票、小票甚至POS机刷卡单，与报销单核对一致才予报销。虽说这已经在一定程度上防止了各地销售人员虚高报销造成公司成本高企不下的行为，但总还是有不少员工通过非法渠道买来发票、伪造小票和POS单。外籍老板很烦恼，就命财务部必须派专人到各地查验报销单。查验的方式也很奇特，财务人员根据发票上的图章搜索店家地址，在当地找到那家店去吃顿饭，来取得相关票据，与员工的报销单核对。

财务部忙不过来的时候，有时就托萧瑶帮个忙，一次在南京，她尽职尽责地根据发票上的图章找到那家当地饭店，明明就是一家比大排档大不了多少的小龙虾店，可报销单金额却高得吓人，一味是海鲜鲍鱼高档酒。那回她帮公司挽回一大笔损失，还揪出了几个坏分子，声名大噪，老板也很高兴，结果就是，财务部后来几乎就把她当成自己部门的人来用了。

世界上，总有一些人是不喜欢出差的，他们嫌弃一路奔波人生地僻，嫌弃身处异乡每晚荒芜得不知做什么，也嫌弃清早在陌生但又格局一致的房间醒来恍惚不知身在何处。但萧瑶不是这种人，她很容易就喜欢上什么，确切地说，她很容易就习惯有秩序的事情。习惯固定一家航空公司，习惯入住连锁星级酒店，习惯被训练有素的服务生称呼一声"萧小姐"，更是满足于小小拉杆箱里每样物品各就各位，再被分门别类地摆放到每种房间的每个梳妆台上。出发，到达，出发，又到达，这个过程按部就班周而复始，几乎从不错位，比起她在上段婚姻里领受过的欺骗和背叛要靠谱多了。

飞机离地那一刻的加速，每次都把她像气球一样扯离地面，每次都带来短暂的呼吸困难，每次她都心怀忐忑与不安。愈是这样的时刻，愈是萧瑶嘈杂而未有喘息的生活里最娴静的时刻，她才会去想一个人才会想的东西，过去或者以后。而且，每次出差又能额外赚到一笔补贴，积少成多，对单身女子来说大笔积蓄带来的安全感不啻于一个称职的丈夫。而最最有趣的是，这份兼职时不时地让她感觉自己像个侦探，手握蛛丝马迹，千里迢迢赶赴犯罪现场，独立调查后做出判断，写出处理意见，颇有寻根究底以及主宰他人命运的快感。

这么想着，萧瑶不知道自己脸上又漾出了笑意。

手机铃声响起来，是小姨的短信："今天有同学会，不能陪你了。"

萧瑶嘴角一撇。前天打的电话，她居然到现在才记得回短信，看上去过得很充实嘛。萧瑶的小姨年近五十，早年离异后便一直没有再婚，当萧瑶渐渐吃不消频繁的出差时，赋闲在家的小姨自告奋勇提出给她做旅伴。萧瑶曾经寻思过找小姨做出差伴侣这回事，到底算不算是件有意义的正常事。一个自食其力的职业女性，居然需要长辈来陪出差？可全家除了小姨，估计没有人能那么深刻地理解单身萧瑶的烦恼了吧。

有一阵子，萧瑶的出差越来越多，行程越来越长，间隔越来越短，她开始有点招架不住了。有时前脚刚跨进家门，箱子还没打开，后脚电话就追到，新任务来了——财务部当她是女超人了。可旅途再新鲜，总有一天也要厌倦，何况还是以工作的面貌出现。而最根本的原因是，萧瑶偶尔享用的那种叫作孤独的东西，若不是与生俱来，那就真的只能偶尔为之，只适合拿来摆摆姿态、装腔作势。如同小酒能怡情，豪饮却伤身，但凡喝喝小酒，总有三两知己，寂寞之时却往往是豪饮之日。总是在一些特殊的钟点，午夜十二点后，凌晨五点以前，萧瑶在异乡的大床上猛然醒转，被铺天盖地的孤独深深笼罩，捉过枕边的手机，除了"中国移动"四个字什么也没有。这些夜阑人静的时间段，本来最适合跟还未敢坦诚相见的某个人在短信中保持距离地你来我往，可萧瑶没有，她没有一个无聊短信的合适送达号码，没有一个可供暧昧的对象。她只能注意着手机屏幕渐渐暗下去，注意到留着缝隙的遮光窗帘从背后慢慢亮起来，才缓缓闭上眼，半梦半醒地熬到闹钟响起。说到底，萧瑶从来就不是能够真正享受单身的姑娘。

"没事，我已经在路上了。玩得开心～～"萧瑶想了想，打出延展的波浪线符号，像一双微笑的眼，不至于让小姨在文字表面看出自己的失落。其实在她内心，挺喜爱有小姨的陪伴，单身的小姨是真正的乐天派，因为经历过不幸而对人事多了些放任的宽容，她对待萧瑶的终身大事从来不会像萧瑶的父母那样，嘴上不说，却处处暗示。

现在倒好，中年妇女都有热闹的同学会，自己呢？

萧瑶拿指甲刮擦着车窗，意识到自己的业余生活早就像一张玻璃纸，脆薄，透明。

同学会，有什么意思呢，她好久都不去参加了。开始是单身同学之间比拼事业成就，后来是有家室的同学之间玩起了暧昧，再接着，再接着就有人带着孩子来吃饭了。萧瑶可以说的话在头一回吃饭的时候便已说完，她始终原地踏步，跟不上他们的前进脚步。拒绝了一次，拒绝过两次，渐渐地就没有人来联系她了，也许她早就变成他们开席前的某个话题，渐渐地会连这样的话题也不存在的。达观地看，这也算一种幸运吧。

她叹出长长一口气。因为这股气息，车窗上结起了薄薄的雾，雾气凝住的小团面积，像块毛玻璃，使映出的景物变得更寡淡，却也带出一番雾里看花的清新。萧瑶出神地看了很久，直到水汽渐渐蒸发在暖风里。已经初冬了，车厢里的暖气打得火热，萧瑶脱下了外套，搭在扶手上。环顾四周，乘客并不多，都静悄悄地轻声说话，的确是一派高铁——她称之为高档铁路——的样子。她仰头靠到椅背上，对这堪比飞机商务舱的宽敞座位感到满意，可一想到要去的地方和要做的事情，一想到这望不到尽头的重复工作，她怎么也高兴不起来。

　　萧瑶所在的城市刚刚取消了到这次的目的地的航班，这么一来，一个人的出行对她来说便显得更艰难了，最后她只能勉为其难地去坐火车。她真是最讨厌火车站人来人往的拥堵了，提着大包小包的她虽然不至于看上去像个民工，可也足以令她有种技术工人的错觉了。而她，是会反复在意这些旁人看来或许无关紧要的错觉的。于是她报复性地预订了当地最好的希尔顿酒店，而据说酒店还将安排专人专车来接站，只有想到这种超高的性价比，她才暂时踏实起来——萧瑶的美好感受几乎永远来自这种物质上的保障。

2

　　没想到免费的接站服务竟有这般高级体验，穿着黑西装的专职司机，举着姓名牌等候在出站口最显眼的地方，稳妥得体地送她到酒店。进了房间，早就有一束长茎玫瑰摆在花瓶里。萧瑶倒在床上，舒坦得一塌糊涂。

简单洗漱后，她来到酒店顶楼的自助餐厅吃晚饭。时候不早了，可大厅里出乎意料地热闹，这么热闹，她孤身一人占着一张桌子的情形，就有点提也不愿提及的难堪了。

刚坐定，手机就响了。不用看，就知道是家里打来的。

"瑶瑶，饭吃过了吗？"是母亲。

"正在吃。"

"吃点什么？"

"吃点饭。"

母亲在那头沉默了一小会儿，又好像恍然大悟似的"嗯嗯"了几声。

"放心好了，我会注意安全的。"萧瑶有了挂电话的意思。

没想到母亲突然间话多了起来，一贯腔调变得响亮："那条狗啊，瑶瑶，我说真是见鬼了，你知道它今天做了什么？它今天把鸟笼都弄下来了，幸亏我及时进家门，否则……"

萧瑶把手机移开，听筒紧贴到大腿上，似乎还能辨认出母亲的话叮叮咚咚地砸在她肉上，声波震得大腿几乎生疼。她再次举起电话，还来得及听到最后一句："……你赶快想个办法把狗处理了！"

"知道了、知道了。什么处理不处理的，又不是东西。妈，你别老这么紧张。"按掉电话，手机回到待机状态，屏幕上正是狗的照片。

它是萧瑶上个月在楼下捡回来的一条狗，全身乌黑。萧瑶出差回来，在楼下拖行李的时候觉得行李重了很多，回头一看，就是它叼着轮子在使劲向后拉。

萧瑶没养过狗，但她觉得自己应该是喜欢四只脚的小动物的。黑狗虽然黑但相貌很好看，豆子般两粒眼珠子下挂着两坨大眼屎，萧瑶呵斥："走开！"它毫不松口，还抬起头盯着她，两个眼睛间距极大，有点像比目鱼，她强行拖着箱子往上走，狗就叼着箱子跟着她进了家门。

在萧瑶的坚持下，狗被留在了家里，想起上回搬出去结婚的时候，她就很想养条狗，按理说她这个年纪了，应该是想养个孩子比较正常，但不是，她不喜欢两只脚走路的动物，从一只鸟到一个小孩。她想养条狗，据说狗很忠诚，除此之外，大概没有别的原因了。父亲没有说什么，母亲起初还挺新鲜的，只略略嫌弃它活动范围太大不好掌控——最后的事实完全证明了这种担心。有一天萧瑶还没踏进家门，就听到母亲的呵斥。黑狗趁人不备，把阳台上的仙人球连皮带刺吃掉了，而所有泥土平平整整地压实了铺在地板上。萧瑶走过去，想好好教训它一顿，它却涎着狗脸蹭到她的腿上来了，喉咙里还发出呜呜的声音。萧瑶何曾见过一只动物有这样的举动，当时觉得是无比可怜，哪里还打得下手。

可接下来这只动物的闹剧却在主人的纵容下愈演愈烈，仙人球之后，是另一些植物，在一夜之间失去了所有的嫩叶；几张椅子，无声无息地就短了一截成了瘸子；沙发上的靠垫，用父亲的话来说，总是缠绕着来路不明的毛发……只要人类走开一会儿，狗就总能找到自娱自乐的方法，遭殃的不是花花草草，就是零零碎碎。萧瑶寻求对策，将它关进了卫生间，开始还能听见它在里面咕噜咕噜乱嘀咕，过会儿就没响声了，大家终于松了口气，等到吃饭的钟点，开门一看，那家伙津津有味地把卷筒纸撕得极细极碎，铺满了地面，就像下了一场小雪。

母亲以当家人的口吻，当面唠叨："瑶瑶，这样下去是不行的，总有一天家里被它拆光了。"她还说："我现在连门都不敢出了，不晓得进门后里面是副什么样子。"父亲的跑步时间变得越来越早，萧瑶难得的懒觉也被迫取消，谁让狗天没亮就醒呢。

这回出门前，母亲曾要萧瑶"想个彻底的解决办法"。总归是条捡来的狗，总归不是亲自养大的，打个不恰当的比方，不是家世清白一路走来的少年夫妻，互相之间谈不上浓情蜜意。萧瑶曾经把狗拖到马路边，说你走吧。没想到隔天下班，它又等在门口了。

"难道只能杀掉它？"她捏着手机，满脸嘲讽，好像在对着母亲说这句话。

3

八点多，她扒拉着盘子里几片菜叶，思忖着接下来是不是应该到大街上逛一逛的时候，周围零星地生出些骚动，开始她没在意，直到有人惊喜地大叫"开始了"，于是就连那几个端庄的侍者也都按捺不住身形地左顾右盼了，依稀听到人们在说什么"月全食"。

月全食？这名词太陌生。除去刮风下雨出门带伞，萧瑶向来不关心大气层的事情，而且跟99%的人一样，大气层外面的天文事件对他们来说更好像是科幻电影，属于某种故弄玄虚的故事系统。此时此刻，很多人在抬头看天，有人走到玻璃门外的露天桌子旁，他们朝顶上指指点点，让萧瑶的好奇心忽然间旺盛起来。她端着盘子也来到外面的人群里，一些人举着手机，一些小孩子爬到了空桌子上，萧瑶顺着他们的视线仰头望去，蓝灰的天幕里，圆月油亮得仿佛刚刚剥出的咸蛋黄。

哪来的月全食啊！萧瑶默默地站在人们背后，漫不经心地望去，没看出月亮的一点变化，她也想随口问问边上叽叽喳喳的人，可总是开不了口。寒风袭来，她紧紧衣服，觉得一个人要是正经事不做，在这种冷得要命的晚上看什么月全食简直滑稽透顶，还不如回房间收收邮件上上网。转身就要进去了，余光扫到旁边略低的裙楼顶上，那儿依稀有人——仅是一个人。同时，看那剪影，似乎还有一架——望远镜。是望远镜吧，萧瑶琢磨着。这一人和身边的一堆人形成古怪的对峙，他的孤独因而显得与众不同。强烈的好奇心在这夜里陡然而生，萧瑶真想摸过去瞧一瞧。

萧瑶是那种很少允许自己的路线里有突发事件的人，可身处异地常常就这样，不会顾及前因后果，然后难以言喻地做些一般不会做的事——这倒是非常像她小姨的作风。她沿着消防通道的楼梯，居然也上到了顶楼。她是第一次走到这种大楼的顶上来，灰白的水泥面坚硬地延伸出去，和暗沉沉夜空连缀到一起，陡然生出几许走投无路的幻觉。头顶的月亮貌似越发圆润了，月光下角落里的那个人，也同时注意到了她。

是个男人。他转向萧瑶，可能是在看她，用不远不近的距离。

萧瑶装模作样地绕着四周转了圈，然后才慢吞吞地走过去。"果然是望远镜啊！"她友好地说。

男人站起来，他的脸朝萧瑶凑上来，她终于把他认出来了。"萧小姐，是你。"酒店的专职司机笑着说。

萧瑶吃惊了："你在这儿干吗？"

"打月亮。"

"打月亮？"

男人走到望远镜另一侧，弯下腰扭动了某个零件，然后说："像不像大炮，要把月亮打下来？"他看上去有四十岁了，也可能更老一些，萧瑶猜想不久以前他在车里也是这样透过后视镜看自己的。

她忽而有些失望，大概完全是因为那话里的方言口音，在这两人独处的寂静里，尤其刺耳，使得她意识到了某种不恰当的存在。她绕过望远镜，就正好面朝了回去的方向。

和男人擦肩而过时，他说："我以为你也是上来看月全食的。"

"下面人太多。"他又说。

"你想不想用望远镜看一下。"他接着说。

萧瑶就只得停下来，他把位置让出来，她姑且凑上去。一圈软软的橡胶制品抵住了眼圈，待她看分明时，简直要被充满视野的强光灼伤了。"这么亮！"她惊呼。

"今天不是很亮，适应了就好。"

等眼睛适应了小孔中的月光，萧瑶又被一种奇异的不真实感笼罩了。它那么硕大，远在天边又近在眼前，边缘锐利，表面却不平展，遍布大大小小的坑洞。"真像切开的平展，遍布大大小小的坑洞，埃曼塔尔奶酪！"萧瑶感叹。

"什么奶酪？那东西我没见过，我老是觉得月亮像强拆后的建筑工地。"男人说，"天狗食月。月亮已经开始被吃了，发现没有？"

萧瑶本来正打算走，被这么一问心里又痒起来。她记得小学时候看过的某次日全食，老师教大家拿墨汁涂黑了塑料片，于是萧瑶就在中午放学路上对着黑片看太阳——不知道是萧瑶那时已经开始近视，还是塑料片的清晰度太低，她依稀记得刺目的光线只是略微减弱了一些，太阳依旧是个边缘膨胀的爆破体，不能直视。如果她今晚看了月全食，那么两个星星的全食不就都看过了？这是很好玩的经验吧，久违的童年脾气跑了出来，于是萧瑶又凑上去，一边观察一边咨询。在男人的提醒下，萧瑶终于注意到月亮的一块隐约淹没在黑暗里，算算面积，似乎还是挺大的一部分，之前她并没有注意到这块边缘模糊的阴影，是因为她带着某种固有的错觉以为这就像一张在液晶屏上显示的图片，因为视角的倾斜才使画面有了一块暗角。

她笑了，说出自己可笑的理解，暂时便不想离开了。男人点点头，顺势坐在地上，两个人之间安静了许久，然后他说大部分人尽管一辈子都没有抬头看过天，可对天上的事情倒常常先入为主。"你说下面那些人，他们都在起个什么劲？"

"他们很热闹啊，比你孤零零的热闹。"

"热闹？他们找个借口吃顿饭，记住拍张照，手机拍的也不要紧，要紧的是及时发到网上去。"男人冷冷地说，眼神里带一丝怜悯。

"可能吧……"萧瑶迟疑地应着，她竖起耳朵，听不见底下人群喧闹，想象着他们置身于一场众生的宴乐中并自适地存在着，而她从他们当中走出来，现在只有楼顶的寂静跟寒冷一样，沉默而巨大地隔在她和他们中间。这岂非有点像……神经病？萧瑶脑子里冒出了这个词。

"初亏，食既，生光，复圆。听过吗？"男人问道。萧瑶表情迷惘，男人不置可否："说的是月食的整个过程，这些大概都是古时候人留下来的叫法。你知道你看的月亮和他们看的是同一个月亮吗？"

"这不是废话吗？"萧瑶被这个显而易见的问题逗笑了。

"我常常看着月亮，一晚又一晚，哪个地方有几个坑，有几座山，隔几天去看，还在那儿，就像自个脸上几条疤，几块斑，都是一清二楚的。"

"我也常常想，李白写诗喝酒对着的，其实也就是这个月亮。"

"外国传说里的狼人，在月圆的晚上会变成真正的狼。那也是这个月亮。"

"嫦娥抛弃老公，投奔而去的，同样是这个月亮。"萧瑶接过了男人的话，紧张感终于消失殆尽。

"这是不是太神奇了？"男人问道，"古往今来，此时此刻，多少人在抬头看着同一个月亮……"

"有什么神奇的，因为人的寿命短，月亮的寿命长啊。"萧瑶挨着他坐下来。

"这就是问题。我们经过的一切，只是月亮生命里最微不足道的一点。"他接着说，"沧海一粟、物是人非，你只有抬头看到天空才能明白这些成语的意思。"

"你看现在的月亮，快看！"不待萧瑶消化这些话，男人抓住她一把拎起。萧瑶都来不及嫌恶，就被推倒了望远镜前。"已经不见了？"萧瑶用肉眼望望，再凑回望远镜前。

"注意看。"男人校准了镜头。

在月亮本该存在的那块区域，萧瑶注意到整轮浅橘的颜色，淡淡地渗出来，最终形成局部有暗影的一个淡红色月亮。"这不是有烂疤的橙子嘛！"她笑了。他也笑了。

"月全食结束了？"

"没有，现在才是真正的月全食。"男人解释道，"地球的大气层，能把被挡住的太阳光的一部分折射到月亮上，月亮就变成现在这个样子了。"

"好奇怪……居然是红的，红月亮哦。"她喃喃说。

"是个乌月亮哪来这么多人起劲地看？"男人做了个听的手势，"听见没有？"楼下轰然传来人声鼎沸。

"那群人怎么会这么激动……"男人道。

"我想，他们是觉得浪漫。红月亮挺有诗意的。"萧瑶说。

"地球上的人和地球一样，因为总是被大气层包着而安全感十足，埋在自己那点蝇营狗苟的破事里。偶尔抬头看到点什么，就弄得大惊小怪的。"男人又坐下来，神情也松弛了，"不过总归还好，起码他们知道抬头看看天，大部分人一辈子都低着头呢。"尾音被他轻轻地吐出来，有种悠长的韵味。那一刻，一些从来没有过的陌生情绪感染了萧瑶，那东西闷得她胸口阵阵发紧，她真想脱了外套，在空旷的楼顶跑上几圈。一直到今晚之前，她都认为早就没有多少事情能让她的感官变成那样了。

他转头看她，一直模糊的眼神明朗许多。"你瞧，天空里所有的大块大块的黑，那是什么？"

"宇宙呗！"她脱口而出。远望，红月亮的背后是无穷无尽的黛色。

"宇宙是什么啊？"

萧瑶哭笑不得，谁啊，谁会没事去想宇宙，仅是发出这两个音都引来一阵滑稽感。她在头脑里搜刮，最后一次的提到，估计也是在高中课堂了，物理老师说宇宙太大了，那种大啊，大到什么样子？"你的心胸多宽广，宇宙就有多宽广"——这是老师当年的原话。萧瑶重复给男人听，男人哗啦笑了。

"你真的是司机吗？没见过司机这样的。"

"我以前是物理老师。"

"那怎么会去开车的？"

"我就是喜欢开车，不喜欢教书。"男人有点耍赖，"开车好啊，手握方向盘，踏踏实实，亲力亲为啊。"

萧瑶摸不准这口气是不是调侃，她问："辞掉这么稳定的工作，家里不反对吗？"

"反对，那当然。爸妈讲我不孝顺，老婆骂我不体面。"他淡淡说道，"一直在闹离婚呢。"

"我刚离婚。"她也不晓得哪来的勇气就莫名其妙说了。

男人抬起头，深深地看着她。"没什么大不了的。你抬头看看，真的，对我来说，只要从望远镜里看看宇宙，什么都过得去了。"

"天上有云，有星星，那包裹住所有星星的是什么呢。你说这叫作'宇宙'。那'宇宙'又是什么呢？"

"你太奇怪了。这样连环问下去，哪来答案？"

"我就是有我的答案。我觉得'宇宙'这个东西，是所有暗物质的集合。你知道暗物质吗？"萧瑶摇头，男人继续说，"它们几乎充满了整个宇宙，它们以无形的形态存在，它们不发出辐射也观测不到，但它们用看不见的引力线，把所有的星星嵌入了轨道，也许还将它们拉离既定的轨道。"

这些话字正腔圆地从男人的嘴里出来，仿佛带上了夜的隐秘。萧瑶像个学生，聆听了这些对她来说不啻一场奇遇的谈话。她自认为灵敏的职场大脑，在这对话里毫无用武之地，那些骄傲的口才，那些平日的随机应变，在区区几句真幻不辨的宇宙理论前，都灰飞烟灭了。她刚刚意识到一个事实，她从未遇见过这样的男人。她好像看到了生活正以前所未有的宽度，以另一种面貌在她眼前呈现出来。

已经过去了很长时间，男人盯着淡红色的月亮一声不吭，两个人陷入了持久的静谧。萧瑶感到切肤的寒冷，她紧紧大衣，却也不愿意马上进楼，她转到楼梯口，给家里打了个电话，她说你们快看月全食啊！听筒里传来父亲有气无力的声音："还没睡啊，瑶瑶？我跟你妈老早睡着了……"萧瑶失望地哦了声，父亲又蓦地抢白："狗！那条狗，你妈说闹得要命，你赶紧想个办法，你不想办法她就要烦死我了……"她捂着手机，等了一会，按了挂断键。

男人在收拾东西了，萧瑶没有再走回去，她注视那个背影，虽然是有点颓态了，但清雅，从容，和开车时西装革履的轮廓分明有差异。更要紧的是，她发现，原来人跟人萍水相逢，也是可以谈谈头顶的星空的。这么一来，她心里便充盈起轻松的泡沫，像细胞分裂，数量以指数级增长。他扛着机器迎面走来，她低头让开，他在她面前停下了。两个穿着冬衣的人形面对面挤塞在狭小的楼梯口，他忽然说："你真年轻。"

"年轻？说笑吧。"萧瑶莞尔一笑。

"你抬头看天的样子，像个学生，高中生。"

"太夸张了，我没这么幼稚，同事都说我眼神苍老。"萧瑶试图开个玩笑。

"我看得出来，你还是孩子。"他微微低头，盯着萧瑶的眼睛，"我特别喜欢孩子，他们都有那种纯洁到孤单的眼神。每个人都当过孩子，只是他们后来全部忘记了怎么当孩子。"他放下机器，忽然抓起她一只手。萧瑶几乎眩晕，好像身上某处无关紧要的地方中弹了，不至于立刻倒下，却很是不知所措。"初……亏，食……既，记得住吗……"男人一边念叨一边在她掌心比画着，他垂着眼，指尖冰凉。这些词顺着体温的落差，仿佛立刻跳脱了句的束缚，而精确地投放到她内心。她低头抽出手，好像下定了很大的决心："我该回去了。"男人重新扛起望远镜，横过来的镜筒擦到萧瑶的皮鞋，在上面拉了一道长长的划痕。而她只是低头看看，像在梦里一样，毫不可惜这双价值数千的奢侈品。

这两人的背影如同像素极低而噪点极高的夜景照，胡乱消失在楼梯拐角。红月亮孤零零地悬在天际，它的边缘正在产生一小块亮斑，越来越亮，越来越黄，这颗地球的卫星最终将从地球的阴影里走出来，给世人一个圆满结束的亮相。

4

萧瑶在早晨醒转。床前的玫瑰开得比昨晚又大了一轮，紧实的花心舒展开来，有几朵花瓣甚至完全卷曲了，摆出昂扬向上的等待姿势。她在被窝里伸个懒腰，看到了从落地窗帘背后投射出来的朦胧日光。

恒星，这是一颗恒星发出的热量。脑海里忽然蹦出这样的说法。把太阳叫作恒星的念头，让她一下子回到了昨晚，两个再普通不过的生物，站在一粒小行星上仰头观望一粒红色的小卫星。

床现在看起来就如同一张满是皱纹的老脸。有一些蒙太奇镜头穿过她的脑海，叫她忽然脸红起来。几段幽深的消防梯，细碎的脚步，灯火通明的楼层，她恍恍惚惚地回到房间，倒头便睡。睡得不好，做了一些古怪的梦，大概是些十多年前的片段，中学的柔软时光，横七竖八的桌椅，不三不四却英气逼人的篮球男生们，慢镜头般无声而夸张地跳跃奔跑在色调暗淡的底子上。直到辽阔苍穹倾斜着翻转下来，像兜底的汤勺，把各种零碎的人和物件一股脑儿盛了进去。梦境里的萧瑶看到汗水、校服、自行车和白球鞋们，失去重力飘浮在周围，还有一阵悠远的南风，也突出无形的轮廓，让被包裹住的气体都扭动起来……

这段时光于她而言，走去得太远太久，此刻又凭借着梦的形式渐渐立体起来，她在这般远离又依稀逼近的过程里变得越来越轻松，失去沉重的地心引力给她带来不可名状的愉悦。宇宙赋予皮肤幽蓝的光泽，有形状的风给了她轻盈的思维，她伸出手臂，用既是飞翔又是游泳的姿势，拨开浪花一样纷繁泛滥的事物，不断往前方去，竟寻到了那张前一晚刚刚见过但很快遗忘的男人面孔。

此刻，那张脸庞被淡淡的光晕笼罩着，五官显得突出而清晰。他微微笑着，拨开气浪向她游过来，抓住了她的胳膊。清冽的凉意传来，令她的心一沉，莫名地开始忧伤。她俯身贴近男人的胸膛，听见心脏跳动的回声，在寂静的夜空里显得郑重其事，忧伤便渐渐被这身体的接触淡化了。两人像章鱼一样，迫不及待地向对方伸出无数只手和脚，静美的身体交缠在一起，互相都感到了温暖。她像回到了生命的原初状态，仿佛胎儿安睡在液体里，全是没心没肺后顾无忧的满足。

以至于，这奇妙的一夜冒险之后，当萧瑶和Grace坐在Tom面前的时候，根本就进入不了工作状态。

外企里，即使国人之间，也都像煞有介事地互称英文名。Grace是当地分公司接待萧瑶的女孩，Tom是这次发票报销的调查对象，看上去两个都是职场新人。萧瑶出发前，就清楚财务部的交代，Tom的报销票据有厚厚一沓高额度的餐饮发票，小票和POS机刷卡单一张没有。按照他们的经验，这多半是典型的虚报发票。但萧瑶必须先走一个所谓的客观公正流程，她必须问Tom为什么小票一张不保存，为什么每次都没有POS单，当时有没有发生什么特殊情况才导致票据不一致或者因为什么原因让他提供了不符合公司财务要求的票据……

问题是一连串的，萧瑶公事公办地说出来，熟练得像背书一样，停都没有停。在一边做记录的Grace瞟了她几眼，她才注意到。她放慢了语速，并给了Tom一个干巴巴的笑："我来是例行公事，接下来可能还有一个实地调查的环节，我会到这些酒店去考察价格。这个流程能不能继续下去，关键是看现在的谈话进行得是否顺利。Tom，希望你能以诚相待，支持我的工作，给自己留点空间，也节省双方的精力。"

Tom 长着一张寒酸的脸，西服也不合身，袖口过长，好像不懂如何应对。没见过世面，萧瑶匆匆下了定义。她虽不耐，但得一本正经地等着，脑子里却在跑火车，思维总是不由自主地绕回到刚才出酒店的时候。

她想叫酒店的车，Grace 的电话却说亲自来接，当她坐在大堂等待的时候，透过玻璃幕墙，看到隔壁的裙楼，迥然是白天的模样，从现在的角度望去，也看不见楼顶。常绿植物的树冠被修剪成圆形，影子一样毫无动静地贴着浅棕色外墙。萧瑶的目光缓缓滑过，她起身往那幢楼疾步走去，远远地，一块"禁止通行"的牌子竖在入口处。她发着呆，整栋楼都是冷冰冰的，好像她从来没有来过。而昨晚活生生的美梦仿佛爱丽丝的仙境，一处通往地底的兔子洞，只能属于暗夜，会在黎明到来时支离破碎。

当时她就有一丝后悔昨夜竟敢贸然上楼，她本来可以不理会什么月食的。跟她有什么关系呢，最主要的是，那又有什么意思呢。可她毕竟还是去过了，那种感觉甩都甩不掉，卡在喉咙里硬邦邦的，直接叫眼下正做着的一切，酒店、出差、周而复始的日程，倏然间就失去了古往今来所有约定俗成的意义……

在这冷场的当口，Grace 就像拔去塞子的香槟酒，没完没了地喷出了几十秒的话，都是对 Tom 的劝说。萧瑶无法控制地开始厌烦，不只是聒噪的她，还有沉默的他。

Tom 呢喃着终于开始说些什么了，萧瑶却一句都听不进去。她恍然回神，注意到 Tom 的嘴唇上，两撮还没长到一起的胡须绒毛，在抖啊抖。小伙子实在太年轻，不要替人背了黑锅还不自知，她在心里说。

假意咳嗽，喝口水，萧瑶用虚张声势的语气说："时间也不早了，我看咱们就到这家店去吃午餐，Tom 带路，给我们点几个像样的酒菜，顺便完成核对任务。"

这一诈，她就等着看好戏。Grace 慢吞吞地做着面谈记录，最终这份记录需要面谈双方和第三方的签字确认。

"萧小姐……"自始至终，他没有按惯例喊过她的英文名，她心中一凛："我没什么好说的……你看着办。"

面谈貌似每一步都带着替对方考虑的无罪推定，事实上却尽是狡黠机变，过去的萧瑶时常在心底油然而生出抽丝剥茧的快感，做这份工，她一直迷恋的都是某种洞察和主宰的感觉。可现在，面对 Tom 身上她难以分辨真伪的青涩紧张，她居然感觉到自己的可笑和惭愧。她在 Tom 眼里看到了似曾相识的东西，微微恐惧，也许是希望？但愿不是嘲弄。她毫不确定。不确定是该为此悲伤还是庆幸。唯一清楚的是，恐惧没有让他变得更勇敢，而希望或许在此刻要比恐惧更强烈。

"昨晚你看到月全食了吗？"萧瑶冷不防问道。Tom 猛抬头，怔怔摇头。

"月全食不是黑的，其实是红的，浪漫的橘红。"萧瑶淡淡地也是不肯定地继续说，"为什么会有月全食呢？据说是因为一种叫作暗物质的东西，这很奇怪。你知道暗物质吗？它无色无味，到处都是……"她的声音没有把握，越来越轻，到最后像是喃喃自语，索然无味。

"Amy，这跟谈话无关吧？" Grace 和 Tom 面面相觑，忍不住打断。

"一点关系都没有。" 萧瑶说，"我看就到这儿吧，无所谓。"她起身收拾文件。"你俩都不用陪了，后面的事情我一个人做。祝你好运，Tom。" Tom 被这一切搞得措手不及，他忙乱地抢前给萧瑶开了门。

顶上的中央空调出风口，挂了根红绳子，在飘啊飘。萧瑶注意到它很久了。

一切都和词汇本身一样毫无意义。出门的时候，她使劲地甩上围巾，紧紧地绕了好几圈。

5

出差回来，萧瑶就请了长病假，老板一句 "take care"，背后更多的含意是快好起来，别耽误工作。

回到家里，家里什么都没变。

母亲依旧勤于侍弄某些脾气娇贵、不适合长江中下游的花草，昙花、蝴蝶兰、三角梅……耗费着大量多余精力。后来又养八哥，每日亲手饲喂把玩调教。这鸟后来也识得主人，看到萧瑶母亲就扑腾翅膀欢呼雀跃，活脱脱是家里多了个小孩。寡言的父亲在这女性多过男性的家里，一直是母亲的影子，轻声轻气地洗碗，拖地，倒垃圾。

萧瑶向来不爱园艺，无法参与到母亲的爱好中去，也绝对不会起个大早随父亲绕单元楼跑两圈，过去她尤其害怕活泼的八哥，它比她更像这个家庭的一分子，即使那个家伙后来学会了在她下班时说"你好！"也没让她对它多几分欢喜，反而更让她觉得某块地盘被侵占了。女孩子若过了三十岁还待字闺中，家人又不愿触及她的痛处，那她和父母的话题差不多永远就只有童年和工作两样事。童年趣闻都是嚼烂的段子，再重复也不出新意，到后来听者的笑容都是懒散的；工作的事情就是一份情况汇总，定期在饭桌上念一遍，让大家放个心，然后各回各的房间，各过各的日子。

本来，这个东西那个事情，就都在它们既定的轨道上，什么都没变。可这次回来她却好像变新了。

她会在晚饭后站到阳台上，对着母亲的花草呆呆地看会儿，有时逗逗八哥，引它模仿奇怪的声音，一副很有兴趣的样子。父亲看电视，她也能坐在边上陪会儿，有时还为其解释网络新名词。她不再对奢侈品、欧洲和度假表现出过多兴趣，她甚至还买了一些古怪的滞销书。无数司空见惯的东西因为本身的司空见惯，而更令她有了关注的兴趣。

狗的闹剧也和以往任何时候一样，没有止息。这些对母亲来说早已是家常便饭，可能是习惯了，她骂得响亮，却也安静得很快，那副样子好像是表示不管狗能不能处理掉，反正日子也就这样过吧。可即便如此，不再早出晚归的萧瑶，却渐渐深刻地体会到这有别于人类的哺乳动物所带来的烦恼。

这烦恼并非全部来自狗的恶作剧，而是长时间的居家生活使她开始对某些熟视无睹的现象有了疑问。只要萧瑶稍微有大尺度动作，发出大响动，哪怕就是剥开装零食的塑料袋，狗不论在何处，必立即赶到，做出谄媚的模样，赶都赶不走。萧瑶有时觉得可爱，有时觉得可笑，有时又郑重其事地以为这一切表现不过是群居或者口腹的欲望。一条狗凭着高度的智商，如何习惯于和人住在一起？为什么它可以有如此大量的时间耗费在围绕着人类的无所事事上，它有自己的生活吗？

偶尔她半夜醒来，充斥鼻腔的是一阵痒兮兮的臊味，狗多半躺在她的枕边吭哧吭哧睡觉，画面貌似美好温馨，暗中却令她的床铺遍布黑色绒毛。还有几次她深夜走出房间，冷不防被软软的物体绊得要死，光火之下踢过去，狗只是潦草地甩甩尾巴。它躺在深色地板上，就像一种黑色本就生长在另一种黑色里，看上去得体从容。甚至有一天夜里，狗大胆跃上她的床，却没有像往常那样躺下来，它居高临下地站在暗夜里，毛色隐隐发亮，像一头真正的动物，混杂着异族蛮荒的基因，喉咙发出低沉的呜呜声。萧瑶像被什么钉在了床上动弹不得，人和狗以倒置的姿态狭路相逢，彼此在黑暗里对视了很久，那呜咽声才渐渐止息下来。最后，狗沉重地卧倒，发出属于犬类却和人类如此相似的一声叹息。

小姨终于有了男朋友，带着来萧瑶家。父母亲热络地寒暄，泡茶递烟。小姨在厨房拽住萧瑶，轻声问："怎么样？"萧瑶再次瞧了瞧那中年人，拘谨着，简单干净，没别的。

"挺不错。哪找来的？"

"你绝对想不到，是初中同学！读书时候坐在我后面。同学会上联系到的！"小姨像中彩票似的脸庞放着光芒，"嗳，我说瑶瑶，别泄气，永远要相信未来嘛！"

"哈，哈……"萧瑶干巴巴地答应着，心思飘忽，像水鸟轻点过湖面。

黑狗对着没有见过的陌生人狂吠，男人也并没有表示出一点对狗即对人的礼节，光是畏缩地后退和嫌弃。萧瑶心里是看不起的，嘴上只是不断说着"没事没事不会咬人"之类话。母亲息事宁人地说："去遛一下。过会就安耽了。"

萧瑶牵着狗下楼，冬夜寂静，行人稀少。

狗顾自低头疾步行走，呼呼喘着粗气，清冷的气流从萧瑶嘴里鼻腔通过，鞋底和路面摩擦出细碎的嚓嚓声。此时，整个居民小区仿佛一艘巨型游轮停滞下来，被凝重夜色笼罩着，重又找回某种神性的东西，而变得焕然一新。各家的窗口像棋盘格子般或明或暗，依稀传出辨认不清的朦胧杂音，路灯每隔等距的几步便不出所料地悬在半空，是一排有规律的等差数列。远方霓虹闪烁，光点和光带红绿交错，若隐若现。

她抬头看到天幕上星光点点，像黯淡的头屑撒在肩膀上，有几粒或许早已经湮灭，而那些从不知多少光年以外射出的微光，万里迢迢穿越亘古，却依然照耀着蓝色行星上这群忙碌的生命，她和它，他和她，所有那些被无法言说的因缘联系在一起的事物。而一切皆勾起她熟悉而陌生的回忆，她仿佛已经成为大于自身的某种事物的一部分。

有些来自本能的踏实感悄然而生，萧瑶一阵短暂的心悸，不知不觉收紧了狗链。

黑狗停下急促的脚步，回头询问地看，热腾腾的呼吸喷在主人手上。

萧瑶蹲下身去抚摩它。掌心拂过，黑狗的眉眼低顺了，嘴角微微咧开，似笑非笑的模样。

在这温暖柔软的时刻，萧瑶不禁伸出另一只手，像对待孩子一样捧起了狗的脸。狗前膝酸软贴地，在坚实的硬马路上渐渐躺下，在她面前展露出银白的肚皮，嘴里发出咕噜咕噜的撒娇声。一个前爪举在空中挥舞几下，啪地搭在了主人的手里。萧瑶握住这只冰凉的脚爪揉捏着，头一回真正原谅了它所有的恶作剧。